새로운 인생

La vita nuova

「결혼식 피로연에서 단테를 만난 베아트리체, 그에게 인사하길 거부하다」
1855, 수채화, 34×42cm

"모든 악의 파괴자이며 모든 선의 여왕이신 그녀가 내가 있는 곳을 지나게 되었을 때,
나의 유일한 축복인 그 달콤한 인사마저 내게 보내지 않게 되는 일이 생겨났다." — 본문 중에서
(여기 실린 그림들은 모두 로세티의 작품이다.)

「베아트리체의 죽음의 순간에 단테가 꾼 꿈」, 1871, 유화, 211×317.5cm

"이 부질없는 환상은 너무나 강해서 나로 하여금 죽어 있는 내 여인을 쳐다보게 만들었다.
그녀의 머리는 흰 베일로 가려져 있는 것 같았고, 그녀의 얼굴 모습은 너무나 겸손해서
'나는 드디어 평화의 시원을 보게 되었어요.'라고 말하는 듯했다."

— 본문 중에서

「베아트리체의 일주기 날 천사를 그리는 단테」, 1853, 수채화, 42×61cm

"내 여인이 영원한 생명의 시민이 된 후 한 해가 다 간 어느 날, 홀로 앉아 그녀를 생각하면서
나는 몇 개의 화판에다 천사의 모습을 그리고 있었다." — 본문 중에서

「라 돈나 델라 피네스트라」, 1879, 유화, 100×74cm

'창가의 여인'을 모티프로 하여 그린 그림

세계문학전집 115

새로운 인생

La vita nuova

단테 알리기에리

로세티 · 박우수 옮김

민음사

차례

서문   13

1부 새로운 인생   17

2부 단테와 로세티

단테의 생애   111

로세티의 생애   195

작품 해설   207

작가 연보   219

일러두기

1. 로세티의 이름은 현행 외래어 표기법에 따르면 '단테이 게이브리얼 로세티'가 되나, 그의 이름 '단테'가 단테 알리기에리에서 유래한 점을 고려하여 이탈리아어 표기법에 따라 '단테 가브리엘 로세티'로 쓴다.
2. 각주 중 '(로)'로 표기되어 있는 것은 로세티의 주이며, 나머지는 모두 옮긴이 주이다.
3. 원문의 이탤릭체 부분은 고딕체로 바꾸었다.

서문*

단테 가브리엘 로세티

『새로운 인생』(단테의 생애 중 스물일곱 살까지를 다룬 청춘의 자서전 혹은 정신의 기록)은 이미 원문으로나 논문, 혹은 완역이나 부분 영역본(英譯本)으로 많은 사람들에게 잘 알려진 작품이다. 따라서 여기에서 작품 자체 이외의 것에 대해 말하는 것은 불필요한 일일 것이다. 이 작품에는 정교하고 친숙하면서도 아름다운 요소들과 경탄을 자아내는 개인적인 특성들이 밀접하게 결합되어 있다. 그에 대한 반응은 「신곡」에서 베아트리체의 입을 통해 가장 잘 표현되어 있다. "이 사람은 젊은 시절에 그러한 잠재력을 갖고 있었다."(연옥 편 30곡) 당시의 젊은 단테가 이와 같았다. 이 작품에 대해 내가 할 수 있었던 것은 본래의 의미에 충

---

* 이 글은 단테 가브리엘 로세티의 『초기 이탈리아 시인들』 제2권 (1861)에 있는 서문 중에서 『새로운 인생』과 단테 알리기에리에 대해 언급한 부분을 축약한 것이다.

실하면서도 자유롭고 명료한 형태로 번역하고, 가능한 한 거추장스러운 주석을 없애고, 작품에서 다루어진 사건들에 대해 언급한 단테의 시들을 곁들이는 일뿐이었다.

그러나 「신곡」에서 베아트리체의 역할을 온전하게 이해하는 데 『새로운 인생』에 대한 지식이 얼마나 필수적인지는 주목해 볼 필요가 있다. 더욱이 우리는 그녀의 역할에 대해 단테가 초기에 가졌던 은밀한 생각들을 주도면밀하게 읽어냄으로써 단테와 같은 영혼에게서 엿볼 수 있는 잘못에 대한 풍자, 통렬한 상실감, 혹은 기억 속으로의 깊고도 열렬한 도피를 알아낼 수 있는 것이다. 무엇보다도 우리는 나중에 「신곡」에서 경고와 증언을 위한 강한 목소리를 드높인 복종의 지혜에 대한 표현, 즉 자연스러운 의무감의 숨결을 바로 이 작품에서 처음으로 발견할 수 있다. 멀리 떨어진 초원에 서 있는 사람의 귓가에 날아와 바다를 바라볼 준비를 하게 해주는 폭포수의 첫 웅얼거림과 같은 곡조가 『새로운 인생』 전체에 흐르고 있다.

보카치오는 「단테의 생애」에서, 이 위대한 시인이 말년에 자신이 젊은 시절에 쓴 이 작품을 창피하게 생각했다고 전한다. 그러한 주장은 「신곡」에서 언급되거나 암시된 이 작품에 대한 인유(引喩)들과 좀처럼 부합하지 않는다. 그렇지만 『새로운 인생』이 젊은이만이 쓸 수 있는 책이고, 많은 젊은이들에게 소중한 책으로 남아 있다는 점은 틀림없는 사실이다. 살아 있는 사람이라기보다는 사랑 자체에 더 가까운 베아트리체라는 인물은 이 젊은이들에게 자기 마음속의 친구처럼 보일 것이다. 이렇게 말한다고 해서 이 작품을 폄하하는 것은 아니다. 자신의 사랑에 대한 서사인 이 작품이 뚜렷하게 보여주는 극도의 감수성 때문에 이 작가를 여성적이라고 비난하는 것은 온당한 처사가 못 된다. 비록 『새로운 인생』의 주제가 사랑이기는 하지만, 이 작품이 다루고 있는 시기에 작가의 경험 가운데서 전쟁이 중요한 자리를 차지하고 있기 때문이다. 베아트리체가 죽기 한해 전인 1289년 6월 11일 단테는 캄팔디노 대전투에서 최전선 기병대의 일원으로 싸웠다. 이 전투에서 피렌체 사람들은 아레초 사람들을 패배시켰다. 그의 표현을 빌리자면, 베아트리체의 죽음으로 인해 그 도시가 "황량해진" 때인 1290년 가을에, 단테는 슬픔으로부터 벗어날 수 있는 도피책을 위험한 전투에서 찾았다. 「신곡」에 따르면(지옥 편 21곡) 그는 피렌체가 피사를 공격할 때에도 전투에 참여했고, 카프로나 함락에도 참여했다. 그는 자신의 기억을 되살려 아래의 묘사에 생기를 불어넣고 있다.

나는 협상을 하고 카프로나를 빠져나가던 군대가
이처럼 떨고 있는 것을 본 적이 있다. 바로 그 자리에서
자신들이 적병에게 포위되어 있음을 알아차리고서.

이 자서전의 제목에 관해 여기서 한마디 덧붙여야겠다. 단테나 동시대의 다른 작가들은 말 그대로 '새롭다'는 뜻의 'nuovo/nuova', 'novello/novella'와 같은 형용사들을 종종 '젊다'는 의미로 사용했다. 이 때문에 몇몇 편집자들은 이 작품의 제목을 '젊은 시절의 삶'이라고 번역하기도

했다. 어느 쪽이든 현대 독자들에게 뜻을 분명히 해주는 것은 유익한 일이기 때문에, 어떤 면에서는 나도 이러한 생각을 기꺼이 받아들이고 싶다. 그러나 곰곰이 생각해 보면 (처음 베아트리체를 봄과 동시에 갖게 되었다고 단테가 자세하게 기록하고 있는 자기 자신에 대한 혐오감을 참조하여)일차적으로, 또 번역상의 절대적인 필요에 의해, '새로운 인생'이라는 제목을 붙이는 것이 더욱 신비감을 주리라고 생각한다. 단테가 두 가지 의미 모두를 의도했을 가능성도 있지만, 나로서는 이를 전할 수 없는 입장이다.

1부
새로운 인생

"여기 새로운 인생이 시작되도다." 내 기억의 책 속 어딘가에 붉은 글씨로 이와 같은 표제가 쓰여 있는 장(章)이 하나 있는데 이 장 앞부분은 읽을 것이 거의 없다. 그 표제 아래 많은 것들이 쓰여 있지만, 그것들 전부는 아닐지라도 최소한 그 본질적인 내용들을 나는 이 작은 책자에 옮겨 적을 생각이다.

내가 태어난 이래로 아홉 번이나 태양이 자전에 의해 거의 같은 지점으로 되돌아가기를 거듭했을 때 지금 내가 마음속으로 흠모하는 영광스러운 여인이 처음 눈앞에 나타났다. 많은 사람들이 이유도 모른 채 '베아트리체'*라고 부르는 바로 그녀가 말이다. 그녀는 천계가 동쪽으로 12분의 1도 정도 이동하는 동안 이미 이 지상에 존재했었다. 그래서

---

* 축복을 내리는 여인이라는 의미.(로)

내가 보기에 그녀는 갓 아홉 살이 된 것 같고, 나는 거의 아홉 살이 끝나 갈 무렵에 그녀를 만났다. 그날 그녀의 의상은 매우 고귀한 색상인 은은하고 예쁜 주홍빛이었고, 어린 나이에 어울리게 허리띠가 달리고 장식이 되어 있었다. 진실을 말하자면 바로 그 순간 심장의 은밀한 방 안에 기거하고 있던 생명의 기운이 너무나 심하게 요동치기 시작해서 가장 미세한 혈관마저도 더불어 떨리기 시작했다. 그때 생명의 기운은 이렇게 말했다. "여기에 나보다 강한 신이 있구나. 그가 나를 지배하게 될 것이다." 바로 그때, 모든 감각들이 자신이 지각한 것들을 가져가는 높은 방 안에 살고 있던 생명의 정령이 경이감에 가득 차서, 특히 눈의 정령들에게 이렇게 말했다. "이제 너희들의 축복이 출현했도다." 그 순간 인간의 영양분을 관리하는 곳에 사는 수명 (壽命)의 정령은 울기 시작했고, 울면서 이렇게 말했다. "아이고 내 신세야! 이제부터 계속 시달리겠구나!"

그리고 정말로 그때부터 줄곧, 내 영혼과 결혼한 사랑의 신이 나를 지배하기 시작했다. 그것도 (강한 상상력 덕택에) 너무나 명백하고 확실하게 지배해서, 사랑의 신의 명령을 계속해서 따르는 것 외에는 도리가 없었다. 그는 종종 이 나이 어린 천사를 내가 찾아보고 싶은지 물었다. 그래서 나는 소년 시절에 때때로 그녀를 찾아 나섰고, 그때 목격한 그녀의 자태는 너무나 고귀하고 칭찬할 만해서 시인 호메로스의 표현이 그녀를 두고 한 말처럼 느껴지기도 했다. "그녀는 평범한 인간의 딸이 아닌 신의 딸처럼 보였다." (「일리아스」 24장 258행) 항상 나와 함께했던 그녀의 이미지

는 나를 사로잡아 두려는 사랑의 신의 담보물이었지만, 그
것은 너무나 완벽한지라 충고가 필요한 경우마다 내가 이
성의 충실한 조언을 듣지 않고 사랑의 신에게 지배당하도
록 내버려 두지 않았다. 그러나 내 청춘기의 열정과 행동
이라는 주제에 지나치게 오랫동안 머무름으로써 내 말들이
꾸며낸 것으로 간주되지 않도록 하기 위해, 나는 이제 이
것들을 제쳐두고 역시 같은 방식으로 이해될 수 있는 여러
가지 것들을 생략한 채 내 기억의 책 속에 보다 선명하게
남아 있는 주제들로 넘어가겠다.

앞서 언급한 이 우아한 여인의 출현 이후 너무도 많은
날들이 흘러 꼭 구 년째 되던 어느 날 이 경이로운 여인이
온통 하얀 옷을 차려입고 양옆에 좀 더 나이 많고 점잖은
두 부인들을 대동하고 내 앞을 지나가는 것을 우연히 보았
다. 거리를 따라 걸어가면서 그녀는 내가 마음 졸이며 서
있던 곳으로 눈길을 돌렸다. 지금은 영생(永生) 가운데서
보답을 누리고 있는 그녀가 말로는 표현할 수 없는 예의를
갖추며 너무나 정숙한 자태로 나에게 인사를 보냈기 때문
에 나는 그때 그 자리에서 진정한 축복의 정점을 본 것만
같았다. 그녀가 더할 나위 없이 달콤한 인사를 보낸 시간
은 하루 중 정확하게 아홉 번째 시간*이었다. 그녀가 내게
말을 건넨 것은 그때가 처음이었기 때문에 나는 완전히 황
홀경에 빠져서 마치 술 취한 사람처럼 자리를 떴다. 외로
운 방으로 돌아온 나는 이 고상한 여인에 대한 생각에 빠

---

* 오후 3시.

져들었고, 그녀를 생각하면서 달콤한 잠에 떨어졌다. 잠결에 경이로운 환영(幻影)이 내게 나타났다. 내 방은 붉은색 운무로 가득했고 그 운무 가운데서, 쳐다보기에는 무시무시하지만 그 자신은 마음속으로부터 기쁨에 차 있는 듯이 보여서 경이로움을 안겨주는 한 남자가 어렴풋이 나타났다. 그는 여러 가지 이야기를 했지만 내가 알아들을 수 있는 말은 거의 없었다. 내가 겨우 알아들은 것 가운데 이런 말이 있었다. "내가 그대의 주인이니라." 한 사람이 핏빛 천만을 덮은 채 그의 품 안에서 자고 있는 것 같았다. 그 잠자는 사람을 유심히 바라보고 나서야 나는 그이가 낮에 황송하게도 나에게 인사를 건넸던 그 여인임을 알 수 있었다. 그녀를 안고 있는 그 남자는 이글거리며 타고 있는 무언가를 한 손에 쥐고 나에게 말했다. "그대의 마음을 보아라." 그가 잠시 동안 나와 머무른 후에, 나는 그자가 잠든 그녀를 깨우려 한다고 생각했다. 그런 다음 그는 그녀에게 자신의 손에서 불타고 있던 것을 주었고 그녀는 겁에 질린 사람처럼 그것을 먹었다. 잠시 동안 기다리고 나자 그의 모든 기쁨은 가장 통렬한 통곡으로 변했고, 그 남자는 울면서 여인을 품에 꼭 안았다. 그리고 그는 그녀와 함께 하늘로 올라가는 것처럼 보였다. 그들이 떠나가자 나에게는 선잠이 이겨낼 수 없을 정도의 말할 수 없는 격통(激痛)이 몰려와 갑자기 잠에서 깨어났다. 그 즉시 생각해 보니 이 환영이 나에게 나타난 시각은 밤의 네 번째 시간(즉 마지막 아홉 시간 중 첫 번째 시간)임을 알았다.

내가 본 것을 곰곰이 생각해 보고 나서 나는 이것을 당

시 유명했던 여러 시인들에게 알리기로 결심했다. 나 자신
도 어느 정도 작시법을 알고 있었기 때문에 소네트*를 짓
기로 했다. 이 시에서 나는 사랑의 신에게 종속된 모든 이
들에게 인사를 건네고, 이들에게 내가 본 환영을 풀이해
달라고 간청한 후에, 내가 꿈속에서 보았던 것들을 남김없
이 써서 이들에게 줄 생각이었다. 그리하여 나는 다음과
같은 소네트를 썼다.

> 진실한 해석과 다정한 배려를 위해,
>> 이 시의 언어들이 이제 전해질
>> 달콤한 고통이 요동치는 가슴 가슴마다,
> 사랑의 신인 우리 주의 이름으로 인사를 전하노라.
> 천공의 뭇별들이 깨어서 망을 보는 긴긴 시간의 가운데서,
>> 세 번째 시간이 거의 지났을 무렵에,
>> 사랑의 신이 무심결에 말할 수 없을 정도로
> 끔찍한 모습을 하고 내게 나타났다.
> 그는 기쁨에 가득 찬 사람처럼 보였고
>> 한 손에는 내 심장을 쥐고, 품에는
>> 망사를 덮고 잠든 내 여인을 안고 있었다.
> 그녀를 깨운 후에 그는 곧장 그녀로 하여금
>> 내 심장을 먹게 했다, 해(害)를 두려워하듯 겁에 질
>> 린 채.
>> 그리고 그는 떠났고, 가면서 울었다.

---

* 14행으로 된 연가.

이 소네트는 두 부분으로 되어 있다. 첫째 부분에서 나는 인사를 보내고 답장을 부탁한다. 둘째 부분에서 나는 무엇에 답해야 하는지 명시하고 있다. 이곳에서 둘째 부분은 "천공의 뭇별들이"로 시작하고 있다.

이 소네트에 대한 많은 답장을 받았는데 사람들의 의견이 분분했다. 이 답장들 가운데 하나는 내가 제일가는 친구라고 부르는 사람*이 보낸 것으로 "내 생각에 그대는 정말 가치 있는 것을 보았구려."라는 구절로 시작하고 있었다. 자신에게 이 시편을 보낸 사람이 나라는 사실을 그가 알았을 때, 우리의 우정은 진정으로 시작되었다. 그러나 당시에는 내 환영의 진실한 의미를 아무도 몰랐다. 지금은 아무리 어수룩한 사람이라도 분명하게 알게 되었지만.

그날 저녁 이후로 나는 이 우아한 여인에 대한 생각에 완전히 빠져 있었기 때문에 나의 신체 기능이 괴로움을 당하고 방해를 받기 시작했다. 그로 인해 얼마 안 가 나의 몸이 너무나 약하고 수척해져서 많은 친구들이 나를 쳐다보기에도 고통스러울 지경이 되었다. 한편 적대감에 찬 다른 친구들은 내가 숨기는 것이 도대체 무엇인지 알아내려고 했다. 그래서 나는 (이들의 악의적인 질문의 저의를 알아차리고서) 이성의 충고대로 나를 인도한 사랑의 신의 뜻에 따라, 나를 이렇게 만든 것은 바로 사랑의 신이라고 그들에게 말했다. 내가 그렇게 말한 이유는 사랑의 징표가 내 얼굴에 너무나 빤히 드러나 보여서 더 이상 이를 숨길 수

---

* 구이도 카발칸티를 가리킨다.

없었기 때문이다. 그러나 그들이 "누구의 도움으로 사랑의 신이 이런 일을 저질렀는가?"라고 계속해서 물어 왔을 때, 나는 웃으며 그들의 얼굴만 쳐다볼 뿐 대답을 하지 않았다.

그러던 어느 날 세상에서 가장 우아한 이 여인이 영광의 여왕에 관한 말씀을 들을 수 있는 곳*에 앉아 있게 되었다. 나는 두 눈이 그 축복을 바라볼 수 있는 곳에 있었다. 그녀와 나 사이의, 일직선을 이루는 곳에, 아름다운 용모를 지닌 다른 한 여인이 앉아 있었다. 자신을 바라보는 듯한 나의 줄기찬 시선을 의아해하며 그녀는 여러 차례 나를 돌아보았다. 그녀가 나를 돌아보는 것을 많은 사람들이 알아차렸기 때문에 거기서 걸어 나올 때 내 등 뒤에 대고 사람들이 이렇게 속삭이는 소리를 듣게 되었다. "저것 좀 봐, 그 여인 때문에 저 사람이 저렇게 수척해진 거래." 이렇게 말하면서 그들은 나의 눈과 세상에서 가장 고귀한 베아트리체 사이에 앉아 있었던 그 여인의 이름을 말하는 것이었다. 그래서 그날은 나의 비밀이 폭로되지 않았음을 알고 적이 안심하였다. 그리고 이 여인을 진실의 가리개로 이용해야겠다는 생각이 번뜩 들었다. 내가 너무나 연기를 잘했기 때문에 지금까지 나를 바라보며 의아해했던 대부분의 사람들은 이제 나의 비밀을 알아냈다고들 생각했다. 나는 그녀를 이용하여 몇 년 동안이나 비밀을 지켰다. 더욱 확실히 하기 위해 심지어 그녀를 찬양하는 시 몇 편을 쓰기까지 했다. 거기에 관해서는 고귀한 베아트리체에 관련

---

* 성당.

된 것만을 간략하게 적도록 하겠다. 더욱이 이 여인이 나의 넘치는 사랑의 가리개로 있는 동안 나는 세상에서 가장 우아한 여인의 이름을 다른 수많은 여인들의 이름, 그중에서도 특히 이 가리개 여인의 이름과 같이 적어 넣기로 결심을 했다. 이를 위해 나는 전능하신 하느님이 나의 여인을 살게 하신 그 도시에서 가장 아름다운 여인 육십 명의 이름을 한데 골라 시르방트* 형식으로 된 편지에 담았다. 그 편지를 여기에 그대로 옮기지는 않겠다. 내가 이 여인들의 이름 목록을 써가는 중에 내 여인의 이름이 순서상 아홉 번째로 들어갈 수밖에 없었다는 기이한 사실에 주목하게 된 일만 없었다면 나는 이 일에 관한 어떠한 언급 또한 하지 말았어야 했을 것이다.

나의 욕망을 그토록 오랫동안 숨길 수 있도록 해준 그 여인이 내가 말한 도시를 떠나 멀리 여행을 해야만 하는 일이 생겼다. 그렇게 훌륭한 방패막이를 잃어버린 데 낙심하고 당황한 나는 상상했던 것 이상으로 마음의 고통을 겪었다. 그러나 그녀가 떠나버린 사실을 애통해하지 않는다면 내가 지금껏 속여온 사실이 곧장 발각될까 두려워 나는 슬픔에 찬 소네트를 한 편 쓰기로 결심했다. 사정을 아는 사람에게는 명백하게 보이듯이 이 시어들을 자아낸 장본인은 바로 나의 여인이기에 그 시를 여기에 옮겨 적는다.

사랑의 길을 밟고 가는 그대들이여,

---

* 중세 음유시인들이 즐겨 썼던 풍자시.

잠시 걸음을 멈추고 말해 보오
  나만 한 슬픔이 또 있는지를.
잠시 동안만 귀를 빌려주오
참고 들어주오, 내 슬픈 경우가
  애련의 이적(異蹟)이자 그 징표가 아닌지를.

사랑은(절대로, 분명, 무가치한 나 때문이 아니라,
그 자신의 관대한 마음에서),
  이처럼 평온하고 달콤한 삶을 나에게 허락하셔서
지나가다 사람들이 종종 궁금해하는 것을 들었나니
저렇게 큰 기쁨이란 도대체 어떤 것일까.
  사람들은 거리에서 나의 등 뒤에 대고 말하였지.

그러나 사랑의 신의 그득한 보배와 더불어 내게 주어졌던
  두려움을 모르던 그 자태는 모두 사라져버렸으니.
  이제 나는 너무나 가난해져서
그 즉시 생각하는 것조차도 두렵다네.

이리하여 나는 수치심 때문에
  가난을 숨기려는 사람처럼,
  기쁨에 가득 찬 모습이라고는 없이,
내 마음은 울부짖고 신음하였네.

  이 시는 크게 두 부분으로 되어 있는데, 첫째 부분에서 나는
예언자 예레미야의 말을 빌려서 사랑의 신을 섬기는 자들을 부르

고자 하였다. "무릇 지나가는 자여, 나만 한 슬픔이 또 있는지 알아보오." 둘째 부분에서 나는 시의 마지막 연이 보여주는 것과는 다른 의미로 사랑의 신이 나를 어디에 데려다 놓았는지, 그리고 내가 무엇을 잃어버렸는지를 이야기한다. 이 시에서 둘째 부분은 "사랑은(절대로, 분명)"으로 시작한다.

그 가리개 여인이 떠나고 얼마 후 천사들의 주인 되시는 이가 내가 언급했던 그 도시의 한 젊고 우아한 여인을 자신의 영광의 세계로 소환하였다. 나는 슬피 울고 있는 많은 여인들 사이에 영혼이 떠나버린 그녀의 육체가 놓여 있는 것을 보았다. 그리고 비길 바 없는 베아트리체와 그녀가 함께 있는 것을 본 적이 있다는 사실을 기억해 내자 눈물이 솟는 것을 막을 수가 없었다. 나의 여인과 그녀가 잠시 동안 함께했었다는 사실에 대한 보상으로, 나는 울면서 그녀의 죽음에 대해 무언가를 말하기로 결심했다. 사정을 아는 사람은 내가 이 시의 끝 부분에서 이 점에 대해 얘기하고 있음을 알아볼 수 있을 것이다. 그리하여 내가 쓴 두 편의 소네트가 여기 있다.

Ⅰ

울어라, 연인들이여, 사랑의 신마저도 울고 있고,
울어야 할 까닭이 너무나 분명하나니.
그처럼 덕망 높은 수많은 여인들이
너무나 깊은 슬픔을 그 눈에 보이고 있구나,
비천한 죽음이 지금껏 아름다웠던 여인에게

28

육중한 잠을 씌워,

이 땅이 찬양해야 할 모든 것을 황폐케 했노라,

영혼이 간직한 정조를 제외한 모든 것을.

이제 들어라, 사랑의 신이 얼마나 그녀를 공경했었는지를.

내 눈으로 보았나니, 사랑의 신이 인간의 모습으로

미동도 않는 달콤한 여인 위로 허리를 굽히고

종종 먼 하늘을 응시하는 것을. 그곳이

그녀에게 생명의 피가 돌았을 때, 이제는 달아난

황홀한 미모와 함께했던 영혼이 자리하고 있는

곳이기에.

이 첫 번째 소네트는 세 부분으로 되어 있다. 첫째 부분에서 나는 사랑의 신을 섬기는 자들에게 울 것을 간청한다. 사랑의 신이 울고 있는 이유를 들으면 그들이 나에게 더욱 귀를 기울일 마음이 들리라는 사실 또한 말한다. 둘째 부분에서 나는 이유를 설명한다. 셋째 부분에서 나는 사랑의 신이 그녀에게 표한 존경심에 대해 얘기한다. 여기에서 둘째 부분은 "그처럼 덕망 높은"으로 시작하고, 셋째 부분은 "이제 들어라"로 시작하고 있다.

‖

언제나 잔혹한 죽음이여, 연민의 으뜸가는 적이여,

슬픔을 낳은 어머니여,

항소할 수 없는 무자비한 심판관이여!

그대만이 내 가슴으로 하여금 느끼게 하였나니

이 슬픔과 이 비통함을,
내 혀는 쉼 없이 그대를 저주하노라.
이제 (그대의 이름에서 자비심을 지워내야 하기에)
내게는 진실을 말해야 할 의무가 있노라,
　　그대의 잔인함과 사악함에 관하여.
　　그것을 알리기 위해서가 아니라
　　증오를 더욱 강조하기 위함이다
진정 사랑으로 살아가는 이들과 함께.

그대는 이 세상에서 예의를 몰아내 버렸다,
　　여인에게 소중하게 여겨지는 미덕도,
　　젊은이의 쾌활한 기운에서 비롯되는
사랑스런 경쾌함도 그대로 인해 사라져버렸다.

내가 누굴 위해 비통해하는지는 아무도 모르리라,
　　그녀에게 바친 이 칭찬의 가락에 의하지 않고는.
　　천국에 갈 자격이 없는 자는 누구든
그녀와 함께할 꿈도 꾸지 못하리라.

　이 시는 네 부분으로 나뉘어 있다. 첫째 부분에서 나는 몇 가지 적절한 이름으로 죽음을 부른다. 둘째 부분에서는 죽음에게 내가 왜 죽음을 비난하게 되었는지를 밝힌다. 셋째 부분에서 나는 죽음을 비난하고, 넷째 부분에서는 내 생각 속에는 확연하게 드러나 있지만, 여기에는 드러나 있지 않은 사람에게 말을 건다. 여기에서 둘째 부분은 "그대만이"로 시작하고, 셋째 부분은 "이제 (그대의)"로 시작한다. 넷째 부분은 "천국에 갈"로 시작하고 있다.

이 여인이 죽은 지 며칠이 지난 후 내가 언급한 그 도시를 떠나 예전에 나의 보호막이 되어주었던 여인이 살고 있는 곳으로 가야 할 일이 생겼다. 내 여행의 목적지는 그렇게 먼 곳은 아니었다. 많은 사람들과 함께했음에도 불구하고, 내가 앞으로 나아감에 따라 지복을 그 도시에 두고 왔다는 사실을 점점 더 확실히 깨달으면서 무거워진 마음을 가라앉히기 위한 한숨조차 제대로 내쉴 수 없을 정도로 여행은 지루하고 힘들었다. 그러자 나의 가장 고귀한 여인의 미덕을 통해 나를 지배한 그가 투박하게 차려입은 여행자의 모습으로 나에게 현시되는 일이 일어났다. 그는 고통스러워 보였고, 계속 땅만 내려다보고 있었다. 내가 걷고 있는 길을 따라 빠르게 흘러가는 맑은 강 쪽으로 가끔씩 눈길을 돌리는 것이 전부였다. 그때 나는 사랑의 신이 나를 불러 이렇게 얘기하는 것처럼 느꼈다. "나는 그토록 오랫동안 그대의 방패막이였던 그 여인에게서 왔소. 그녀는 아마 쉽사리 돌아갈 수 없을 것이오. 그래서 내가 일전에 그대로 하여금 그녀와 함께 남겨두도록 했던 그 심장을 가지고 왔으니, 이제 새로 그대의 방패막이가 될 다른 여인에게 그 심장을 가져다주시오." (그리고 그가 그녀의 이름을 말했을 때, 그것은 나 또한 잘 아는 이름이었다.) "내가 한 말을 한마디라도 되풀이하려면, 이제는 다른 여인을 위해 꾸며내야 할 당신의 사랑이 이전에 방패막이였던 그녀에게도 거짓이었음을 아무도 알아차리지 못하게 말하도록 하시오." 그가 이렇게 말했을 때 그의 모습은 내 마음에서 완전히 사라져버렸다. 사랑의 신이 나 자신의 일부가 되어버렸기 때문이다. 그래서 마치 내 모습이 변해 버린 양, 깊은 시름에 잠긴 채로 나는 그날 종일 말을 달렸다. 그리고 그다음 날 아래의 소네트를 썼다.

> 하루 전, 내가 침울하게 말을 달리고 있을 때
> 　마음에 들지 않는 어떤 길 위에서,
> 　나는 뜨거운 대낮에 사랑의 신을 만났다.
> 그는 길손처럼 가벼운 복장을 하고 있었다.
> 그의 표정은 내게 마치,
> 　왕관을 잃어버린 왕처럼 보였다.
> 　슬픈 상념에 잠긴 채 그는 내게로 다가왔다,
> 아무도 알아볼 수 없을 정도로 고개를 숙인 채.
> 내가 지나갈 때, 그는 나의 이름을 부르며,
> 　말했다. "나는 어둑한 새벽녘부터 걸어왔소
> 　　내가 그대의 심장이 머무르도록 했던 곳으로부터
> 그러나 이제는 다른 여인에게 가져다주어야 하오."
> 　그것으로 그의 대부분이 내게로 들어와
> 　　그는 사라졌고 나는 영문을 몰랐다.

이 소네트는 세 부분으로 되어 있다. 첫째 부분에서 나는 어떻게 사랑의 신을 만났는지 말하고, 둘째 부분에서는, 내 비밀이 폭로될까 두려워 전부 말하지는 않았지만, 그가 내게 말한 것을 전한다. 셋째 부분에서는 그가 어떻게 사라져버렸는지를 말한다.

둘째 부분은 "내가 지나갈 때"로 시작하고, 셋째 부분은 "그것으로"로 시작하고 있다.

여행에서 돌아온 나는 한숨지으며 여행하던 중에 나의 주인이 내게 말해 주었던 그 여인을 찾기 시작했다. 간단히 말해, 얼마 안 가서 내가 이 여인을 나의 방패막이로 만들었기 때문에 많은 사람들이 점잖지 못한 언어로 이 문제를 입에 올리게 되었다. 그리고 이로 인해 나는 여러 차례 고통스러운 시간들을 갖게 되었다. 즉 이 때문에(나의 명예를 더럽히기 위한 이 터무니없고 사악한 소문 때문에) 모든 악의 파괴자이며 모든 선의 여왕이신 그녀가 내가 있는 곳을 지나게 되었을 때, 나의 유일한 축복인 그 달콤한 인사마저 내게 보내지 않게 되는 일이 생겨났다.

그녀의 인사가 내게 얼마만큼 대단한 위력을 지녔는지를 알리기 위해서는 지금의 주제에서 약간 벗어나는 것이 좋을 것 같다. 그녀가 어느 곳에 나타나건 간에 그녀의 비길 데 없는 인사를 받게 될 것이라는 희망 때문에, 내 눈에는 더 이상 나의 적들도 보이지 않았고 과거에 내게 해악을 끼쳤던 사람마저도 누구든 다 용서할 수 있을 만큼 뜨거운 자비심이 생겨날 정도였다. 만일 누군가가 어떤 일에 관해서든 내게 질문을 던졌다면, 나는 겸손한 얼굴을 하고 오직 "사랑의 신"이라고만 대답했을 것이다. 그녀가 내게 인사를 하려고 할 때마다, 사랑의 신은 다른 모든 감각을 파괴해 버린 채 내 두 눈에서 연약한 정기를 뽑아내며 "너희들의 여인을 경모하라."라고 말하고는 자신이 대신 그 자리를 차지했다. 따라서 만약 누군가 사랑을 보았다면 그는 나의 두 눈꺼풀이 떨리는 것을 보고서 알아차린 것이다. 이 고귀한 여인이 내게 인사를 했을 때, 사랑은 견딜 수 없을 정도로 황홀한 축복을 가리기는커녕, 너무도 압도적인 환희를 잉태시켰기 때문에 내 몸은 거기에 굴복하여 속수무책으로 꼼짝할 수 없게 되었다. 이로 인해 그녀의 인사만이 내게 유일한 축복이었음이 분명해졌다. 그 축복은 곧잘 내가 견딜 수 없을 만큼 차고 넘치곤 했다.

이제 다시 원래 주제로 돌아와서, 처음 그녀가 내게 축복을 내리기를 거부했을 때에 관해 이야기하겠다. 그때 나는 너무나 큰 슬픔에 빠져서 다른 사람들 곁을 떠나 한적한 곳으로 가서 그 땅을 온통 비통한 눈물로 적셨다. 뜨거운 눈물을 흘리고 나서 마음이 좀 가라앉자 나는 내 방으로 돌아가서 아무도 모르게 애통해했다. 자비가 충만하신 성모 마리아께 기도를 하고 "사랑의 신이시여, 당신의 종을 도우소서."라고 말한 후에, 나는 마치 매 맞고 운 아이처럼 갑자기 잠에 빠져들었다. 한참 단잠에 빠져 있을 때 온통 흰 옷을 입은 한 젊은이가 내 옆에 앉아 있는 것이 보이는 듯했다. 그는 깊은 생각에 잠겨서 나를 뚫어지게 쳐다보고 있었다. 얼마 동안 그렇게 보고 있다가 그는 한숨을 내쉬더니 나에게 이렇게 말하는 듯했다. "내 아들아, 이제 우리가 거짓된 꾸밈을 버려야 할 때가 왔구나." 그러자 나는 그가 누구인지 알 수 있을 것 같았다. 종전에 꿈속에서 나에게 말을 걸었던 사람의 목소리와 같았기 때문이다. 그를 바라보니 그는 내가 가엾어서 울고 있었던 듯했고, 내가 말하기를 기다리고 있는 것 같았다. 그래서 용기를 내어 나는 이렇게 말했다. "고귀하신 주인님, 왜 우십니까?" 그러자 그는 나에게 이렇게 대답했다. "나는 원의 중심과 같아서 둘레의 모든 지점이 나로부터 동일한 거리에 있지만, 그대는 그렇지 않다." 그 뜻을 생각해 보아도 분명치 않아 다시 말할 용기를 내어 그에게 물었다. "대관절 왜 이렇게 어렵게 말씀하십니까?" 그러자 그는 이번에는 이탈리아어로*"필요 이상의 것은 묻지 마라."라고 대답하는 것이었다. 그래서 나는 그녀가 왜 나에게 인사를 거부하였는지에 관해 그와 얘기하기 시작했다. 그 이유를 물었을 때 그는 이렇게 대답하였다. "그대가 한숨지으며 여행하는 동안 내가 그대에게 말했던 그 여인이 그대의 추근거림으로 몹시 마음이 상했다는 얘기를 우리의 베아트리체가 몇몇 사람들로부터 들었다. 그래서 모든 고뇌의 적인이 가장 고귀한 여인은 그대에게 인사하는 것을 거절했던 것이다. 따라서 (사실, 그대의 비밀은 그녀가 자세한 관찰을 통해서밖에 알 수 없겠지만) 내가 그녀를 통해 얼마나 강력하게 그대를 지배하게 되었으며, 그대가 어린 시절부터 얼마나 그녀에게 빠져 있었는지를 밝히는 시를 한 편 지었으면 한다. 마찬가지로 이러한 사실을 알고 있는 친구에게 증인이 되어달라고 하고, 그자로 하여금 그것에 관해 그녀와 얘기를 나누도록 하라. 그 친구가 바로 나이니, 나는 그 일을 기꺼이 할 것이다. 그리하여 그녀는 그대가 진심으로 바라는 바를 알게 될 것이다. 또한 그녀에게 그대에

---

* 조금 전까지는 라틴어로 말하고 있었다.

관한 비난을 퍼부었던 사람들이 오해한 것이었음을 알게 될 것이다. 이런 사실을 그녀에게 직접적으로 말하는 것은 적절치 않으니 제삼자의 입장에서 전하는 것처럼 글을 쓰라. 그리고 내가 있는 곳에서만 그녀가 그 내용을 듣게 하라. 그것도 감미로운 음악에 맞춰서. 필요할 때마다 내가 거기 깃들 것이니." 이 말과 함께 그는 사라졌고, 나는 잠에서 깨어났다.

기억을 더듬어보니, 이 현몽이 나타난 때는 하루 중 아홉 번째 시간이었음을 알 수 있었다. 나는 방을 나서기 전에 나의 주인이 전해 준 말씀에 따라 한 편의 발라드를 짓기로 결심했다. 아래의 발라드가 바로 그것이다.

노래여, 나는 그대가 사랑의 신을 찾기를 원하노라,
   그와 더불어 나의 여인이 있는 곳으로 가라.
   그대의 화음이 탄원할 나의 무죄를
그의 능변이 더 명확히 밝힐 수 있도록.

나의 노래여, 예의를 갖추고 가라,
   아무 동무도 없을지라도
     어디든 홀로 의지해 갈 수 있도록.
그러나 마음의 안정을 얻고 싶거든,
   먼저 사랑의 신에게로 향하라

     그대의 발걸음 그 도움을 아낌은 현명치 못한 일,
     그대가 기도를 바치는 그녀가

나에게 화가 난 것으로 생각되니,
사랑의 신이 그대와 동행하지 않는다면,
　　그녀가 그대를 환대할 리는 만무한 일.

그녀를 만나거든, 달콤한 목소리로,
　　이렇게 운을 떼어라,
　　　　우선 들어주실 영광을 간청한 후에.
"저를 전언자로 보낸 이는,
　　부인이시여, 참고 들어주신다면,
　　　　자신을 변호하여, 이렇게 적고 있습니다.
　　　　저와 함께 온 사랑의 신은, 부인의 영향으로
이 사람을 마음대로 부릴 수 있습니다.
그러니 이 잘못이 진실인지, 꾸밈인지
　　부인께서 판단하십시오. 그의 마음은 움직일 수 없
　　으니."

그녀에게 또 이렇게 말하라. "부인이여, 그의 가련한 마
음은
　　너무도 굳건히 뿌리박혀 있어
　　　　온통 그대를 섬길 생각뿐이랍니다.
그 마음 일찍이 그대의 것이라, 떨어질 수 없느니."
　　그래도 그녀가 믿지 않거든,
　　　　진실을 알고 있는 사랑의 신에게 물어보도록
　　하라.
　　　　그리고 마지막에는 공손하게 그녀에게 간청하라

지나친 무례를 용서하도록, 이 말과 덧붙여서.
　　"부인께서 그의 죽음을 보상으로 원하신다면,
　　　　마땅히 그 뜻이 이루어질 것입니다."

그리고 그대는 자비로운 주인께 간구하라,
　　그녀 있는 곳 떠나오기 전에,
　　　　그가 나의 편을 들어 잘 간청하도록.
"나의 달콤한 노래와 진실에 대한 보상으로"
　　(그에게 간청하라) "그녀와 함께 머물러주오.
　　　　그대의 불쌍한 하인의 희망이 헛되지 않도록 해
　　주오.
　　　　그대의 간청을 그녀가 받아들인다면,
부디 그를 바라보고 그에게 평온을 주도록 해주오."
고귀한 나의 노래여, 이 일이 그대 마음에 흡족하다면,
　　　　가서 행하라. 그러면 그대와 사랑은 영광을 받으리니.

　이 노래는 세 부분으로 나뉘어 있다. 첫째 부분에서 나는 노래에게 어디로 가야 할지를 말하고, 더욱 자신 있게 갈 수 있도록 용기를 북돋는다. 또한 보다 자신 있고 안전하게 가려면 누구와 동행해야 하는지를 말한다. 둘째 부분에서 나는 노래가 전달하기로 되어 있는 바를 얘기한다. 셋째 부분에서 나는 노래가 원할 때 떠나도록 허락하며, 운명의 품에 그 길을 맡긴다. 여기에서 둘째 부분은 "그녀를 만나거든, 달콤한 목소리로"로 시작한다. 셋째 부분은 "고귀한 나의 노래여"로 시작한다. 이 노래가 내가 하는 말로만 이루어져 있는 것을 보고, 내가 '그대'라고 부르는

사람이 누구인지 모르겠다고 비난하는 사람이 있을지도 모른다. 따라서 나는 이 작은 책자의 좀 더 난해한 부분에서 이 의문을 해결하고 명확하게 밝힐 것이다. 그때가 되면 지금 의심하는 사람이나 앞서 말한 것처럼 비난하는 사람들도 이해하게 될 것이다.

지금 기록한 꿈을 꾸고 사랑이 나에게 불러준 말들을 모두 적고 나서, 나는 여러 가지 생각에 시달리기 시작했다. 하나하나가 나를 심하게 유혹했는데, 그중에서도 특히 나를 괴롭힌 것이 네 가지 있었다. 첫째는 "사랑의 주는 섬기는 마음으로 하여금 모든 비천한 것을 피하도록 하시니 틀림없이 선하다."라는 것이었다. 둘째는 이러했다. "하인들이 공경하면 할수록 가해지는 고통은 더욱 통렬하고 심해지니 사랑의 주는 악하다." 셋째는 이러했다. "사랑의 신의 이름은 듣기에 너무나 달콤해서 그 결과 또한 달콤하지 않을 수 없을 것처럼 보인다. '이름은 사물의 결과다.'라고 써 있듯이, 이름은 그것이 지칭하는 사물과 흡사할 수밖에 없기 때문이다." 넷째는 이러했다. "사랑의 신이 그대를 지배하기 위해 선택한 여인은 마음이 쉽게 변하는 다른 여인들과는 다르다."

이러한 생각들이 모두 나를 심하게 공격했기 때문에 나는 어느 길을 택할 것인지 의심하고, 가려고 하면서도 가지 못하는 사람 같았다. 이 모든 길들이 만나는 한 지점을 찾아보려고 생각했지만, 단 하나의 길밖에 찾을 수 없어서 나는 심히 괴로웠다. 그것은 연민을 찾아가서 나 자신을 맡기는 것이었다. 그때 그러한 심정을 시로 적고 싶은 마음이 들어서 아래와 같은 소네트를 썼다.

나의 모든 생각은 늘 내게 사랑의 신에 대해 말하지만,
그 생각들이 서로 너무나 달라
첫 번째 생각이 몸과 맘을 다해 경배하게 할 때,
둘째 생각은 이렇게 말한다. "그만두고, 하늘을 보라."
셋째 생각은 희망을 불어넣어 기쁨을 가져다준다.
마지막 생각은 까닭 모를 눈물을 가져온다.
그 모두가 마음 졸이며 연민을 구한다,
가슴이 알고 있는 공포에 떨면서.
어느 길을 택할지 확신하지 못하고,
말을 하고 싶지만 무슨 말을 할지 몰라,
사랑의 미로 속에서 헤맨다.
마침내(이들 모두를 화평케 하기 위해서는)
나의 적에게 기도하는 수밖에 없다,
연민에게, 나를 도와주기를.

이 소네트는 네 부분으로 나뉘어 있다. 첫째 부분에서는 나의 모든 생각들이 사랑의 신에 관한 것임을 밝힌다. 둘째 부분에서 나는 그 생각들의 다양함에 대해 설명한다. 셋째 부분에서 나는 그 생각들이 어떤 점에서 서로 일치하는지를 얘기한다. 넷째 부분에서는 사랑의 신에 대해 말하고 싶지만 이들 생각 중에서 어떤 생각을 골라 이야기해야 할지 모르겠다는 것과, 이 모든 생각들이 일치하는 점을 택하려면 나의 적인 연민에게 하소연해야만 한다는 사실을 말한다. 일종의 비아냥거리는 투로 나는 연민을 "부인"이라고 부른다. 여기에서 둘째 부분은 "그 생각들이 서로 너무나 달라"로 시작한다. 셋째 부분은 "그 모두가"로 시작하고,

넷째 부분은 "어느 길을 택할지"로 시작하고 있다.

이처럼 여러 생각들과 씨름한 후에, 어느 날 우연히 나의 고귀한 여인이 한 무리의 여인들과 어떤 장소에 나타난 일이 있었다. 내 친구가 나를 그곳으로 데려갔는데, 그는 그렇게 많은 여인들의 아름다움을 나에게 보여주면 내가 큰 기쁨을 느끼리라고 생각했다. 그때 나는 그가 나를 어디로 데려가는지 전혀 몰랐지만, 그를 신뢰하고서(그러나 그는 친구를 죽음의 문턱으로 인도하고 있었다.) 이렇게 물었다. "무엇 때문에 이들 여인들에게로 가는 것인가?" 그러자 "물론 그들을 훌륭하게 섬기기 위해서지."라고 그가 대답했다. 그날 결혼식을 올린 한 귀부인 주위에 여인들은 모여 있었다. 신부가 신랑의 집에서 처음으로 식탁에 앉을 때 여인들이 신부의 동무가 되어주는 것이 그 도시의 관습이었기 때문이다. 나는 내 친구를 즐겁게 하기 위해 그와 같이 머물러서 여인들을 섬기기로 작정을 했다.

그러나 이렇게 결심하자마자 나는 머리가 어지럽고 왼쪽 옆구리가 쑤시는 것을 느끼기 시작했는데, 이 기운은 곧 온몸으로 퍼졌다. 그래서 나는 그 집의 모든 벽을 따라 이어져 있는 그림에 남몰래 등을 기댔다. 사람들이 내가 떨고 있는 것을 알아차릴까 두려워 나는 눈을 들고 여인들을 바라보았다. 그제야 비로소 나는 그들 가운데 비할 데 없는 베아트리체가 있음을 알아차렸다. 내가 그녀를 알아보았을 때, 가장 고귀한 존재 가까이에 있음으로써 사랑의 신이 얻게 된 엄청난 힘에 나의 모든 감각들이 압도되어 마침내는 눈의 정령들만이 남게 되었다. 그녀를 더욱 잘 바라보기 위해 사랑의 신이 그 영광스러운 자리에 들어갔기에 심지어 이 눈들마저도 제자리를 벗어나 있었다. 나는 비록 처음과는 다른 사람이 되어 있었지만 "그자가 이런 식으로 우리를 쫓아내지만 않았더라면, 우리들도 이 경이로운 여인을 바라볼 수 있었을 텐데."라며 애통해하는 쫓겨난 정령들 때문에 나도 마음이 아팠다. 이즈음에는 그녀의 여러 친구들이 나의 혼란스러운 모습을 알아채고 의아해하기 시작했다. 그러고는 그녀와 함께 계속해서 나에 대해 수군거리며 나를 비웃는 것이었다. 그러자 영문을 모르는 나의 친구는 내 손을 붙잡고 여인들 틈에서 데리고 나와서 어디가 아프냐고 물었다. 감각이 돌아올 때까지 잠시 동안 조용히 있다가, 나는 친구에게 이렇게 대답했다. "돌아오기를 원하는 사람이라면 넘어서는 안 될 생사의 경계를 나는 방금 확실히 넘어섰네."

얼마 후 그와 헤어져서 나는 전에 울었던 그 방으로 돌아갔다. 울면서, 또 부끄러워하며 나는 이렇게 혼잣말을 했다. "그녀가 나의 처지를 알았다면, 나를 조롱하지는 않았을 거야. 아니 분명 동정심을 느꼈을 거야." 울면서, 나는 시 한 편을 쓰기로 결심했다. 그 시에서 그녀에게 나의 모습이 달라진 이유를 설명하고, 그녀가 그 이유를 몰랐다는 사실을 내가 어떻게 알게 되었는지를 말할 작정이었다. 만약 그 이유가 알려졌다면 사람들이 나를 동정하게 되었으리라고 나는 확신했다. 어쩌면 이 시가 그녀의 귀에 들어가게 될지도 모른다는 희망을 안고, 나는 이 소네트를 썼다.

다른 이들이 조롱하듯 그대도 나를 조롱하는구려,

고귀한 여인이여, 그 이유는 꿈에도 모른 채

내가 이렇게 이상한 모습을 하고 있는 그 이유를,

이렇게도 아름다운 그대 얼굴 바라볼 때.

다른 것은 몰라도 연민은 그대에게 허락지 않으리

이토록 심한 조롱으로 내 가슴 아프게 하는 것을.

보시오! 사랑의 신은 그대 곁에 편히 앉아,

너무나도 강력한 힘으로

고통스러워하는 내 모든 감각들을 몰아내 버린다오,

일부는 고문하고, 일부는 죽여서

마침내는 홀로 살아남아 자유롭게 돌아다니며

그대를 쳐다본다오. 그리하여 내 얼굴은 변하였소,

다른 사람의 얼굴로. 내가 멍하니 서 있을 때,

나의 감각들이 도망치며 울부짖는 소리가 들렸다오.

이 소네트는 여러 부분으로 나누지 않았다. 나눔의 목적은 각 부분의 뜻을 분명히 하기 위함인데, 이 시는 시를 쓰게 된 이유를 분명히 밝혔기 때문에 나눌 필요가 없다. 이 소네트를 쓰게 된 경위를 밝히는 말들 중에는 다소 모호한 표현들이 있는 것도 사실이다. 예를 들면 사랑의 신이 정령들의 자리를 차지하고, 눈의 정령들은 눈 밖에 머무를 뿐이라고 말한 경우가 그렇다. 이러한 어려움은 사랑의 신을 섬기는 성실한 충복이 아니면 해결이 불가능한 것이다. 반대로 충복들에겐 이 모호한 말들도 의미가 분명하다. 따라서 내가 그 의미를 설명하는 것은 적절치 않다. 내가 설명해 봐야 어떤 사람들에게는 무익할 것이며, 또 어떤 사람들에게는 불필요할 것이기 때문이다.

내 모습이 이처럼 이상하게 변모되고 나서 얼마 후에, 나는 거의 계속해서 뇌리를 떠나지 않는 강렬한 생각에 사로잡히게 되었다. "이 여인의 동료들에게 그렇게 조롱을 당하면서도 그대는 왜 그녀를 보고자 하는가? 그녀가 만약 그 이유를 묻는다면 뭐라고 대답할 것인가? 그대가 그대의 모든 능력의 주인이고 자유롭게 대답할 수 있다 할지라도." 이에 대해 매우 겸손한 다른 생각이 이렇게 대답했다. "내가 내 모든 능력의 주인이고 자유롭게 대답할 수 있다면, 나는 그녀의 경이로운 아름다움을 머릿속으로 그리는 순간 그녀를 바라보고 싶은 욕망에 사로잡힌다고 그녀에게 대답할 것이다. 그 욕망은 너무도 강력하여 방해되는 것들을 모조리 내 기억 속에서 없애고 파괴해 버린다. 그러므로 그로 인해 내가 받은 엄청난 고뇌마저도 그녀를 바라보고 싶어 하는 나를 억제할 수는 없다." 그러고 나서 이런 생각들에 의해 나는 내 입장을 해명하는 시를 한 편 쓰기로 결심했는데, 이 시에서 나는 그녀 앞에서 내가 느낀 바에 대해 말할 생각이었다. 그리하여 나는 이 소네트를 썼다.

생각은 내 기억 속에서 사라져버린다,
　　그대 사랑의 기쁨이여, 그대 얼굴을 볼 때마다.
　　그대가 내 곁에 있을 때, 사랑의 신은 빈 공간을 채우고,
거듭 말한다. "죽음이 싫거든, 달아나라."

내 얼굴은 진실로 내 마음의 빛깔을 내보이고,

　내 마음은 어지러워하며 기댈 곳을 찾는다.

　술에 취한 듯 치욕의 두려움에 떨 때,

돌들도 외치는 것 같다 "죽어라!"

이것은 엄청난 죄악이 되리라

　나의 이 어지러운 마음을 보고 위로하지 않는다면

　　(단지 연민을 보내는 것일지라도)

마치 축복을 찾듯 죽음을 찾는

　거의 멀어버린 두 눈의 죽은 시선에,

　　그대의 조롱이 가져다준 엄청난 고뇌의 마음을.

이 소네트는 두 부분으로 나뉘어 있다. 첫째 부분에서 나는 단념하지 않고 이 여인에게 가게 된 이유를 설명한다. 둘째 부분에서 나는 이 여인에게 가게 됨으로써 내게 무슨 일이 일어났는지 말하는데, 이 부분은 "그대가 내 곁에 있을 때"로 시작한다. 또한 이 둘째 부분은 서로 다른 다섯 개의 진술로 나뉘어 있다. 첫 진술에서 나는 이성의 충고를 받은 사랑의 신이 내가 그 여인의 곁에 있을 때 내게 말하는 것을 전한다. 둘째 진술에서 나는 내 얼굴을 예로 들어 내 마음의 상태를 표현한다. 셋째 진술에서 나는 어떻게 해서 모든 확신의 근거가 사라지게 되는지를 이야기한다. 넷째 진술에서는 내게 다소 위안을 가져다줄 연민을 보이지 않는 사람은 죄를 짓는 것이라고 말한다. 마지막 진술에서 나는 왜 사람들이 동정심을 보여야 하는지를 얘기한다. 즉 내 눈에 생겨난 애처로운 모습에 대한 연민인바, 그 애처로운 모습은 어쩌면 이에 주목했을 다른 여인들마저도 비웃게 만드는 이 여인의 조롱으로 인해 파괴되고 만다. 다시 말해 다른 사람들에게 드러나지 못한다. 둘째 부분은 여기에서 "내 얼굴은 진실로"로 시작한다. 셋째 부분은 "술에 취한 듯"으로 시작하며, 넷째 부분은 "이것은 엄청난 죄악이"로, 다섯째 부분은 "마치 축복을 찾듯"으로 시작한다.

이런 연후에, 이 소네트는 내가 아직 분명하게 밝히지 않은 나의 상황에 관한 다른 네 가지 사실들을 시로 써야겠다는 욕망을 나에게 불러일으켰다. 첫째는 사랑의 신이 내게 가져온 낯선 변모를 생각할 때마다 슬픔이 나를 사로잡았다는 사실이다. 둘째는 사랑의 신이 여러 차례 너무 급작스럽고도 강력하게 나를 공격해서 나의 여인에 관해서 말한다는 생각 외에는 내게 생명력이 남아 있지 않았다는 사실이다. 셋째는 이런 식으로 사랑의 신이 나와 전쟁을 벌일 때, 내가 창백한 모습으로 일어서서 내 여인을 볼 수 있다면 그녀의 모습이 사랑의 신의 공격으로부터 나를 지켜줄 것이라 생각하고, 그녀 곁에 있을 때 내게 무슨 일이 일어났는지 까마득하게 잊어버렸다는 사실이다. 넷째는 내가 그녀를 보았을 때, 그 모습이 나를 지켜주지 못했을 뿐만 아니라 내게 남아 있던 조그만 생명마저도 앗아가 버렸다는 사실이다. 나는 이 네 가지를 소네트로 노래했다.

몇 차렌가(실은 빈번하게) 나는 곰곰이 생각해 본다
사랑의 신이 내게 가져다준 고뇌의 특성을
그러면 연민이 내게 한숨지으며 말하게 한다,
"다른 어느 곳에, 나와 같은 사람이 또 있을까?"

견디기 힘든 힘으로 사랑의 신이 나를 부순다.

    내 생명은 흔적도 없다

    한 가지 생각밖에는. 그리고 그것은 그대 생각이기에,

육체를 떠나지 않고 거기 머문다.

다른 도움을 마다한 나는,

    스스로 돕고자 하지만, 방법을 알지 못하고

        마지막 희망으로 그대 모습 보고자 하지만,

두 눈을 들어 보려는 순간

    피가 심장에서 흘러나오는 것 같고,

        모든 맥박이 한꺼번에 뛰다가 멈추는 것 같다.

이 소네트는 네 가지 사실을 전하는 네 부분으로 나뉘어 있다. 이것들은 앞에서 이미 설명하였으므로 이들을 시작 부분으로 구분만 짓겠다. 둘째 부분은 "견디기 힘든"으로 시작하고, 셋째 부분은 "다른 도움을 마다한"으로, 넷째 부분은 "두 눈을 들어"로 시작한다.

나의 여인에게 나의 상황을 거의 모두 얘기한 이 세 편의 소네트를 짓고 나자, 나 자신에 관해서 충분히 얘기했으므로 이제는 침묵을 지켜야 할 것 같았다. 비록 내가 다시 그녀에게 말을 걸지는 않았지만, 나중에는 지난 것들보다 더 고귀한 새로운 주제에 관해서 써야만 했다. 내가 새롭게 글을 쓰게 된 경위를 들려주는 것은 유쾌한 일이므로, 여기서 가능한 한 간단하게 그 얘기를 하겠다.

내 모습이 보기에도 마음 아플 정도로 변해 버려서 많은 사람들이 내 마음의 비밀을 알게 되었다. (내가 마음의 괴로움을 겪고 있을 때 여러 차례에 걸쳐 나와 함께 있었기 때문에)이 비밀을 잘 알고 있던 몇몇 부인들이 어느 날 함께 모여 즐기는 일이 있었다. 내가 우연히(실은 운명의 뜻이라고 생각되지만) 그쪽 길로 가게 되었을 때, 그들 중 한 사람이 나를 부르는 소리가 들렸다. 나를 부른 여인은 목소리가 매우 고왔다. 그들에게 가까이 가서 내 비길 데 없는 여인이 그들 중에 없음을 알게 되었을 때, 나는 적이 안심이 돼서 인사를 건네고 용건을 물었다. 여인들은 수가 많았고, 몇 사람은 서로 웃으며 즐기고 있었고, 몇 사람은 내가 곧장 말을 해야만 한다는 듯이 나를 빤히 바라보았다. 그러나 내가 여전히 침묵을 지키고 있자, 조금 전까지 자기들끼리 얘기를 나누던 여인들 중 한 명이 내 이름을 부르더니 이렇게 말하는 것이었다. "그 여인이 곁에 있는 것을 견딜 수 없다면, 무슨 목적으로 당신은 그 여인을 사랑하십니까? 우리가 알 수 있도록 이유를 말해 보세요. 그러한 사랑의 목적은 알 만한 가치가 있죠." 그녀가 이렇게 말했을 때 그녀뿐만 아니라 그녀와 함께 있던 사람들 모두가 내 대답을 기다리며 나를 쳐다보기 시작했다. 그래서 나는 그들에게 이렇게 말했다. "부인들이여, 내가 알기로 내 사랑의 목적이자 목표는 당신들이 얘기하고 있는 그 여인의 인사를 받는 것뿐이었소. 그 인사 속에 내 모든 욕망의 목적인 축복이 깃들어 있었소. 그러나 이제 그녀가 나에게 이 축복을 주는 것을 거절했기 때문에, 나의 주인인 사랑의 신은 선한 마음에서 내가 확실하게 소망할 수 있는 곳에 내 모든 축복을 옮겨놓았소." 그러자 이 여인들은 서로 은밀하게 속삭이기 시작했다. 눈이 비에 섞여 내릴 때처럼, 그들의 이야기에는 한숨이 섞여 있었다. 그러나 잠시 후 나에게 처음 말을 걸었던 그 여인이 이런 말을 건넸다. "청컨대 그대의 이 축복이 어디에 머물고 있는지를 우리에게 말해 주오." 그러자 나는 이렇게 대답했다. "나의 여인을 찬양하는 말 속에 있습니다." 거기에 대해 그녀가 이렇게 대꾸했다. "그대의 말이 사실이라 할지라도, 그대의 처지에 관해 자신이 쓴 말들을 자신은 다른 의도를 가지고 썼을 수도 있겠군요."

그녀의 대답으로 창피를 당한 나는 그들을 떠나왔다. 걸어오면서 나는 혼자 이렇게 속삭였다. "내 여인을 찬양하는 말 가운데 이렇게 큰 축복이 있는데, 어찌 달리 노래하려 했단 말인가?" 그때 나는 앞으로는 이 고귀한 여인을 찬양하는 시만을 쓰기로 결심했다. 그러나 곰곰이 생각해 보니 너무 지고한 주제를 선택한 것 같아 감히 시작을 할 수가 없었다. 그래서 나는 노래하고 싶은 마음이 있었음에도 시작(始作)에 대한 두려움으로 며칠을 보냈다. 그 후 맑은 개울을 따라 난 길을 걷다가 불현듯 시를 짓고 싶은 커다란 욕망이 생겼다. 어떻게 써야 하나 생각하기 시작했을 때, 다른 여인들에게 이인칭으로 말을 거는 것 외에는 그녀를 노래할 방법이 없는 것 같았다. 여기서 이 여인들이란 단지 여자이기만 하면 되는 것이 아님은 말할 것도 없고, 아무 귀부인이나 되는 것이 아니라 진정으로 귀부인이기 때문에 귀부인이라 불리는 여인들을 의미한다. 단언하건대 그때 내 혀는 스스로의 충동에 못 이겨 "사랑을 알고 있는 여인들이여"라고 말했다. 나는 이 표현을 시의 첫 구절로 쓸 생각에 크게 기뻐하며 마음에 담아두었다. 그리고 나는 앞서 말한 도시로 돌아와 이렇게 시작되고 아래처럼 나뉘어진 형식으로 구성된 시를 쓰기 시작했다. 그 시는 이러하다.

사랑을 알고 있는 여인들이여,
　　　내 여인에 관하여 그대들과 이야기 나누고 싶소.
　　　그녀에 대한 찬양을 완성하려 함이 아니라,
　　　　　원하는 바를 말함으로 마음을 안정시키고저.
단언하건대 내 그녀를 찬양할 때,
사랑의 신은 내 온몸에 지극한 향기를 뿌리나니
내가 용기를 잃지 않는다면, 확실히
　　　내 말을 듣는 사람들은 모두 그에게 사로잡힐
　　　것이오.
　　　따라서 나는 장대한 어조로 말하지 않을 것이오
노래가 실패한다면 비천한 일이 될 것이니.
단지 그녀의 지고한 아름다움을 노래하겠소
　　　내가 찾아낼 수 있는 최상의 말들, 이 볼품없
　　　는 말들로,
단지 그대들과 더불어, 사랑스런 여인들이여.
다른 사람들과 사랑을 얘기함은 적절치 않으니.

천사가, 복된 지식에서, 하느님께
　　　간구한다. "하느님께서 손수 지으신 이 세상에서,

기적적인 일이 일어나고 있습니다.

　　그 광채가 이곳까지 번져 오고 있는

영혼 때문에. 천국은 그녀 외에 아무것도

　원하는 것 없기에, 그녀를 갖고자 주님께 기도합니다,

　천국의 성자들이 큰 소리로 끊임없이 울면서."

　　그러나 연민은 지상의 우리 몫을 여전히 간직

　하고 있다

　　그 달콤한 영혼 속에. 하느님은 그 기도에 이

　렇게 답하신다.

"내 사랑하는 이여, 평온 가운데 너의 희망이

남아 있도록 하라, 그녀를 잃을까 두려워하는,

　　그자가 있는 곳에. 이것이 내가 원하는 바이니.

그는 지옥의 저주받은 자들에게 말할 것이다,

'나는 하느님의 천사가 간구하는 자를 바라보았다.'"

지고의 천국도 내 여인을 갈망한다.

　따라서, 나는 이제 말해야만 한다,

　이렇게. 존경받고 싶어 하는 여인이라면 누구나

　　내 여인과 함께하라. 내 여인이 지나갈 때,

사랑의 신은 더러운 마음에 죽음의 찬 기운을 불어넣어

사악한 생각이 죽게 하노니.

그녀를 바라보는 것을 견딜 수 있는 자는

　　고귀해지거나, 죽고 말리라.

　　그처럼 숭상받을 만한 자 있다면

그녀의 힘은 증명되는 것이니,

온유한 겸손의 온 힘을 다하여
　　　그의 영혼을 위해 심장을 담대하게 만드는 그
　녀의 힘.
하느님의 뜻으로 그녀 이 미덕을 갖게 되었으니.
그녀와 말 나누는 자는 절대 병들지 않으리라.

사랑의 신은 그녀를 두고 말한다. "흙에서 나온
　육체가 어떻게 이리도 순결할 수 있단 말인가?"
　　다시 쳐다보며 그는 홀로 맹세한다. "정녕코,
　　　이것은 지금까지 알려진 바 없는 하느님의 피
　조물이다."
그녀는 아름다운 여인에게 어울리는, 단지 그만큼의
진주 같은 창백함을 지녔다.
그녀의 키는 자연의 힘이 올릴 수 있는 만큼 높다.
　　　미(美)는 그녀를 기준으로 평가된다.
　　　그녀가 달콤한 눈길을 돌릴 때마다,
사랑의 정령들이 불꽃으로 피어 나와,
이를 바라보는 사람들의 눈을 통하여
　　　한결같이 깊숙한 심장 속으로 뚫고 들어간다.
그녀의 미소 가운데 사랑의 신이 그려져 있어.
그녀를 뚫어져라 바라볼 수 있는 자 아무도 없다.

사랑스러운 나의 노래여, 내가 그대를 보내면
　그대는 많은 여인들과 고상한 얘기를 나누리라.
　　(그대가 사랑의 신으로부터 태어났으며

겸손하고 소박한 아이임을 유념하여)
누구를 만나건, 이렇게 말하라.
"서둘러 가게 해주시오! 나는 그녀에게 가는 길이오
내 연약함을 강하게 만드는 힘을 가진 그녀에게."
　　　종국에 그대의 모든 수고를 헛되게
　　　하지 않으려면, 지저분하고 평범한 사람들을
찾지 말고, 예의 바른 남녀가
살고 있는 곳을 찾도록 노력해라.
　　　그들은 그대에게 지름길을 일러주어,
그 여인과 더불어 사랑의 신 또한 찾으리라.
그대의 임무이니, 이 두 사람에게 내 안부를 전하라.

　좀 더 잘 이해할 수 있도록 나는 이 시를 앞의 시들보다 더욱
정교하게, 즉 세 부분으로 나누었다. 첫째 부분은 이어지는 말에
대한 서곡이다. 둘째 부분은 주제이고, 셋째 부분은 말하자면 앞
의 표현에 대한 시녀이다. 둘째 부분은 "천사가, 복된 지식에서"
로 시작하고, 셋째 부분은 "사랑스러운 나의 노래여"로 시작한
다. 첫째 부분은 다시 넷으로 나뉘어 있다. 첫째에서 나는 누구
에게 나의 여인에 대해 말할 것인가를 설명한다. 둘째에서는 내
가 그녀의 아름다움을 명상할 때 그녀가 어떤 모습으로 나타나
며, 내가 용기를 잃지 않는다면 무슨 말을 할 것인가를 얘기한
다. 셋째에서는 마음이 기진맥진해져서 방해를 받지 않도록 무슨
말을 할 목적인지를 말한다. 넷째에서는 누구에게 말하려고 하는
지를 밝힌 다음, 그들에게 말하는 이유를 얘기한다. 여기서 둘째
는 "단언하건대"로 시작하고, 셋째는 "따라서 나는 장대한"으로,

넷째는 "단지 그대들과 더불어"로 시작하고 있다. 그리고 "천사가"로 시작하는 부분에서 나는 그녀에 관해서 다루기 시작한다. 이 부분은 둘로 나뉘어 있다. 전반부에서 나는 그녀가 천국에서 어떻게 이해되고 있는지를 말한다. 후반부에서 나는 그녀가 지상에서 어떻게 이해되고 있는지를 말한다. 이 부분은 "지고의 천국도 내 여인을"로 시작한다. 이 후반부는 다시 둘로 나뉘는데, 앞부분에서 나는 그녀 영혼의 고귀함에 대해서 말하고, 그녀의 영혼에서 나오는 미덕에 대해 설명한다. 뒷부분에서 나는 그녀의 육체의 고귀함과 그녀의 아름다움에 대해 설명한다. 이 부분은 "사랑의 신은 그녀를 두고"로 시작한다. 이 뒷부분은 다시 둘로 나누어진다. 첫 번째에서 나는 그녀의 몸 전체의 아름다움에 관해서 말하고, 두 번째에서 나는 특정 신체 부분의 아름다움에 대해서 얘기한다. 이 부분은 "그녀가 달콤한 눈길을"로 시작한다. 이 두 번째 부분은 다시 둘로 나누어지는데, 그 앞에서 나는 사랑의 시작인 눈에 관해서 말하고, 뒤에서는 사랑의 목적인 입에 관해서 말한다. 그리고 모든 사악한 생각들을 떨쳐버리도록, 독자들은 이 여인의 인사가 내가 생각할 수 있는 모든 욕망의 목표였다는 사실을 위에 기록해 놓았음을 기억하도록 하라. 그리고 "사랑스러운 나의 노래여"라고 할 때, 나는 말하자면 다른 부분에 대한 일종의 시녀로서 한 연을 덧붙여서 이 시에서 내가 바라는 바를 얘기한다. 이 마지막 부분은 이해하기 쉽기 때문에, 수고스럽게 더 이상 나눌 필요가 없다. 이 시의 의미를 더욱 명료하게 하려면 좀 더 세밀하게 나눠야 하겠지만, 지금까지의 구분으로 이해할 수 있는 머리가 없는 사람이라면 그냥 놔두는 것이 좋을 것이다. 많은 사람들이 우연히 이 시를 듣게 된다면, 지금까지의 구분만으로도 너무나 많은 사람들에게 그 의미가 이미 전달되었으리라고 생각되기 때문이다.

이 노래가 세상에 다소 알려지게 되었을 때, 내 친구 중한 명이 이 노래를 듣고 나에게 사랑이 무엇이냐고 물어왔다. 내 시의 표현들을 보고 나에게 과분한 기대를 하는 것같았다. 이러한 시를 썼으니 사랑의 속성에 대해 다소 얘기하는 것도 나쁘지 않을 것이고, 또한 내 친구의 뜻에도 부합되는 것이라 생각하고서 나는 사랑의 속성을 주제로한 시를 하나 쓰기로 작정을 했다. 그렇게 해서 쓴 소네트가 바로 이것이다.

> 사랑과 온화한 마음은 하나이지요,
>> 현자*가 자신의 시에서 노래하듯이.
>> 각자가 홀로는 죽은 것과 같지요
> 이성적 영혼이 생각하는 힘을 빼앗겼을 때와 같이.
> 자연이 이들을 만드는 것은 사랑할 때입니다. 왕이지요
>> 사랑의 신은, 그가 머무는 궁궐의 이름은
>> 마음입니다. 짧은, 혹은 긴 수면을 취하면서
> 처음에는 그곳에서 가만히 숨 쉬고 있지요.
> 그러다가 고귀한 여인의 아름다움을 보면
>> 눈은 욕망을 갖게 되고, 눈의 욕망은 다시
>>> 심장 속으로 들어가게 됩니다.
>> 그곳에 오랫동안 고이 간직되지요

---

* 구이도 구이니첼리의 칸초네 첫 소절 참조. "온화한 마음속 사랑이 그에게 안식을 주네."(로)

사랑의 신이 마침내 잠에서 깨어날 때까지.
　　여자들도 고귀한 남자에 대해 똑같이 느끼지요.

　이 소네트는 두 부분으로 나뉘어 있다. 첫째 부분에서 나는 사랑의 신의 잠재적인 힘에 대해 말하고, 둘째 부분에서는 사랑의 신이 행동으로 옮긴 현실적인 힘에 대해 이야기한다. 둘째 부분은 "그러다가 고귀한 여인의"로 시작한다. 첫째 부분은 둘로 나뉜다. 그 전반부에서 나는 사랑의 신의 힘이 어떤 대상 가운데 존재하고 있는지를 말하고, 후반부에서는 이 대상과 사랑의 신이 어떻게 쌍둥이로 태어났는가, 또 내용과 형식의 경우처럼 이들이 서로를 어떻게 여기는가를 얘기한다. 이 후반부는 "자연이 이들을"로 시작한다. 그다음에 "그러다가 고귀한 여인의"라고 말할 때, 나는 사랑의 신의 힘이 어떻게 행동으로 옮겨지는가를 얘기한다. 그리고 우선 그 힘이 남자에게서 어떻게 변화되는지를 말한 다음, 여자에게서는 어떻게 변화되는지를 "여자들도 고귀한"으로 시작되는 곳에서 말한다.
　앞의 시에서 사랑을 다루었기 때문에, 나의 여인을 찬양하는 뭔가를 얘기해야 할 것 같았다. 거기에서 나는 그녀에 의해 야기된 사랑이 어떻게 스스로를 나타내고, 그녀가 잠든 사랑을 깨울 뿐만 아니라 사랑의 신이 존재하지 않는 곳에서도 어떻게 해서 기적적으로 사랑을 자아낼 수 있는지를 말할 계획이었다. 이를 위해 나는 또 다른 소네트를 썼다. 이것이 바로 그 소네트다.

　내 여인은 두 눈에 사랑을 지니고 있나니.

바라보는 모든 것을 사랑스럽게 변화시킨다.

그녀가 길을 가면 사람들은 고개 돌려 그녀를 응시
한다.

그녀의 인사를 받는 사람은 심장이 두근거림을 느끼고,

한숨을 가득 쉬며, 근심에 찬 얼굴을 숙인다.

그때 그는 자신의 사악한 마음을 알게 되어,

증오는 사랑으로 변하고, 자만심은 숭배로 변한다.

오 여인들이여, 그녀를 찬양하도록 어떤 식으로든 도와
주시오.

겸손과 식지 않는 희망이,

그녀의 말을 듣는 사람의 마음속에 생겨나고,

그녀를 바라보는 사람은 더더욱 자주 복을 받
는다.

그녀가 엷게 미소 지을 때 그 모습은

말로 표현할 수도 없고, 생각에 담아둘 수도 없다.

그것은 전례가 없는, 아름다운 기적이다.

이 소네트는 세 부분으로 되어 있다. 첫째 부분에서 나는 이
여인이 그녀의 가장 고귀한 모습인 눈을 통해 어떻게 사랑의 힘
을 행동으로 변화시키는가를 말한다. 셋째 부분에서 나는 그녀의
가장 고귀한 모습인 입에 관해 똑같은 사실을 말한다. 이 두 부
분 사이에 작은 부분이 있는데, 이것은 말하자면 앞부분과 뒷부
분에 도움을 청하는 부분으로서 "오 여인들이여"로 시작한다. 셋
째 부분은 "겸손과 식지 않는"으로 시작한다. 첫째 부분은 다시
셋으로 나누어진다. 그중 첫째에서는 그녀가 자신이 바라보는 모

든 것을 그녀의 힘으로 고귀하게 만든다고 이야기하고 있다. 이 것은 사랑의 신이 존재하지 않는 곳에도 그녀가 잠재적인 사랑의 신을 데려온다고 말하는 것이나 마찬가지다. 둘째는 그녀가 바라 보는 모든 사람의 마음속에 실제적인 사랑의 신이 깃들게 한다고 말한다. 셋째는 자신의 미덕의 힘으로 그녀가 나중에 그들의 마 음에 어떤 영향을 주는가를 말한다. 둘째는 "그녀가 길을 가면" 으로 시작하고, 셋째는 "그녀의 인사를"으로 시작한다. 그리고 내가 "오 여인들이여"라고 말할 때, 이것은 내가 그녀를 찬양하 도록 도와달라고 여인들에게 호소함과 동시에, 내가 말하고자 하 는 대상이 누구인지를 암시한다. "겸손과 식지 않는"이라고 말할 때, 나는 첫째 부분에서 말한 것과 같은 얘기, 즉 그녀의 입이 하는 두 가지 행위에 관하여 말하고 있는데, 그중 하나는 그녀의 달콤한 말이고, 다른 하나는 그녀의 경이로운 미소다. 다른 사람 들의 마음에 이 미소가 어떻게 작용하고 있는지를 내가 말하지 않은 유일한 이유는, 이 미소뿐 아니라 그 작용도 기억 속에 담 을 수가 없기 때문이다.

이 일이 있고 며칠 지나지 않아서 (스스로 죽음을 멀리하 지 않았던 지고한 주님의 뜻에 따라) 이 경이로운 베아트리체 의 아버지가 이 세상을 떠나 영광의 품으로 돌아갔다. 그 로 인해, 사실을 말하자면 그럴 수밖에 없었겠지만, 이 여 인이 비통한 슬픔에 흠뻑 빠지게 되는 일이 생겼다. 그러 한 이별은 남아 있는 친구들에게 슬픈 일이며, 훌륭한 부 모와 훌륭한 자식 간의 애정보다 더한 것은 없을 것이다. 더욱이 이 여인은 더할 나위 없이 선했고 (많은 사람들이 증 언하듯이)그녀의 아버지 역시 지극히 선한 사람이었다. 그러한 슬픔을 당하면 남자는 남자끼리, 여자는 여자끼리 모이는 것이 그 도시의 관습이었으므로, 그녀의 동무였던 몇몇 여인들이 홀로 남아 울고 있던 베아트리체에게 모여들었다. 그들이 들락거릴 때 나는 그녀가 얼마나 울었는지에 대해 그들이 얘기하는 것을 들을 수 있었다. 마침내 그들 중 두 사람이 내 곁을 지나가며 이렇게 말하는 것이었다. "그녀가 어찌나 슬피 울던지 그 모습을 바라보다 불쌍해서 죽는 줄 알았소." 그러자 눈에 눈물이 솟아나는 것이 느껴져서 나는 얼굴에 손을 갖다 대어 가렸다. 그녀에 관한 소식을 좀 더 듣고자 하지 않았던들(내가 앉아 있는 곳을 그녀의 친구들이 끊임없이 왔다 갔다 했기 때문에), 눈물이 났을 때 나는 아마 혼자 있기 위해 그곳을 떠났을 것이다. 내가 계속해서 그곳에 앉아 있자니, 몇몇 여인들이 내 곁을 지나가며 자기들끼리 이렇게 이야기하였다. "그처럼 애처롭게 슬픔에 잠긴 그녀의 얘기를 들었으니 우리 중 누군들 이제 즐거워할 수 있겠어요?" 또 다른 사람들은 지나가며 이렇게 말했다. "저기 앉아 울고 있는 저 사람은 우리들과 함께 그녀를 보기라도 한 것처럼 슬피 울고 있군요." 또 이런 말도 들렸다. "저 사람은 너무나 변해서 예전의 그분 같지가 않군요." 여인들이 왔다 갔다 할 때, 나는 그들이 이런 식으로 그녀와 나에 관해 말하는 것을 들을 수 있었다.

나중에 곰곰이 생각한 끝에 여기에 시의 제재가 있음을 알아차리고서 나는 이 여인들이 말한 것을 모두 담은 시를 쓰기로 결심했다. 경솔한 행동만 아니었다면 내가 그들에게 직접 말을 건네고 싶은 마음이 간절했으므로, 나는 그들과 나 사이에 오간 문답 형식으로 시를 썼다. 그런 식으로 두 편의 소네트를 썼는데, 첫째에서는 내가 묻고 싶었던 것들을 물었고, 둘째에서는 그들로부터 들은 말을 이용하여 마치 그들이 나에게 직접 말한 것처럼 여인들의 답변을 적었다. 다음 소네트들이 바로 그것이다.

|

이처럼 겸손한 표정을 짓고 있는 그대들이여
　　무거운 마음에 눈꺼풀은 내리깐 채,
　　그대들은 어디에서 오관데, 모든 이가
얼굴빛이 똑같은가, 창백하게 괴로운 모습으로?
아마, 그대들은 보았겠지, 내 여인의 얼굴이,
　　사랑의 신의 은총을 가득 채운 슬픔으로 고개 숙인
것을?
　　이제 말해 주시오, "그렇소"라고, 그대들의 무겁고
슬픈,
발걸음을 보고 내 마음이 그렇게 말하고 있으니.
여러분이 진정 그녀가 한숨짓고 통곡하는 곳에서
　　오는 것이라면, 제발 말해 주시오(그 마음의 위안을
위해)
　　　그녀가 어떻게 지내고 있는지
그대들의 눈을 보고 그대들이 심히 울었음을 알고,
　　그대들의 슬픔을 바라보고 너무나 슬퍼서
　　　마음은 떨리고 눈은 희미해진 그 사람에게.

이 소네트는 두 부분으로 나뉘어 있다. 첫째 부분에서 나는 이 여인들이 나의 여인에게서 오는 길인지를 묻고, 그들이 보다 고귀한 모습으로 돌아오고 있기 때문에 그럴 것이라 생각한다고 말한다. 둘째 부분에서 나는 그녀에 관해 얘기해 달라고 그들에게 간구한다. 이 부분은 여기에서 "여러분이 진정"으로 시작하고 있다.

∥

그대는 진정 항상 노래할 수 있는 그 사람인가요
　　우리들에게만, 우리의 숙녀에 관해?
　　그대의 목소리는 그렇다고 확인해 주지만,
그대의 얼굴은 다른 사람이구려.
그대의 슬픔은 어찌 그리도 아픈 것이어서
　　그대의 애통으로 다른 사람들마저 슬프게 하나요?
　　그대도 그녀가 우는 것을 보았나요, 우리에게 그대의
마음속 슬픔을 숨길 수 없는 것은?
진정 우리들끼리 슬퍼하도록 놔두세요.
　　우리의 슬픔을 위로하려 한다면 죄가 될 거예요,
　　　　우리들은 그녀가 울면서 얘기하는 것을 들었기에.
그녀의 얼굴은 마음의 고뇌로 가득해서
　　그녀의 그런 얼굴을 쳐다보려 하는 자는,
　　　　틀림없이 온 힘이 다 빠져나가는 것을 느끼며
기절했을 거예요.

이 소네트는 내가 그 목소리를 빌려 말하는 여인들의 대답이

네 가지 형식을 띠고 있기 때문에 네 부분으로 되어 있다. 이것은 위에 충분히 제시되어 있기 때문에 각 부분의 요지는 설명하지 않겠으며, 단지 구분만 짓도록 하겠다. 여기서 둘째 부분은 "그대의 슬픔은"으로 시작하고, 셋째 부분은 "진정 우리들끼리"로 시작하며, 마지막 부분은 "그녀의 얼굴은"으로 시작한다.

이 일이 있고 며칠 후에 내 몸이 어떤 고통스러운 병에 걸리게 되어서, 나는 며칠 동안 극심하게 앓았고 마침내는 너무나 허약해져서 움직일 수조차 없게 되었다. 내 기억으로 아흐레째 되던 날 견딜 수 없는 고통이 덮쳐 오자 내 여인에 관한 생각이 마음에 일어났다. 그러나 잠시 이 생각에 머무르다 내 마음은 다시 나의 허약한 신체에 대한 생각으로 되돌아갔다. 그러자 건강을 유지할지라도 인생이 얼마나 무기력한 것인가를 생각하니, 너무나 서글픈 마음이 들어서 울지 않을 수 없었다. 울면서 나는 속으로 이렇게 말했다. "언젠가는 그 고결한 베아트리체도 죽는 날이 오겠지." 그러자 당황스러워진 나는 눈을 감았다. 머리가 미친 사람처럼 빙빙 돌기 시작했고 다음과 같은 환영이 나타났다.

우선 머리를 풀어헤친 어떤 여인들의 얼굴이 보이는 것 같았는데, 그들은 나를 불러 "그대는 확실히 죽을 것이오."라고 말했다. 그러자 다른 무시무시하고 알 수 없는 얼굴들이 "그대는 죽었다."라고 말했다. 계속되는 환영 속에서 나는 마침내 알 수 없는 곳에 당도했고, 머리를 풀어헤친 한 무리의 여인들이 슬픔에 빠져 있는 것을 보게 되었다. 그들은 울면서 계속해서 이리저리 걸어 다니고 있었다. 그때 해가 지고 별들이 나타났는데, 별빛도 울음을 띠고 있는 듯했다. 새들이 죽어서 하늘로부터 떨어지고, 큰 지진이 난 것 같았다. 이 일로 인해 내가 혼수상태 속에서 의아해하며 공포에 질려 있을 때, 한 친구가 내게 와서 이렇게 말하는 것 같았다. "그대는 아직 못 들었는가? 그대의 가장 고귀한 여인이 세상을 떠났네." 그러자 나는 애처롭게 울기 시작했고, 환상 속에서뿐만 아니라 실제로도 눈에 눈물이 고였다. 천국을 향하여 고개를 돌리자, 지극히 하얀 구름을 앞세우고 천국으로 돌아가는 한 무리의 천사들이 보이는 것 같았다. 이들 천사들은 아름답게 합창을 하고 있었는데, 그 가사는 "높은 데 계신 호산나"였다. 나는 이것밖에 듣지 못했다. 그때 내 마음은 사랑에 가득 차서 속으로 이렇게 말했다. "우리의 여인이 죽어 누워 있는 것은 사실이다." 그러고서 이 축복받고 가장 고귀한 영혼이 머무는 곳으로 나는 시체를 보러 간 것 같다. 이 부질없는 환상은 너무나 강해서 나로 하여금 죽어 있는 내 여인을 쳐다보게 만들었다. 그녀의 머리는 흰 베일로 가려져 있는 것 같았고, 그녀의 얼굴 모습은 너무나 겸손해서 "나는 드디어 평화의 시원을 보게 되었어요."라고 말하는 듯했다. 그녀의 모습을 보게 되자 나도 너무나 겸손해져서 죽음에게 이렇게 외쳤다. "자 이제 내게로 와서, 나로 하여금 더 이상 고통스럽지 않게 하라. 그대가 머문 곳에서 정녕 그대는 고귀함을 배웠으리라. 내가 이미 그대의 색상을 띠고 있음을 보면서, 그대는 왜 그대를 열렬히 갈망하는 나에게 다가오지 않는가?" 죽은 사람에게 행하는 모든 장례 절차를 보고 나서, 나는 내 방으로 돌아가 천국을 향해 눈을 쳐들었던 것 같다. 나의 환영은 너무나 강렬해서 나는 다시금 진짜로 울었고, 소리 내어 이렇게 말했다. "아 고결한 영혼이여! 이제 그대를 바라보게 된 자는 얼마나 축복받았는가!"

고통스럽게 흐느끼면서 죽음에게 다시 간구하며 내가 이렇게 말할 때, 내가 누워 있는 곳 옆에 서 있던 한 젊은 귀부인이 내가 병 때문에 울고 소리 친다고 생각하고는 온몸을 떨면서 눈물을 흘리기 시작했다. 그러자 방 가까이 있던 다른 여인들이 그녀의 신음 때문에(그녀는 실은 나의 가까운 친척이었다.) 나의 아픔을 알게 되어, 내가 있던 방에서 그녀를 데리고 나갔고, 내가 꿈을 꾸고 있다고 생각하고서 "이제 그만 일어나서, 악몽에서 벗어나시오!" 하고 말하면서 나를 깨우기 시작했다.

내가 "오, 베아트리체여! 평화가 그대와 함께하기를!" 하고 말하려는 순간, 여인들의 목소리에 이 강력한 환상이 갑자기 끝나고 말았다. 내가 깨어나 눈을 떴을 때는 이미 "오, 베아트리체여!"라고 말한 후였으며, 나는 이것이 꿈이었음을 알았다. 내가 비록 그녀의 이름을 부르기는 했지만, 내 목소리는 흐느낌으로 너무나 갈라져 있어서 여인들은 이를 알아듣지 못했다. 그래서 심한 창피함을 느꼈지만, 사랑의 신의 충고에 따라 나는 그들을 향해 눈을 돌렸다. 나를 봤을 때 그들은 "마치 죽은 사람 같다."라고 말문을 열며 "위로할 수 있는 방법이 있는지 알아보자."라고 자기들끼리 속삭였다. 그리고 그들은 나에게 많은 위로의 말을 건넸고, 더욱이 내가 무엇 때문에 두려워하는지를 물었다. 그러자 다소 안심이 되고, 이 모든 것이 단지 환상이었음을 알아차린 나는 "나를 두렵게 만든 것은 바로 이것이었소."라고 대답하고서, 내가 꿈속에서 본 자초지종을 모두 말해 주었다. 그러나 내 여인의 이름은 한번도 언급하지 않았다. 그래서 병이 완쾌된 후에, 나는 이것을 알리는 편이 좋겠다고 판단하고 이를 시로 옮기리라 생각했다. 그에 관해 쓴 시가 이것이다.

> 매우 젊고, 진실로 연민에 찬 한 여인이,
> 인간에 대한 지극한 동정심을 가득 안고,
> 곁에 서 있었다. 내가 죽음을 소리쳐 부르고
> 나의 혀에서 튕겨 나온 헛소리와
> 내 눈에 비치는 가련한 모습에
> 겁에 질리고, 흐느낌으로 숨이 막힌 채,
> 나를 내려다보며 그녀가 너무나 슬피 울어서,
> 다른 부인들이 나의 상태를 알게
> 되었고, 그녀를 데려갔다.
> 그 후에, 고개 숙여 나를 바라보며,
> 한 여인이 말했다 "깨어나시오!"
> 또 한 여인이 말했다. "무엇이 그대의 잠을 괴롭히나요?"
> 그 말과 더불어, 나의 영혼은 어둠에서 깨어났고,
> 그때 내 여인의 이름이 내 입술 위에 있었다.
> 그러나 흐느낌으로 갈라진 목소리는,

고뇌의 눈물로 너무나 희미했기에,

　　나만이 마음속에서 그 이름을 들을 수 있었다.

창피를 당한 사람이 또렷하게 지니는

　　그런 표정을 당시 나는 지니고 있었지만,

　　　사랑의 신은 내가 치욕으로 인해 물러서지 않고,

　　　그 여인들을 응시하게끔 했다. 나의 안색은 너

　무나 파리해서

그들은 서로를 쳐다보며 죽음을 생각했다.

숨을 죽이고, 자기들끼리

더없이 부드럽게 말했다. "이 사람을 우리들이 위로합시

다."

그러고는 나에게 말했다. "무슨 꿈을 꾸었기에

　　　그대는 그렇게 심하게 떨고 있나요?"

다소 위안이 되어 나는,

"나의 꿈은 바로 이런 것이었소."라고 대답했다.

"나는 인생이 얼마나 허망한가를 생각하고 있었소

　　풀의 이슬처럼 머물다 사라지는.

　　　사랑의 신이 자신의 집인 내 가슴속에서 흐느

　졌을 때.

그로 인해 내 영혼은 너무나 슬픔에 차서

　　나는 혼자 중얼거렸소, 두려움에 움찔하며.

　　　'그래, 나의 여인에게도 죽음이 틀림없이 찾아

　오겠지.'

　　　그러자 말할 수 없는 당혹감에

사로잡혀 나는 평온을 얻고자 눈을 감았소.

머리는 혼란스러웠고

아파오기 시작했소.

그 후에, 왔다가 사라지는 의심의 무리들

　　　가운데서 방황하고 있었는데.

몇몇 여인의 얼굴들이 급히 지나가며,

나에게 소리쳤소. '그대도 역시 죽을 것이오, 죽고말고!'"

"그리고 나는 여러 흐릿한 모습들을 언뜻언뜻 보았소

　　내가 빠져든 불확실한 상태에서.

　　　　나는 도무지 어디인지 몰랐지만,

여인들이 슬픈 불빛처럼 거리를,

　　내달렸소, 머리를 풀어헤치고, 공포에 질린.

　　　　끔찍한 눈빛을 하고, 창백하게 질린 얼굴을 하

　고서.

　　　　그때, 내 생각에는 조금씩 조금씩,

태양 빛이 사라졌고, 별들이 모여들기 시작했고,

각자 서로를 보고 울었소.

새들은 날던 중에 하늘에서 떨어졌고.

땅이 갑자기 흔들렸소.

　　　　그때 나는 목 쉬고 지친 사람을 보게 되었는데,

　　　　그가 내게 물었소. '당신은 아직 소식을 듣지

　못했소?

　　　　그렇게 아름답던 그 여인이 죽었소.'"

"그때, 눈물이 쏟아질 때, 나는 눈을 들어,

보았소, 마치 만나의 비처럼 천사들이,

　　길게 줄지어 천국으로 돌아가고 있는 것을.

작은 구름을 앞세우고,

　　따라가며 그들은 '호산나'를 노래했소.

　　　그들이 다른 노래도 했다면, 아마 내가 말해

　　주었을 것이오.

　　　그러자 사랑의 신이 말했소, '이제 모든 것이

　　분명해지리라.

와서 우리의 여인이 누워 있는 것을 보라.'

그러자 이 현란한 환상이

죽은 나의 여인을 볼 수 있도록 나를 데려다 주었소.

내가 인도되어 갔을 바로 그때에,

　　　그녀의 여인들이 그녀를 베일로 덮고 있었소.

그녀의 모습은 너무나 겸손해서

'나는 평화롭다.'라고 말하는 것만 같았소."

"슬픔 가운데서 나도 너무나 겸손해져서,

　　그녀에게서 심오한 겸손을 보았기에,

　　　이렇게 말했소. '죽음이여, 나 이제부터 그대

　　를 지극히 선한 존재로

또 매우 고귀하고 달콤한 안식으로 여기겠노라,

　　나의 사랑스러운 여인이 그대와 함께 머물게 되었으니.

　　　알고 보니, 증오가 아니라 연민이 그대의 마음

　　이구나.

　　　자, 보라! 그대의 얼굴을 이처럼 보고 싶어 하니

나는 마치 무덤 곁에 있는 사람 같구나.

내 영혼이 그대에게 간구하니, 이리로 오라.'

통곡하고서 나는 떠났소.

혼자 있게 되자 나는

　　이렇게 혼잣말을 하며 천국을 향해 눈을 들었소.

'그대의 눈빛을 받는 자는 복이 있도다, 아름다운 영혼
이여!'

　……바로 그때 상냥하게도 그대들이 나를 깨웠소."

이 시는 두 부분으로 되어 있다. 첫째 부분에서 나는 낯 모르는 사람에게 말을 건네어, 몇몇 여인들에 의해 내가 어떻게 헛된 환상에서 깨어났으며, 그 환상의 내용을 그들에게 말해 주기로 약속했음을 전한다. 둘째 부분에서는 어떻게 그들에게 말했는지를 전한다. 여기서 둘째 부분은 "나는 인생이 얼마나"로 시작한다. 첫째 부분은 둘로 나뉜다. 그중 전반부에서 나는 정신이 돌아오기 전에 나의 환상 때문에 몇몇 여인들과 또 한 여인이 나에게 말하고 행동한 바를 언급한다. 후반부에서 나는 환상 속의 배회에서 벗어났을 때, 이 여인들이 내게 말한 것을 전한다. 이 부분은 "그러나 흐느낌으로 갈라진"으로 시작한다. "나는 인생이 얼마나"로 시작하는 부분에서는 어떤 식으로 그 여인들에게 나의 환상을 전했는지를 얘기한다. 이 부분은 둘로 되어 있는데, 앞에서 나는 환상의 내용을 순서대로 얘기하고, 뒤에서 그들이 언제 나를 불렀는지를 말한 다음 은밀하게 그들에게 감사를 보낸다. 이 부분은 "바로 그때"로 시작한다.

이런 헛된 환상을 가진 후 어느 날 우연히, 내가 생각에

잠겨 앉아 있을 때, 마치 내가 나의 여인 앞에 있기라도 한 것처럼 가슴이 너무나 심하게 떨려왔다. 그래서 나는 사랑의 신이 내 곁에 나타났음을 알게 되었다. 그는 내 여인에게서 오는 것 같았다. 그는 조용히 내 가슴속에 말했다. "이제 주의를 기울여 내가 그대 안에 들어갔던 날을 축복하도록 하시오. 그리 하는 것이 온당하오." 그 말을 듣자 내 마음은 너무나 기쁜 나머지, 내 마음이 내 마음 같지가 않았다.

사랑의 신의 혀를 빌려 내 마음이 내게 한 이 말을 들은 지 얼마 되지 않아, 미모로 소문이 자자하고, 앞서 내가 내 벗들 중에 첫째가는 친구라고 언급한 적이 있는 그가 오랫동안 사랑했던 여인이 나를 향해 걸어오고 있는 것을 보았다. 이 여인의 본래 이름은 조안(Joan)이었다. 그러나 그녀의 아름다움 때문에(아니면 적어도 그렇게 여겨졌기 때문에) 많은 사람들이 그녀를 '봄(Primavera)'이라고 불렀고, 사람들 사이에서 그렇게 통용되었다. 다시 보니 가장 고귀한 베아트리체가 그녀를 뒤따라오고 있었다. 이들 두 여인이 내 곁을 지나갈 때, 사랑의 신이 다시 내 가슴에 이렇게 말하는 듯했다. "단지 오늘 일어난 일 때문에, 앞서 온 그녀는 봄이라 불리지요. 일 년 중 봄이 제일 먼저 오듯이, 오늘 그녀가 먼저 오도록* 바로 내가 그녀에게 그 이름을 붙여주었답니다. 베아트리체에게 충실한 종이 환상을 본 후 그녀가 자신을 보여줄 오늘 말이오. 이 여인의 본래

---

* 'prima verrà', 즉 '그녀가 먼저 올 것이다.'라는 뜻. (로)

이름을 생각해 보아도, '그녀가 먼저 올 것이다.'라는 뜻
에는 변함이 없소. 조안이라는 그녀의 이름이 '광야에 외
치는 자의 소리가 있어 이르되 너희는 주의 길을 준비하
라.'*라고 말하며 참된 빛**에 앞서 온 요한(John)이란 이
름에서 유래하는 한." 그리고 그는 이런 얘기를 덧붙인 것
같았다. "이 문제에 관해서 세심하게 알아본 사람이라면,
그녀가 나와 너무나 닮았기 때문에 베아트리체를 사랑의
신이라고 부를 수밖에 없을 것이오."

　여기에 관해 생각을 거듭한 후에 나는 이것을 시로 써서
나의 첫째가는 친구에게 보낼 생각을 했다. 그러나 제쳐두
어야 할 것 같은 말들은 제쳐두기로 했다. 내 친구가 여전
히 봄이라 불리는 그 여인을 마음속으로 사모하고 있다고
믿었기 때문이다. 그래서 나는 이런 소네트를 썼다.

　　나는 사랑의 정령이 꿈틀거리기 시작하는 것을 느꼈다
　　　　그처럼 오랫동안 무감각했던 내 가슴속에서
　　　　아름다운 사랑의 신이 기꺼이 내게로 오는 것을 보
　　았다.
　　(만면에 기쁨이 가득해서 그를 몰라보았다),
　　그는 내게 말했다. "이제는 진정 나의 숭배자가 되시오!"
　　　　그렇게 말하면서 그는 웃고 또 웃었다.
　　　　그가 즐겁게 머무르는 동안,

---

　*　마가복음 1장 3절.
　**　그리스도.

나는 우연히 그가 걸어온 길 쪽을 바라보았고
조안과 베아트리체가 나를 향해서 걸어오는 것을
  보았다. 조안이 앞서고, 베아트리체가 뒤서서,
      기적 뒤에 또 다른 기적이 잇달았다.
내 기억이 전하는 바에 따르면,
    사랑의 신은 이렇게 말했다. "첫 번째 여인은 봄이
라 불린다.
        두 번째 여인은 나를 너무 닮아 사랑의 신이라
불린다."

이 소네트는 여러 부분으로 되어 있다. 첫째 부분은 내가 어떻게 해서 내 가슴에 떨림이 일어난 것을 느끼고, 사랑의 신이 어떻게 멀리서부터 기쁨에 차서 내게 나타났는가를 이야기한다. 둘째는 사랑의 신이 내 가슴에 무슨 말을 했으며, 그의 모습이 어떠했는지를 말한다. 셋째는 그가 그런 식으로 나와 잠시 머무른 후에 내가 무엇을 보고 들었는지를 이야기한다. 둘째 부분은 이곳에서 "그는 내게 말했다"로 시작하고, 셋째 부분은 "그가 즐겁게 머무르는"으로 시작한다. 셋째 부분은 둘로 나뉜다. 그 전반부에선 내가 본 것을 말하고, 후반부에선 내가 들은 것을 말한다. 후반부는 "사랑의 신은"으로 시작한다.

여기서 내가 사랑의 신이 마치 겉으로 드러나 보이는 존재인 양, 정신적인 본질뿐만 아니라 육체적인 실체로도 얘기하고 있다는 반론이 (심지어 논쟁을 해결할 만한 사람에 의해서마저) 제기될 수 있을 것이다. 나의 얘기는 엄격한 진실에 따른다면 오류이다. 사랑의 신은 그 자체로 실체인

것이 아니라, 실체의 우연성에 불과하기 때문이다. 그럼에
도 불구하고 나는 사랑의 신을 만져볼 수 있고 심지어 인
간의 모습을 한 것인 양 얘기하고 있음이 내가 그것에 관
해 말하는 세 가지 사실에 의해 드러나고 있다. 첫째로 나
는 사랑의 신이 나를 향해 오고 있음을 보았다고 말하는
데, '온다는 것'은 운동을 지칭하며 형이상학에 따르면 실
체를 가진 것만이 운동을 할 수 있기 때문에 나는 사랑의
신을 실체로서 얘기하고 있음이 분명하다. 둘째로 나는 사
랑의 신이 미소를 지었다고 말하며, 셋째로 사랑의 신이
얘기를 했다고 하는데, 이러한 능력들은(특히 웃음의 능력
은) 사람에게만 있는 것이다. 따라서 나는 사랑의 신을 사
람인 양 얘기한 것이다. 이제 이 문제를 (적절하게) 설명
함에 있어, 먼저 이 점을 기억해야만 할 것이다. 즉 과거
에 사랑의 신에 대한 시를 쓴 사람들은 자국어가 아닌 라
틴어로 썼다는 점이다. 즉 우리들 가운데, 아마 상황은 다
른 사람들, 심지어 그리스 사람들 사이에서도 똑같았겠지
만, 이런 것들을 다룬 사람들은 구어로 글을 쓴 사람들이
아니라 문어를 쓰는 문사들이었다는 것이다. 사실 사람들
이 자국어로 시를 쓰기 시작한 것은 채 몇 년이 되지 않는
다. 비유하자면 구어로 시를 짓는 것은 라틴어의 운율로
시를 짓는 것과 마찬가지다. '오코(oco)'의 언어*와 '시
(si)'의 언어**를 조사해 본다면, 150년 전에는 이들 언어로

---

* 프랑스 프로방스 지방의 방언. (로)
** 이탈리아 토스카나 지방의 방언. (로)

써진 것이 아무것도 없었다는 사실이 금방 밝혀질 것이다.*
마찬가지로 일부 천박한 사람들이 처음에 시인으로서 명성
을 얻게 된 이유는 그들 이전에는 아무도 '시(si)'의 언어
로 시를 쓰지 않았기 때문이다. 이들 초기 시인들 중에서
도 최초의 시인은 라틴 시를 이해할 수 없는 한 여인에게
자신의 심경을 알리기 위해 자국어로 시를 쓰게 되었다.
자국어로 시를 쓰는 것은 처음부터 사랑의 표현만을 위해
서 사용되었기 때문에, 사랑 이외의 시제(詩題)를 다루는
운율에는 적합하지 않다. 따라서 시인들이 산문작가들에게
는 허용되지 않는 것을 갖고 있다는 점과 운문을 쓰는 사
람들이 곧 자국어를 사용하는 시인들이라는 점을 고려해
볼 때, 이들에게 다른 현대 작가들보다 광범위한 자유가
주어지고 시인들에게 허용된 수사학적 비유가 자국어로 시
를 쓰는 작가들에게서도 적절하다고 간주되는 것이 올바르
고 합리적인 일이다. 따라서 고전 시인들이 무생물들에게
감각과 이성을 가진 것처럼 말을 시키고 서로 대화를 나누
게 했다면, 아니 여기에 그치지 않고 실재하는 것들뿐만
아니라 실재하지 않는 것들까지도 말을 하게 하고 종종 우
연적인 것들도 실체이자 사람인 것처럼 썼다면, 자국어 시

---

* 단테의 저서 『자국어의 표현에 관해서』에 따르면, 로망어는 '예(yes)'
라는 단어를 말하는 방식에 따라 세 가지 유형으로 나뉜다. 이탈리아
어에서 '예'란 단어는 고전 라틴어 'sic'의 변형인 'si'이고, 이탈리아
국경에서 지롱드 강과 쥐라 산맥을 잇는 지역에서는 라틴 속어 'hoc'에
서 유래한 'oc'이다. 이 선의 북쪽 지역에서는 현대 프랑스어인 'oui'라
고 말한다. 'oui'는 고전 라틴어 'hoc illud'에서 파생된 것이다.

인들에게도 마찬가지의 것이 허용되어야 마땅하다. 이 점은 나중에 산문으로 밝힐 충분한 동기가 있어서 그러는 것이지 무분별한 이유에서 그러는 것이 아니다.

라틴 시인들이 이와 같은 방식으로 글을 썼다는 사실은 베르길리우스에게서 드러난다. 그는 (트로이인들에게 적대적이었던 여신인)주노가 바람의 신인 아이올로스에게 『아이네이스』 1권에서 "아이올로스여, 그대에게……."라고 말하자, 바람의 신이 "오 여왕이시여, 원하는 바를 결정하심은 그대의 일이나, 명령을 따름은 저의 의무입니다."라고 대답했다고 적고 있다. 역시 같은 시인에게서 무생물*이 생물**에게 말을 건넨다. 『아이네이스』 3권에서 그는 "그대 용감한 다이달로스의 후예들이여"라고 쓰고 있다. 루카누스의 작품에서는 생물이 무생물에게 말을 건다. "그렇지만 로마여, 그대는 내란에 빚진 바가 크도다." 호라티우스의 작품에서는 한 사람이 마치 다른 사람에게 얘기하듯 자신의 지성에게 말을 한다. "뮤즈여, 그 사람에 관해서 나에게 말해 다오."라는 그의 「시학」에서의 표현에서 볼 수 있듯이 이 점에 있어서 그는 그 훌륭한 호메로스를 따르고 있다. 오비디우스에 의하면 사랑의 신은 마치 인간처럼 말을 하고 있다. 「사랑의 치유법」 초반에는 이렇게 적혀 있다. "나는 본다, 나에 대한 전쟁을, 전쟁을 치를 준비가 되었다, 그는 말한다." 이러한 예문들이 이 책의 어떤 부분

---

* 태양.
** 트로이인들.

에 대해 못마땅하게 생각하는 사람들에게 충분한 설명이 되었을 것이다. 그러나 평범한 사람들이 이 점을 조롱하지 않도록 하기 위해, 이들 고전 시인들이 생각 없이 그렇게 말한 것이 아니며, 우리 시대의 시인들 또한 이유 없이 같은 방식을 따라 써서는 안 된다는 사실을 덧붙여 두겠다. 비슷한 수사와 은유를 써서 시를 지은 사람이, 나중에 그 뜻에 대해 질문받았을 때 그 유사성들을 제거하고 올바른 이해를 도울 수 없다면 창피한 노릇이 될 것이다. 그런 사람들을(즉 이처럼 바보스러운 시를 짓는 사람들을) 나와 나의 첫째가는 친구는 여러 명 알고 있다.

자, 이제 나의 원래 이야기로 되돌아가자. 내가 앞서 얘기한 이 훌륭한 여인은 마침내 뭇사람들의 사랑을 받게 되어서, 어디든 그녀가 길을 가면 사람들이 그녀를 보기 위해 몰려들었다. 그것은 나에게 정말로 큰 기쁨이었다. 누구에게든 그녀가 가까이 가면, 그는 마음에 진실됨과 겸손함이 가득 채워져서 감히 고개를 들거나 그녀의 인사에 답례를 보내지도 못했다. 그것을 느낀 많은 사람들이 그 사실을 증언할 수 있을 것이다. 그녀는 겸손의 왕관을 쓰고, 겸손의 옷을 입고 다녔으며, 그녀가 보고 들은 것에 추호도 교만함을 보이지 않았다. 그녀가 지나갈 때, 많은 사람들이 "이 사람은 여자가 아니라 천국의 아름다운 천사 중한 명이다."라고 말했다. 또 이렇게 말하는 사람도 있었다. "이것은 분명히 기적이야, 이런 기적을 행하신 하느님께 복이 있도다." 거듭 말하지만, 진실로 그녀는 고상함과 완벽함 그 자체여서 그녀를 바라보는 사람들의 가슴속에

말로 다할 수 없는 평온을 가져다주었으며, 그녀를 바라보는 사람마다 그 자리에서 한숨짓게 했다. 이러한 일들이, 또 더욱 경이로운 일들이 그녀의 미덕을 통해 일어났다. 따라서 나는 끊임없이 그녀를 찬양하는 이야기를 계속하기로 작정을 하고서 그녀의 놀라운 영향력을 이야기할 시를 한 편 쓰기로 했다. 말로써 이해할 수 있을 만큼, 그녀를 바라본 사람들뿐만 아니라 보지 않은 다른 사람들도 그녀를 알 수 있도록 하기 위함이었다. 그래서 이런 소네트를 썼다.

> 나의 여인은 너무나 고결하고 순수한 모습이어서
>> 그녀가 길을 가다 인사를 건네면,
>> 사람들은 혀가 떨려 할 말을 잃게 되고,
> 보고 싶어 하지만 눈이 견디지 못하네.
> 들리는 칭찬에도 아랑곳하지 않고,
>> 그녀는 겸손의 옷을 입고 태연히 걸어가네.
>> 지상에 머무르기 위해 천상에서 내려온
> 사람 같구나, 기적의 실체를 보여주기 위해.
> 사람들의 눈에 비친 그녀는 너무나 사랑스러워
> 눈을 통해서 깊숙이 숨은 심장은 맛보네
>> 맛본 사람만이 알 수 있는 달콤함을.
> 그녀의 입술로부터 흘러나오는 듯하네
> 사랑으로 가득한 부드러운 정령이,
>> 그리고 영혼에게 간단없이 말하네. "한숨지어라!"

이 소네트는 앞서 말한 내용만으로도 이해하기 쉽기 때문에 작은 부분들로 구분 지을 필요가 없다. 따라서 구분은 생략한 채, 이 훌륭한 여인이 모든 사람들로부터 너무나 많은 사랑을 받게 되어서 그녀 자신이 존경과 칭찬을 받았을 뿐만 아니라, 그녀와 함께함으로 인해 다른 사람들까지도 명예와 찬양을 누리게 되었음을 밝힌다. 이러한 사실을 알기에, 그녀를 보지 않은 사람들도 이를 알 수 있도록 나는 아래의 소네트를 썼다. 여기에서 나는 그녀의 미덕이 다른 여인들에게 미친 영향력을 노래했다.

정말로 그 사람은 완벽함 그 자체를 보았네
　　여러 여인들 가운데서 내 여인을 본 사람은.
　　그녀와 함께 겸손히 걷는 자들은 모두가 하느님께
감사해야 하리라, 그처럼 특별한 은총을 주신 데 대해.
그녀의 아름다운 얼굴은 너무나 완벽해서
　　질투의 표정을 전혀 자아내지 않고
　　사랑과 복된 신의와 고결한 마음만을
그녀 곁에 끌어들이네.
그녀를 보기만 해도 만물은 고개를 숙이네.
　　그녀의 모습은 자신만을 더없이 성스럽게 하는 것이
　아니라
　　그를 통해 그녀와 함께하는 다른 사람들도 고결하게
　하네.
그녀의 모든 행동에서는 너무나 사랑스러운 은총이 흘러
넘쳐서

진실로 사람들은 그녀 생각을 할 수가 없다네
지극한 사랑의 고통을 겪지 않고선.

이 소네트는 세 부분으로 되어 있다. 첫째 부분은 이 여인이 어떤 무리들 가운데서 정말로 경이롭게 나타났는가를 말한다. 둘째 부분은 그녀의 동무들이 얼마나 아름다웠는가를 말한다. 셋째 부분은 다른 사람들에게 미친 그녀의 영향력에 관해서 말한다. 둘째 부분은 "그녀와 함께"로 시작하고, 셋째 부분은 "그녀의 아름다운"으로 시작한다. 이 마지막 부분은 다시 셋으로 나뉜다. 첫째는 여인들의 신체 기능을 통해서 그녀가 어떤 작용을 미쳤는가를 얘기한다. 둘째는 그녀가 다른 사람을 통해 이 여인들에게 어떤 영향을 미쳤는가를 얘기한다. 셋째는 그녀가 이 여인들에게뿐만 아니라 다른 모든 사람들에게도 영향을 미쳤으며, 그녀가 곁에 있을 때뿐만 아니라 기억을 통해서도 놀라운 영향을 미쳤음을 얘기한다. 둘째는 "그녀를 보기만 해도", 셋째는 "그녀의 모든 행동에서는"으로 시작한다.

그러던 어느 날 나는 앞서 쓴 이들 두 편의 소네트에서 내 여인에 대해 노래했던 내용들에 관해 곰곰이 생각하기 시작했다. 그 시를 지을 때 나에게 작용했던 그녀의 즉각적인 영향에 대해 얘기하지 않았다는 사실을 깨닫게 되니, 내가 잘못 노래했다는 생각이 들었다. 그래서 나는 내가 어떻게 해서 그녀의 영향에 빠져들게 되었으며, 그때 그녀가 어떤 영향을 나에게 미쳤는지를 시로 쓰기로 결심했다. 이러한 내용을 협소한 한 편의 소네트에는 담을 수 없으리라 생각하고, 나는 이렇게 시작되는 한 편의 시를 쓰기 시작했다.

사랑의 신이 나를 너무나 오랫동안 자신의 종으로 삼아
　　나는 그의 지배에 너무나 익숙해져서
처음에는 괴로운 존재였던 그가, 이제는 내 마음과
　　가장 은밀한 마음속 비밀처럼 하나가 되었다.
　　그가 고통으로 내 생명을 망쳐놓아
온몸의 힘이 빠져나간 것 같을 때,
　　내 영혼의 고뇌 완전히 사라지고
모든 사악함 또한 멀리 떠나간다.
　　사랑의 신이 내 안에서 그처럼 대군(大軍)을 장악하
　고 있어서
　　나의 한숨은 한결같이 슬픔을 노래한다,
항상 간구하며
자비심에 찬 내 여인의 인사를.
그녀가 나를 바라볼 때마다, 항상 이렇다,
말로 다할 수 없이 달콤한 그녀가.

　"슬프다 이 성(城)이여, 전에는 사람들이 많더니 이제는 어찌
그리 적막하게 앉았는고! 전에는 열국(列國) 중에 크던 자가 이
제는 과부같이 되었구나!"*

　내가 여전히 이 시에 매여 있을 때(단지 위에 적은 연 밖
에 완성하지 못한 채), 정의의 하느님께서 나의 가장 아름다
운 여인을 자신에게로 불러들였다. 그리하여 그녀는 복된

---

* 예레미야 애가 1장 1절. 원문은 라틴어로 되어 있다.

성모 마리아의 깃발 아래 영광을 받게 되었다. 성스러운 베아트리체는 항상 깊은 존경심을 가지고 성모 마리아의 이름을 불렀다. 그녀가 떠나간 것에 관해 다소 얘기하는 것이 좋을 것 같지만, 나는 이곳에서 그 얘기를 하지 않을 것이기에 그 이유를 밝혀두고자 한다.

이유는 세 가지다. 첫째는, 독자들이 이 작은 책자의 초반부를 생각해 본다면 알 수 있겠지만, 그러한 제재가 지금 이야기하고 있는 바와 어울리지 않기 때문이다. 둘째는 지금의 내용이 그것을 필요로 한다 할지라도, 나의 펜은 그것을 적절한 방식으로 쓰기에는 역부족이기 때문이다. 셋째는 그것이 가능하고 또 절대적으로 필요하다 할지라도, 내가 거기에 대해서 얘기하는 것은 적절치 않아 보이기 때문이다. 이걸 쓰려면 내가 나 자신에 대해 칭찬을 해야만 하는데, 자화자찬이야말로 누구에게나 비난받아 마땅한 것이다. 이런 이유로 해서 나는 나 외에 다른 사람이 이 문제를 다루도록 놓아두겠다.

그럼에도 불구하고 앞부분에서 빈번하게 언급된 바 있는 (이유가 있을 것이라고 짐작이 가겠지만) 아홉이란 숫자가 그녀의 죽음과 일부 관련이 있어 보이기 때문에, 거기에 관해서는 약간 얘기를 하는 것이 옳을 것 같다. 그것이 그녀의 죽음에 어떤 역할을 했는지를 말하고 나서, 이 숫자가 내 여인과 왜 이렇게 밀접한 연관을 맺게 되었는지를 얘기하도록 하겠다.

이탈리아의 시간 구분에 따르면 가장 고결한 그녀의 영혼은 그달의 아홉째 되던 날 첫 번째 시간에 우리들 곁을 떠나갔다. 시리아에서의 시간 구분에 따르면, 우리 기준으로는 10월에 해당하는 '티스밈(Tismim)'이 거기서는 정월이기 때문에, 그달은 일 년 중 아홉 번째 달이었다. 마찬가지로 그녀가 우리들 곁을 떠난 해는 우리들의 계산법에 따르자면(다시 말해 서력으로는) 그녀가 세상에 태어난 세기, 즉 기원후 13세기 안에 완전수가 아홉 번 거듭되는 해였다.*

왜 이 숫자가 그녀와 이처럼 밀접한 관련을 맺고 있는가에 관해 말하자면, 아마 이러할 것이다. 프톨레마이오스(그리고 기독교의 진리)에 따르면, 회전하는 천체는 아홉 개다. 점성술사들의 공통된 의견에 따르면, 이들 아홉 개의 천체 모두가 지구에 영향을 미친다. 따라서 이 숫자가 이처럼 그녀와 밀접한 관련을 갖고 있는 것은 그녀가 태어났을 때 이들 아홉 개의 천체들이 완벽한 조화 속에서 서로 영향을 미쳤다는 점을 말해 주기 위해서인 것으로 보인다. 이것이 첫 번째 이유다. 그러나 좀 더 면밀한 추론과 틀림없는 진리에 따르자면, 비유적으로 말해 이 숫자는 그녀 자신이었다. 말인즉 이렇다. 3이라는 숫자는 9라는 숫자의 뿌리이다. 3 곱하기 3은 9라는 사실을 우리가 분명히 알고 있듯이, 다른 어떤 수의 개입이 없이도 스스로를 곱하면 9가

---

* 여기서 완전수란 10을 말하며, 13세기에서 10이 아홉 번 들어 있는 해는 1290년이다. 따라서 베아트리체 포르티나리가 죽은 때는 1290년 6월 9일의 첫 번째 시간이다. 또한 작품 초반에 베아트리체가 자신보다 8~9개월 어리다고 단테가 말한 것으로 미루어 보아 사망할 당시 그녀의 나이는 24살 3개월이었다. (로)

되기 때문이다. 이처럼 3은 그 자체로 9의 인수이며, 위대한 기적의 인수는 (성부, 성자, 성령의)셋이면서 동시에 하나인 삼위일체의 하느님이시기 때문에, 내 여인은 사람들이 그녀가 아홉, 즉 성스러운 삼위일체에 뿌리를 둔 기적임을 분명하게 알 수 있도록 아홉이란 숫자를 달고 다녔다. 여기에 관해서 나보다 세심한 사람은 보다 정교한 이유를 찾아낼 수 있겠지만 내가 알아낼 수 있는 이유는 이 정도이고, 이 정도만으로도 나는 더없이 흡족하다.

가장 아름다운 이 여인이 우리 곁을 떠나간 이후로 온 도시 전체가, 말하자면 위엄을 잃어버린 과부같이 되었다. 그래서 나는 이 황폐한 도시에 남아 통곡하면서 이 도시의 유지들에게 상황을 알리는 편지를 썼다. 편지의 첫 구절은 선지자 예레미야의 "슬프다 이 성이여……"로 시작했다. 여기서 이 말을 언급하는 이유는, 앞에서 그녀의 죽음을 다루기 시작할 때 내가 왜 이 말을 썼는지 사람들이 의아해했을 것이기 때문이다. 내가 방금 말한 그 편지를 여기에 옮겨놓지 않았다고 누군가 나를 비난한다면, 나는 다음과 같이 변명할 것이다. 처음 내가 이 작은 책자를 쓰기 시작할 때부터 나는 완전히 우리 말로만 쓸 의도였는데, 이 편지는 라틴어로 썼기 때문에 이를 포함시키는 것은 내 의도와 부합되지 않는다. 더군다나 내가 이 책을 헌정한 첫째가는 친구 역시 내가 이 책을 완전히 우리 말로 쓰기를 원하고 있다는 사실을 나는 알고 있다.

얼마 동안 울어서 이제 더 이상 눈물로 내 슬픔을 토로할 수 없게 되었을 때, 나는 눈물보다는 슬픈 말이 내 심경을 대신할 수 있을 것이라고 생각하게 되었다. 그래서 나는 내 영혼을 파괴할 만한 슬픔을 준 그녀에 대해 울면서 노래할 시를 한 편 짓기로 작정을 했다. 그래서 "마음의 슬픔으로 울고 있는 눈은"으로 시작하는 시를 썼다.

끝마쳤을 때 이 시가 더욱더 과부처럼 남아 있을지도 모르므로 글쓰기를 시작하기 전에 먼저 작은 부분들로 나누어놓도록 하겠으며, 앞으로 이런 방식을 계속 지켜나가겠다. 이 슬픈 노래는 세 부분으로 되어 있다. 첫째 부분은 서곡이다. 둘째 부분에서는 그녀의 얘기를 하고, 셋째 부분에서 나는 가련하게도 시에게 말을 건다. 둘째 부분은 "베아트리체는 높은 천국으로"로 시작하고, 셋째 부분은 "울어라, 나의 슬픈 노래여"로 시작한다. 첫째 부분은 셋으로 나뉜다. 첫째에서는 무엇이 내 마음을 움직여 노래하게 하는가를 말하고, 둘째는 누구에게 말하는가를 얘기하고, 셋째는 누구의 얘기를 하려는 것인지를 밝힌다. 둘째는 "생각에 잠겨, 빈번히 내가"로 시작하고, 셋째는 "말할 수가 없기에"로 시작한다. 그리고 "베아트리체는 높은 천국으로"라고 말할 때, 나는 그녀에 대한 얘기를 하고 있는 것이다. 이 부분은 둘로 되어 있다. 전반부는 왜 그녀가 우리 곁에서 떠나갔는지를 말하고 나서, 사람들이 그녀가 떠난 것을 얼마나 애도했는지를 말한다. 이 부분은 "신기하게도 아름다운 육체를"으로 시작한다. 이 부분은 셋으로 나뉜다. 첫째는 그녀에게 눈물을 보이지 않는 사람이 누구인지를 말하고, 둘째는 그녀에게 눈물을 보이는 자가 누구인지를 말한다. 셋째는 나의 처지를 말한다. 둘째는 "그러나 한숨과 슬픔이"로 시작하고, 셋째는 "내 가슴은 항상"으로 시작한다. 그리고 "울어라, 나의 슬픈 노래여"라고 말할 때, 나는 나의 이

시에게 어떤 여인들에게로 가서 머물 것인지를 말한다.

마음의 슬픔으로 울고 있는 눈은
　　　슬픔이 소진할 정도로 오래 울어서,
　　　　더 이상 흘릴 눈물도 없다.
이제, 조금씩 조금씩 죽음으로 인도하는 것의
　　　일부를 내가 덜어버리려 한다면,
　　　　말을 하는 수밖에 도리가 없구나.
　　　　생각에 잠겨, 빈번히 내가 생각해 내기 때문에
그녀가 떠나가기 전, 상냥한 여인들이여,
　　　그대들과 더불어 그녀 얘기를 하는 것이 얼마나 즐
　거웠던지를,
　　　나는 다른 누구와도 얘기하지 않는다,
여인의 마음을 가진 자가 아니라면.
　　　말할 수 없기에 여전히 흐느낌으로 나는 말하리라,
그녀는 갑자기 천국으로 가버렸다고,
나와 같이 통곡하도록 사랑의 신만을 지상에 남겨둔 채.

베아트리체는 높은 천국으로 가버렸다,
　　　천사들이 평화롭게 살고 있는 왕국으로.
　　　　친구들에게는 죽은 목숨이지만, 그녀는 천사들
　　　과 살고 있다.
겨울 서리도 그녀를 앗아 가지 못했고
　　　여름의 열기도 그녀를 앗아 가지 못했지만,
　　　　완벽한 고결함이 그녀를 데려갔다.

그녀의 온유한 겸손의 등불로부터
비길 데 없는 영광이 솟아올라
  영원한 아버지께 잠들었던 경이로움을 깨워,
  달콤한 욕망이
주님에게 생겨났다. 그 아름다운 고결함에 대한,
  그리하여 주님은 그녀로 하여금 자신을 열망토록 했다.
이 피곤하고 사악한 곳은 그처럼
우아한 것이 머물 곳이 못 된다 판단하시고.

신기하게도 아름다운 육체를 떠나
  그녀의 맑은 영혼은 올라갔다. 기쁨에 가득한 채.
    그리고 지금 있는 본향(本郷)에 머물고 있다.
이 말을 하면서 뜨거운 눈물을 얼굴에 느끼지
  않는 사람은, 사악한 인간임에 틀림없으리라
    다정한 동정심이 모두 죽어버린.
    꺼져라! 이처럼 천한 녀석은
그녀에 관한 어떤 상상도 하지 못하리라,
  그런 녀석은 쓰라린 눈물을 덜어낼 필요도 없을 것
  이다.
  그러나 한숨과 슬픔이 찾아오고,
아무 위안도 찾고 싶지 않은 마음이 찾아온다,
  (모든 슬픔을 끝내 주는 죽음 외에는)
잠시 동안이라도 생각에 잠겨보는 자에게는
그녀는 어떻게 우리와 함께했으며 이제는 같이하지 않는가.

내 가슴은 항상 한숨의 산고를 치른다
　　끊임없이 생각하기에,
　　　　이제 내 심장을 산산이 찢어놓은 그녀를.
내가 죽음을 생각할 때면 곧잘,
　　커다란 내면의 욕망이 내게 다가와
　　　내 안색을 바꾸어놓는다.
　　　그 생각*이 자리를 잡으면,
내 온 사지는 오한에 걸린 사람처럼 떨리고,
　　안절부절못하며 소스라치다,
　　　창피할 정도로 무너져 내려
사람들이 오해하지 않도록, 밖으로 나온다.
　　그 후, 통곡하며 베아트리체를 부른다
"그대가 정말 죽었단 말인가?"
그녀를 부르다 보면 나는 위안을 얻는다.

슬픔은 눈물과 함께, 고뇌는 한숨과 함께,
　　혼자 있을 때마다 내게로 찾아온다.
　　　　그러니 내 모습을 보는 자는 고통을 느끼리라.
내 여인이 새로운 생명을 시작한 이후로,
　　살아서도 죽어 있는, 내 인생이 어떠했는지를,
　　　　나는 설명할 말이 없다.
　　　　그러니, 사랑하는 여인들이여, 내 마음은 원하
　　고 있는데도,

---

* 죽음을 가리킨다.

내가 지금 왜 이런지 설명할 길이 없소.

　　온갖 기쁨이 내 비통한 목숨과 전쟁을 벌이고 있소.

　　그렇소, 나는 너무나 심하게 무너져 내려서

　모든 사람들이 "우리에게서 떠나시오."라고 말하는 것
같소

　　죽은 사람 같은 내 창백한 입술을 보고서.

　그러나, 내가 고꾸라져 먼지가 된다 하여도, 그녀는,

　나를 바라보고 있고, 틀림없이 내게 보상을 내릴 것이오.

　울어라, 나의 슬픈 노래여, 그대 길을 가면서,

　　그 여인들을 향해서

　　누구도 아닌 단지 그들만을 위해서

　그대의 자매들은 여러 날 노래 불렀다.

　그들과 달리 슬픔에 찬 나의 노래여

　　가서, 통곡하는 사람처럼, 그들과 머물러라.

　내가 이 시를 쓴 후에, 우정의 정도에 있어서 둘째로 치
는 한 친구가 나를 방문했다. 더욱이 그는 그 가장 아름다
운 여인과 남매간이었다. 서로 잠시 얘기를 나누었을 때,
그는 죽은 여인을 기념하는 시를 한 편 써달라고 나에게
간청하기 시작했다. 그런데 그는 마치 최근에 죽은 다른
사람 얘기를 하는 것처럼 말을 돌렸다. 나는 그의 얘기가
바로 복된 그녀를 두고 하는 것임을 알아차리고서, 원하는
대로 해주겠다고 그에게 대답했다. 그리고 거기에 관해서
곰곰이 생각을 하고 난 후, 그 소네트에다 나의 숨은 애통
함을 일부 토로할 생각을 했다. 그러나 내가 이 시를 건네

줄 그 친구가 얘기하는 것처럼 보이도록 쓸 생각이었다.
이 소네트는 "이제 나와 함께 머물러"로 시작한다.

　이 소네트는 두 부분으로 되어 있다. 첫째는 사랑의 신을 섬기
는 충복들에게 내 말에 귀를 기울이도록 호소하고, 둘째는 나의
비참한 처지를 말한다. 둘째는 "한숨들이 얼마나 내키지 않는"으
로 시작한다.

　　이제 나와 함께 머물러, 내 한숨 소리를 들으시오,
　　　그대들 연민에 찬 마음이여, 연민이 그대들에게 명
　　하는 바대로.
　　　한숨들이 얼마나 내키지 않는 발걸음으로 빠져나가
　　는지를 보시오.
　　한숨이 일단 갇히면, 온 생명은 죽고 맙니다.
　　이제 정말로 지친 나의 눈들은
　　　그대들에게 말할 수 있는 것 이상으로 빈번하게
　　　(비록 그칠 줄 모르는 나의 슬픔은 매번 새롭지만)
　　울기를 거부하고, 억눌린 고뇌가 치솟게 하네요.
　　역시 그대들은 들을 겁니다, 내가 한숨지으며 부르는 것을
　　　복된 존재로 그녀에게 잘 어울리는
　　　　유일한 본향을 풍요롭게 하는 그녀의 이름을.
　　그대들은 또 들을 겁니다, 모든 것에 대한 통렬한 경멸을
　　　내 영혼의 심연에서 뱉어낸 말 가운데서
　　　　삶의 기쁨과 그 기쁨의 하인을 슬퍼하는.

　그러나 이 소네트를 쓰고 나서 내가 이 시를 주기로 한

사람이 누구이고 이 시가 그의 말인 것 같아 보일 것이라는 생각을 하니, 그녀의 근친에게 주는 선물치고는 너무나 초라하고 빈약한 것 같아 보였다. 따라서 그에게 이 소네트를 선물하기 전에, 나는 두 연을 썼다. 첫째 연은 그가 말하는 것처럼 부드럽게 썼지만, 둘째 연은 내가 말하는 것처럼 썼다. 그러나 면밀하게 검토하지 않는 사람에게는 둘 다 같은 사람이 얘기하는 것처럼 보일 것이다. 그럼에도 불구하고 잘 살펴보면 그렇지 않다는 것을 틀림없이 알 수 있을 것이다. 전자는 이 가장 아름다운 여인을 자신의 여인이라고 부르지 않는 데 반해, 후자는 그렇게 부르고 있다는 점에서 그 차이가 명백하기 때문이다. 이 시와 소네트를 내 친구에게 주면서, 나는 오직 그만을 위해 이 시들을 썼다고 말했다.

이 시는 "내게 지금"으로 시작하고, 두 부분으로 되어 있다. 첫째 부분, 즉 첫째 연에서는 이 귀한 친구, 즉 그녀의 형제가 통곡한다. 둘째 연에서는 내가 통곡한다. 이 부분은 "항상, 타오르는"으로 시작한다. 이리하여 이 시에서는 두 사람이 통곡하는데, 한 사람은 동기로서, 다른 한 사람은 종으로서 통곡한다.

> 내게 지금 통곡을 가져다준 그 여인을
>> 내가 다시는 못 볼 것이라는
>>> 생각이 내게 찾아올 때마다,
> 극심한 고통이
>> 내 가슴속에 끊임없이 생겨나서
>>> 나는 말한다, 내 영혼이여, 너는 왜 머물러 있

느냐?

　　영혼이여, 우리가 이 삶에서 승리할 때까지
우리가 고개 숙여 견뎌야 하는 그 고뇌를 생각하면,
　　진실로 나는 심한 두려움으로 떤다.
　　그래서 나는 죽음을 부른다
싸움이 끝난 후 사람들이 잠을 부르듯이,
이렇게 외치며, 자 내게로 오라. 인생은 험악하고
헐벗어 보이는구나. 죽어가는 사람이 부럽구나,

항상, 타오르는 내 한숨 가운데,
　　슬픈 목소리가 있어
　　　　쉬지 않고 죽음을 소리쳐 부른다.
정녕, 내 온 영혼은 그를 향한다
　　그의 손이 더럽고 참혹하게
　　　　내 여인의 목숨을 처음으로 잡은 이후로.
　　　　여인의 아름다움이란 봉우리로부터 그녀는,
우리의 기쁨과 더불어 우리 곁을 떠나,
　　완벽해졌고 영혼 또한 아름답게 되었다.
　　그래서 그녀는 천국에서마저 퍼뜨린다
천사들도 기쁘게 하는 사랑의 빛을,
그들의 고결한 마음에까지 가져다준다
깊은 경외심과 놀라움을.

　내 여인이 영원한 생명의 시민이 된 후 한 해가 다 간
어느 날, 홀로 앉아 그녀를 생각하면서 나는 몇 개의 화판

에다 천사의 모습을 그리고 있었다. 그러다가 우연히 고개를 돌려 보니, 내가 정중하게 맞아들여야만 했을 몇 사람이 내 옆에 서서 내가 그리는 것을 관찰하고 있었다. 내가 그들을 알아보기 전부터 그들이 거기에 있었다는 사실을 나는 나중에야 알게 되었다. 그들을 알아보고서 나는 인사를 하기 위해 일어섰다. "다른 사람이 나와 함께 있었습니다."*

나중에 그들이 떠나자, 나는 다시 천사들을 그리는 일에 착수했다. 그러자 그녀의 일주기를 기념하기 위해 이것을 시로 쓰고, 그것도 방금 다녀갔던 사람들에게 말을 건네는 형식으로 써야겠다는 생각이 들었다. 그래서 나는 "모든 고결한 기억"으로 시작하는 소네트를 썼는데, 이 소네트는 도입 부분이 두 개이므로, 이에 따라 구분해야 할 것 같다.

첫째 도입부에 따르면 이 소네트는 세 부분으로 되어 있다. 첫째는 이 여인이 내 기억 속에 있었음을 말하고, 둘째는 그리하여 사랑의 신이 나에게 무슨 일을 했는지를 말한다. 셋째는 사랑의 신이 미친 영향에 대해 말한다. 둘째는 "사랑의 신은"으로 시작하고, 셋째는 "그들은 떠났다"로 시작한다. 이 부분은 둘로 나뉜다. 전반부는 나의 모든 한숨이 말이 되어 나왔음을 얘기하고, 후반부는 사람들 사이에서 말이 어떻게 달랐는지를 얘기한다. 후반부는 "가장 무거운"으로 시작한다. 이런 식으로 다른 도입부도 나뉜다. 첫째 도입부에서는 이 여인이 언제 내 마음속에 나타났

---

* 어떤 판본에는 "어떤 사람이 바로 조금 전에 나와 함께 있어서, 나는 그 생각에 빠져 있었습니다."로 되어 있다. 그러나 짧은 문장 쪽이 훨씬 힘이 있고 애상적이다. (로)

는지를 얘기하지만, 둘째 도입부에서는 이를 말하지 않는 것이
다를 뿐이다.

모든 고결한 기억 속의 그 여인이
　　내 영혼에 내려앉았다. 그 여인은 하느님이
　　정해 주신 새로운 거처에서 살고 있다,
마음이 가난한 사람들과 더불어, 마리아가 계신 곳에.
사랑의 신은, 그 사랑스러운 모습이 자신의 것임을 알고서,
　　슬픔으로 휜 그 아픈 마음속에서 깨어나,
　　피곤한 마음의 짐인 한숨을 쉬었다
그리고 말했다. "떠나라." 그러자 그들은 떠났다.
그들은 떠났다, 쑤시고 아픈 내 가슴에서,
　　내가 혼자 있을 때 빈번하게 내 눈을 눈물로
　　　　적시는 그러한 고통을 남기고.
　　가장 무거운 숨결을 내뱉는 이들 한숨은
내게 와서 이렇게 속삭였다. "오 숭고한 지성이여!
　　　　그대가 떠난 지 오늘로써 일 년이 되었구나."

두 번째 도입부

모든 고결한 기억 속의 그 여인이
　　내 영혼에 내려앉았다. 그녀를 위해 흘러내렸다
　　사랑의 신의 눈물이. 내가 이 시를 쓰는 동안
그대들로 하여금 관찰하도록 인도한 그 힘이 그에게 머
물렀다.

사랑의 신은, 그 사랑스러운 모습이 자신의 것임을 알고
서…….

이제는 지나가 버린 시간 때문에 얼마 동안 슬픈 생각에
잠겨 있자니, 나를 엄습한 슬픈 환상이 변모된 내 얼굴 모
습을 통하여 밖으로 드러나게 되었다. 이를 깨닫고, 다른
사람이 이런 나의 모습을 볼까 두려워 나는 눈을 들어 보
았다. 그랬더니 한 젊고 아름다운 여인이 너무나 슬픔 가
득한 시선으로 창밖에서 나를 응시하고 있었다. 마치 모든
동정심이 그녀에게 다 모여 있는 것 같았다. 사람들이 불
행한 자들에게 연민을 갖게 될 때면 마치 스스로가 가련하
게 느껴지기라도 하듯 울음을 터트리는 것처럼, 내 눈에서
도 눈물이 솟아나게 되었다. 내 비참한 처지가 드러날까
두려워진 나는 일어나서 그 여인이 안 보이는 곳으로 가버
렸다. 그리고 속으로 이렇게 말했다. "그녀에게도 역시 가
장 고귀한 사랑의 신이 머물러 있음이 틀림없어." 그와 더
불어 내가 방금 말한 것을 모두 담은 소네트를 그녀에게 말
하듯이 한 편 쓰기로 결심을 했다. 이 소네트는 의미가 명
확하기 때문에, 작은 부분들로 나누지 않겠다.

내 눈은 복된 연민이
　　그대의 얼굴에서 곧바로 솟아나는 것을 보았다.
　　조금 전 숨겨진 슬픔만이 가져올 수 있는
아픔을 그대가 나에게서 보았을 때.
그때 나는 그대가 생각하고 있음을 알았다

내 인생이 얼마나 비참하고 절망적일까 하고.
　　내가 우는 것을 그대가 보고서
　천한 짓이라 여길까 봐 나는 두려웠다.
　그래서 그대로부터 사라졌다
　　그대의 연민에 찬 시선 때문에
　　　　마음속에 고인 눈물이 곧장 쏟아져 내렸다.
　　　나중에 나는 내 영혼에게 말했다.
　"자 보아라! 지금 나를 눈물 속에 붙들고 있는
　　　바로 그 사랑의 신이 이 여인과도 함께하고 있다."

그 뒤로 이 여인이 나를 볼 때마다, 그녀는 마치 사랑에 빠진 것처럼 창백하고 슬픈 얼굴을 띠었다. 그래서 여러 차례에 걸쳐서 이 여인은 마찬가지로 늘 창백한 모습이었던 내 여인을 연상시켰다. 내가 울 수도 없고 다른 방식으로 내 고뇌를 표출할 방법도 없을 때, 나는 보기만 해도 내 눈에 눈물이 솟게 하는 이 여인을 종종 보러 갔다. 그 일에 관해서 시를 지어 그녀에게 알려줄 생각을 하고 "사랑의 창백함과"로 시작하는 소네트를 지었다. 이 시는 앞에서 설명했기 때문에 부분들로 나누지 않아도 뜻이 분명하다.

　사랑의 창백함과 깊은 연민의 모습이
　　이처럼 완벽하게 보인 적은 결코 없다
　　어떤 여인의 얼굴에서든, 슬픔으로 비참해지고
　얼룩진 안색들은 보아왔지만,

그대 얼굴에서처럼, 여인이여, 내 얼굴에서 그대가 고뇌를 보았을 때,

창백함과 연민은 갑자기 솟아올라 나를 위로했다.

때로 그대로 인해,

내 가슴이 진실을 찾지 못하고 방황할 때까지.

그러나 나는 그대 눈 속의 눈물이

흘러내리기를 바라는 마음에

자꾸만 그대 얼굴 바라보지 않을 수 없다.

그러한 때에, 그대는 억눌린 눈물이 솟도록 한다

가득 넘치도록, 눈이 지치고 애타게 갈망할 때까지.

그렇지만 그대가 있는 한, 눈은 울 수가 없다.

마침내 이 여인*을 끊임없이 보게 됨으로써 내 눈은 그녀와 함께하는 것을 너무나 기뻐하게 되었고, 이것으로 인해 나는 적잖이 마음이 불편해져서 비천한 나 자신을 꾸짖었다. 또한 나는 수차례에 걸쳐 내 눈의 변덕을 저주했고, 속으로 이렇게 말했다. "우는 너희들의 슬픈 처지가 그동안 다른 사람들을 울게 만들곤 하지 않았더냐? 그런데도 한 여인이 바라본다고 해서 이제는 그 사실을 잊을 참이냐? 이 여인은 너희들이 축복받은 여인을 위해 보여주었던 그 슬픔에 대한 연민으로 그렇게 바라보는 것뿐이다. 하고

---

* 창가의 여인을 가리킨다.

싶은 대로 해라, 저주받을 눈들이여! 두고두고 기억하게 하리라! 죽음이 너희들을 마르게 하기 전까지 너희들은 결코 울음을 그치지 않게 되리라!" 이렇게 내 눈에게 말했을 때, 나는 다시금 깊고 슬픈 한숨에 사로잡히게 되었다. 그래서 내가 겪었던 이 내면의 싸움을, 이를 견뎌낸 불쌍한 녀석을 제외한 모든 사람이 알 수 있도록 하기 위해, 나는 소네트를 한 편 써서 이 끔찍한 처지를 이해시키기로 마음먹었다. 그래서 "나의 눈들이여"로 시작하는 소네트를 썼다.

이 소네트는 두 부분으로 되어 있다. 첫째 부분에서 나는 내 마음이 나에게 속삭였던 것처럼 눈에게 말한다. 둘째 부분에서는 이렇게 말하는 사람이 누구인지를 밝힘으로써 난해함을 해결한다. 이 부분은 "이렇게"로 시작한다. 다른 구분도 가능하겠지만, 앞에서의 설명으로 분명해졌기 때문에 필요치 않을 것이다.

"나의 눈들이여
　　너희들의 이 비통한 눈물은, 그토록 오랫동안,
　　다른 사람의 눈에서도, 내가 말했듯이
　연민의 눈물이 반짝이게 했었구나.
　그러나 이제 이 일은 기억되지 않으리라
　　만약 내가 추잡하게 그대들과 뒤섞여
　　그 오랜 슬픔의 징표와 눈물을 쏟았던 그 여인을
　기억하지 않는다면.
　한 여인이 나에게 눈인사를 보내는 동안.
　　너희들의 변절로 인해 내 마음은
　　　　두려움으로 이렇게 떨고 있나니

죽음이 아니고선, 이제는 떠나간 우리의 여인을
　　　　우리들은 결코 잊어서는 안 되리."
　　　　　이렇게 내 마음은 말하고서 한숨짓는다.

　이 여인의 모습은 나를 너무나 예기치 못한 상태로 몰아넣어서 나는 종종 그녀가 마치 내게 너무나 소중한 사람인 것처럼 생각하게 되었다. "이 여인은 젊고 아름다우며 고결하고 현명하다. 내 생명이 평화를 찾도록 그녀를 나에게 데려다 준 사람은 아마도 사랑의 신인가 보다." 때로는 내가 더욱 어리석은 생각에 잠기고, 내 마음이 그 생각에 동의하는 경우도 여러 번 있었다. 그러나 그런 경우에는, 마치 이성에 자극을 받은 듯, 내 생각은 다시 나에게로 돌아와 나로 하여금 스스로에게 이렇게 말하게 하곤 했다. "이렇게 비천한 방식으로 나를 위로하고, 다른 모든 환상의 자리를 차지해 버리는 것에 무슨 희망이 있겠는가?" 또 내 안의 다른 목소리는 이렇게 말했다. "사랑의 신을 통해서 그렇게 많은 시련을 겪었는데 그대는 기회가 있을 때 그러한 비통함으로부터 달아나고 싶지 않은가? 이 생각이 그 안에 사랑의 신의 욕망을 갖고 있고, 그대에게 그처럼 많은 연민을 보여주었던 여인에게서 생겨났음을 그대는 틀림없이 알고 있을 것이다." 그리하여 나는 나 자신과 여러 번 쓰라린 전쟁을 겪고 나서, 이 내용을 시로써 말해 볼 생각을 했다. 이 의심의 전쟁에서 승리는 흔히 내가 말하는 여인 쪽으로 기운 것들에게 있었기 때문에, 나는 이 소네트에서 그녀에게 말을 건네야 할 것 같았다. 이 시의 첫

줄에서 나는 그녀에 관한 생각을 너그러운 생각이라 부른다. 그 이유는, 그 자체로는 단지 사악한 것이지만, 그 생각이 고결한 여인에 관해서 말했기 때문이다.*

이 소네트에서 나는 내 생각이 나뉘는 방식에 따라 나 자신을 둘로 나눈다. 하나는 마음, 즉 욕망이라 부르고 다른 하나는 영혼, 즉 이성이라 부른다. 그리고 서로가 서로에게 이야기하는 것을 전한다. 욕망을 마음이라 부르고, 이성을 영혼이라 부름이 적절하다는 사실은 내가 이 시를 들려주고 싶은 사람들에게는 매우 분명할 것이다. 앞의 소네트에서 내가 마음을 눈과 대립시켰던 것이 이번 소네트에서 내가 말하는 바와 모순되어 보이는 것은 사실이다. 따라서 거기에서도 마음은 욕망을 의미하고 있음을 강조해야 하겠다. 왜냐하면 비록 내가 이 여인에게 약간 하찮아 보이는 욕망을 가지고 있긴 했지만, 이 여인을 보는 것보다는 나의 가장 고결한 여인을 기억하고 싶은 욕망이 훨씬 더 컸기 때문이다. 따라서 앞의 진술은 지금의 진술과 다르지 않다. 이 소네트는 세 부분으로 되어 있다. 첫째로, 나는 어떻게 내 모든 욕망이 그녀에게로 향하게 되었는지를 이 여인에게 말하기 시작한다. 둘째는 영혼, 즉 이성이 마음, 즉 욕망에게 어떻게 말하는지를 이야기한다. 셋째는 마음이 어떻게 대답하는지를 전한다. 둘째는

* 보카치오에 따르면 단테는 베아트리체가 죽은 지 약 일 년 후에 젬마 도나티와 결혼했다. 그렇다면 단테가 그렇게 경멸했던 사랑인 "창가의 여인"이 젬마였던 것인가? 그러한 가벼운 추측은 (단테의 후기 작품인 「향연」에 나오는 이 구절에 대한 해석과 더불어 생각해 봤을 때) 내 생각으로는 단테에 대한 모든 진실된 주석의 핵심에 있는 것을 인정함을 암시한다. 즉 단테 자신에 의해 만들어진 우의적 상부구조가 있을 때조차 항상 실제적인 사건의 존재를 상정하는 것 말이다. (로)

"영혼은 가슴에게"로 시작하고, 셋째는 "그러자 마음이 대답한다"로 시작한다.

　　내 은밀한 마음속에 고결한 생각 있어,
　　　　곧잘 그대에 관해 이야기하기 시작한다.
　　　　사랑의 신에 대해서도 너무나 부드럽게 말해서
　　내 마음속의 많은 것들이 동의하고 편을 든다.
　　영혼은 가슴에게 말한다. "그대와 나를 위로하러 와서,
　　　　자신이 머무르는 곳에서부터 알 수 없는 기술로,
　　　　다른 모든 생각들을 이렇게 몰아낼 수 있는
　　이것의 정체는 도대체 무엇이냐?"
　　그러자 마음이 대답한다. "의심과 의심 사이에서 더 이상
　　　　싸우지 마시오. 이것은 사랑의 신이 보낸 전령
　　　　　　그에게서 들은 말만을 그대로 전할 뿐이니.
　　그것이 가진 모든 힘과 생명은
　　　　우리들의 슬픔을 바라보며 자주 슬퍼했던
　　　　　　그녀의 고결한 눈에서 비롯한 것이오."

　그러나 이 이성의 적에 대항하여, 어느 날 아홉 번째 시간 무렵에 내게 아주 강력한 환상이 생겨나, 내가 처음 보았을 때 입고 있었던 붉은 옷을 입은, 가장 아름다운 베아트리체를 본 듯하였다. 그녀는 내가 처음 보았을 때처럼 어려 보였다. 그러자 나는 그녀에 대한 깊은 상념에 빠져들었고, 시간의 순서대로 그녀가 관여했던 모든 것들에 대한 기억이 되살아났다. 그러자 내 마음은, 지조 있는 이성

을 거스르고 그렇게 여러 날 동안 나를 사로잡았던 천한 욕망을 고통스럽게 뉘우치기 시작했다.

이 사악한 욕망이 내게서 없어져버리고 나서, 내 생각은 다시금 훌륭한 베아트리체에게로 돌아갔다. 진실로 그 시간부터 나는 오직 겸손하고 창피한 마음으로 끊임없이 그녀만 생각했고, 종종 그 생각은 한숨이 되어 나왔다. 가장 아름다운 그 여인의 이름과, 그녀가 어떻게 우리 곁을 떠나갔는지에 대한 생각들이 그 한숨 속에 섞여 나왔다. 때로는 한 가지 것에 대한 생각이 가져다준 통렬한 고뇌로 인해, 그 생각과 나 자신과 내가 있는 곳을 모두 잊어버리는 일이 종종 일어났다. 이처럼 한숨이 늘어나자, 전에는 다소 진정되었던 나의 울음도 마찬가지로 늘어나서 내 눈은 오직 눈물만을 바라고 또 간직하고 싶어 하는 것만 같았고, 마침내는 순교라도 겪은 것처럼 눈 주위에 붉은 원이 그려졌다. 그래서 내 눈은 다시금 치욕과 해악을 가져올지도 모르는 다른 어떤 아름다운 얼굴도 바라볼 수 없게 되었다. 지조 없이 변절을 부린 데 합당한 대가를 받은 셈이다. 따라서 나는 (앞의 시로 인해 제기되었을 법한 모든 의심을 떨쳐버릴 정도로, 모든 사악한 욕망과 헛된 유혹을 내가 던져버렸음이 확실하고 분명해졌기를 희망하며) 이런 내용을 담을 소네트를 한 편 쓰기로 작정을 했다. 그래서 나는 "오호, 애재라!"로 시작하는 시를 썼다.

내 눈이 장난 친 것이 부끄러워서 나는 "오호, 애재라!"라고 했다. 이 소네트는 의미가 너무나 분명하기 때문에 작은 부분들로 나누지 않겠다.

오호, 애재라! 내 마음에서 솟아나, 끝없는
　　슬픔을 증명하는 이들 한숨 때문에,
　　내 눈은 꺾이어, 인사를 하려고 눈꺼풀을
치켜드는 것조차 힘에 겹구나.
내 눈은 너무 울어서 이제는 슬픔의 집이 되었고
　　웃음보다 눈물을 훨씬 귀히 여긴다.
　　그들은 순교의 표시로 사랑의 신이 눈두덩에
붉은 원을 그려줄 때까지 울었다.
이들 상념과, 상념이 내게 자아내는 한숨은,
　　마침내 너무나 아프게 계속되어서
　　　　사랑은 숨을 헐떡이며 내 가슴속에서 사라지고
　　만다.
그녀의 죽음에 관한 많은 슬픈 얘기와 더불어
　　내 죽은 여인의 가장 달콤한 이름을,
　　　　이 슬픈 소리 가운데서 계속 듣기에.

　이때가 우리 주 예수 그리스도께서 당신의 아름다운 얼굴(이제 내 사랑하는 여인이 끊임없이 바라볼 그 얼굴) 모습으로 우리에게 주신 그 축복의 초상화*를 친견하려고 많은 사람들이 마침 순례를 가는 시기였다. 이 순례자들 중 매우 사려 깊어 보이는 몇몇 사람이 나의 가장 아름다운 여인이 태어나 살다가 죽은 그 도시의 중심에 있는 길을 지

---

* 우리의 구세주께서 십자가로 향하실 때 전설상의 성녀 베로니카가 주님의 얼굴을 손수건으로 닦아드렸는데, 놀랍게도 그 얼굴 자국이 그대로 찍혀 있더라고 전해진다. (로)

나가게 되었다.

그때 나는 그들을 바라보면서 속으로 이렇게 말했다. "이들 순례자들은 멀리에서 오는 것 같으니, 이 여인에 관한 소문을 들었을 리가 없고, 따라서 그녀에 관해 아는 것이 없겠지. 그들은 그녀가 아니라 다른 것들, 예컨대 멀리 떨어져 있고 우리로서는 알 길이 없는 자신의 친구들에 대해 생각하겠지." 그리고 나는 계속해서 말했다. "그들이 이 근방 사람들이라면, 이렇게 슬픔이 가득한 도시를 지나왔으니 어떤 식으로든 마음이 편치 않아 보일 텐데." 나는 또 이렇게 말했다. "잠시 동안 그들과 얘기를 나눌 수 있다면, 그들이 이 도시를 빠져나가기 전에 확실하게 울려놓을 텐데. 내 얘기를 듣게 되면 누구라도 울지 않고는 배길 수 없을 테니."

마지막 순례자가 내 곁을 지나갔을 때, 나는 혼잣말을 담은 소네트 하나를 쓸 생각을 했다. 더욱 측은하게 보이도록 하기 위해, 나는 마치 내가 그들에게 실제로 말을 걸었던 것처럼 썼다. 그래서 나는 "멀리 떨어져 있는"으로 시작하는 소네트를 썼다. 나는 일반적인 의미로 순례자란 단어를 사용했다. '순례자'란 단어는 일반적인 의미와 특수한 의미의 두 가지로 이해될 수 있을 것이다. 일반적으로 말하면, 자신이 태어난 곳을 떠나는 사람은 누구나 순례자다. 반면 좀 더 엄격하게 말하면, 성요한의 집을 향해 가거나 그곳으로부터 떠나오는 사람만이 순례자라고 할 수 있다. 하느님의 영광을 위해 여행을 떠나는 사람들을 부르는 고유한 이름에는 세 가지가 있다. 바다 건너 동쪽으로 가서 종려나무 가지를 가지고 오는 사람들을 '종려 순례자(Palmer)'라 부른다. 갈리시아 수도원으로 여행하는 사람들은 '먼 길을 가는 순례자(Pilgrim)'라 불린다. 복된 성요한만큼 자신이 태어난 곳에서 멀리 떨어진 곳에 묻힌 사도가 없기 때문이다. 세 번째 부류의 사람들은 '로마 순례자(Romer)'로 불리는데, 이들이 순례를 가는 목적지가 로마이기 때문이다.

이 소네트는 시어들의 뜻이 분명하기 때문에 작은 부분들로 나누지 않았다.

    멀리 떨어져 있는 것들을 그리워하듯
        명상에 잠겨 걸어가는 순례자들이여,
        그대들은 생각할 것이다
    그대들의 고향이 너무나 멀리 떨어져 있어
    슬픔에 찬 도시를 가로질러도
        우리의 이 무거운 슬픔이 그대들을 자유롭게 해주리
    라고.
        이 도시의 큰 고통을 오늘은
    전혀 알지 못하는 사람에게 가듯이 그대들은 가는가?
    그러나 내가 부를 때 잠시 멈춰 서서,
        내 말에 귀를 기울인다면,
           떠날 때 그대들은 큰 소리로 통곡하리라.
    이 도시는 베아트리체를 잃었노라.
        그녀에 관한 한마디 말도 크나큰 힘을 지녔기에
           듣는 이에겐 우는 것 외엔 다른 방도가 없도다.

이런 일들이 있고 나서 얼마 후에, 두 명의 고결한 여인이 내게 전갈을 보내어 내 시 중 몇 편을 자신들에게 보내 줄 것을 간청했다. 그러자 나는 (그들의 고결함을 고려해서) 그들의 바람을 더욱 명예롭게 만족시켜 줄 목적으로, 새로운 시를 한 편 써서 다른 시들과 함께 그들에게 보내기로 결심했다. 그래서 나는 나의 처지를 알리는 소네트를 한 편 써서, "이제 나와 함께 머물러, 내 한숨 소리를 들으시오"로 시작하는 앞서 나왔던 소네트와 함께 그들에게 보냈다. 새로 쓴 소네트는 "가장 넓게 펼쳐지는"으로 시작한다.

　이 소네트는 다섯 부분으로 구성되어 있다. 첫째 부분에서 나는 내 생각이 어디로 가는지를 말하고, 그 결과 중 하나의 이름을 그 장소에 붙인다. 둘째에서 나는 내 생각이 왜 높이 올라가는지, 그리고 누가 그렇게 만드는지를 말한다. 셋째 부분에서는 내 생각이 본 것, 즉 찬양받는 여인에 대해 말한다. 나는 그것을 "순례자 정신"이라고 부르는데, 그것이 정신적으로 고양되어 있고 자신의 고장을 벗어난 순례자와 같기 때문이다. 넷째 부분에서 나는 몰라볼 정도의 상태에 있는 그녀를 내 정신이 어떻게 바라보는지를 말한다. 다시 말해, 우리들의 지성이 이 축복받은 영혼을 향할 때 그것은 마치 연약한 눈으로 태양을 바라보는 것과 같아서, 나의 지성이 이해할 수 없을 정도로 내 생각이 그녀의 상태 속으로 고양됨을 말한다. 아리스토텔레스는 이것을 『형이상학』 제2권에서 말하고 있다. 다섯째는 나의 생각이 나를 데려가는 곳(그녀의 훌륭한 본질)을 내가 볼 수는 없지만, 그곳에서 그녀의 이름을 빈번하게 듣기 때문에 적어도 그것이 그녀에 대한 생각이라는 것은 안다는 점을 이야기한다. 이 다섯째 부분의 마지막에서 나는 내가 말하는 대상이 그 여인들임을 보여주기 위해 그들을 "나의 여인들이여"라고 부른다. 둘째 부분은 "슬퍼하는 사랑의"로 시작하고, 셋째 부분은 "그가 목적지에 도달해"로, 넷째 부분은 "그녀의 상태를"으로, 다섯 번째는 "그러나 내 생각"으로 시작한다. 이 시를 더욱 정교하고 분명하게 구분할 수도 있겠지만, 이 정도의 구분이면 충분하므로 더 이상 구분하지 않겠다.

> 가장 넓게 펼쳐지는 천계 밖으로
> > 내 마음이 내보내는 한숨은 날아 올라가네.
> > 슬퍼하는 사랑의 신이 낳은 새로운 지각이
> 낯선 길로 이를 인도하네.
> 그가 목적지에 도달해 머무를 때에,
> > 경모(敬慕)의 광채로 둘러싸인 한 여인을 보네
> > 마침내, 그 여인에게서 나오는 놀라운 빛에
> 얼굴 붉히며, 순례자 정신은 가만히 응시하네.
> 그녀의 상태를 본 대로 내게 얘기해 주어도
> > 그 말이 너무나 정교하고 아름답기에,
> > 나는 그의 말을 알아듣지 못한다네.
> 그러나 내 생각 속의 그 목소리는
> 나로 하여금 베아트리체를 떠올리게 하네.
> > 나의 여인들이여, 그래서 나는 그 말을 이해할 수
> > 있다오.

이 소네트를 쓴 후에 나는 매우 경이로운 환상을 보았다.* 그 속에서 내가 본 것들은 나로 하여금, 내가 그녀에

관해 좀 더 훌륭하게 말할 수 있을 때까지는, 이 더없는 축복을 받은 사람에 대해 더 이상 아무 얘기도 하지 않도록 결심하게 했다. 이를 위해 나는 할 수 있는 모든 노력을 다하고 있으며, 이 사실을 그녀도 잘 알고 있다. 따라서 모든 생명의 원천이신 주께서 기꺼이 내 목숨을 몇 년 더 연장할 수 있도록 허락해 주신다면, 그녀에 관해 여태껏 어느 여인에 관해서도 써진 적이 없는 바를 쓰는 것이 나의 희망이다. 그런 후에 은총의 주인이신 주님의 선하심으로 내 영혼이 이곳을 떠나 그 여인의 영광, 즉 세세 만세토록 축복을 받으실 주의 얼굴을 끝없이 바라보고 있는 그 복된 베아트리체를 바라볼 수 있기를 기원한다.

---

* 「신곡」의 세 주제인 지옥, 연옥, 천국의 환상이었던 것으로 보인다. 『새로운 인생』을 끝맺는 라틴어 구절은 천국 편의 끝에 나오는 편지의 마지막 문장과 거의 동일하다. 그 편지는 여기에 피력된 그의 희망처럼, 그의 위대한 걸작을 '칸 그란데 델라 스칼라'에게 바치고 있다.(로)

2부
단테와 로세티

일러두기

「단테의 생애」의 번역은 Giovanni Boccaccio & Lionardo Bruni Aretin, "The Life of Dante", *The Earliest Lives of Dante*, tr. by James Robinson Smith(New York: Russell and Russell, 1901)을 저본으로 삼았다.

단테의 생애

조반니 보카치오

1 서문

인간의 모습을 하였으나 신이 준 지혜를 가슴속에 간직하고 있다는 명성이 자자했으며, 현대인들에게 고대의 정의를 명백하게 예증하는 법률들을 제정했다는 솔론은, 모든 공화국은 인간과 마찬가지로 두 발로 서서 걷는다는 말을 자주 했다고 전해진다. 오른발은 모든 죄악에 대한 징벌이며, 왼발은 모든 선행에 대한 보상이라고 그는 선언했다. 그는 덧붙여 말하기를 이들 중 어느 하나가 태만이나 타락으로 인하여 등한시되면, 그 공화국은 절름발이가 된다고 했다. 그는 또 말하기를 불행하게도 이 두 가지 법규를 모두 지킬 수 없게 되면, 공화국은 절대로 서 있을 수 없게 된다고 했다. 권장할 만하고 진실된 이러한 교훈들에 감동받은 고대의 여러 훌륭한 사람들은 위인들을 생전의 미덕에 맞게 신격화하거나 때로는 그의 대리석 상을 만들어서, 훌륭한 장례식을 치르거나 개선문을 세우거나 혹은 월계관을 바쳐서 존경을 표하는 일이 빈번했다. 반면 죄인에게 부여되었던 징벌에 대해서는 여기서 또다시 언급하고 싶지 않다.

이러한 보상과 징벌 덕택에 아시리아, 마케도니아, 그리스와 로마 공화국은 그들의 위업을 땅 끝까지, 명성을 하늘에까지 떨쳤다. 그러나 그들의 후손인 요즘 사람들, 특히 나의 동포인 피렌체 사람들은 고귀하고 모범적인 이들의 발자취를 힘겹게 따라가고 있을 뿐 아니라, 그 길에서 너무 벗어난 나머지 미덕의 보상을 찾기보다는 야심만을 앞세우고 있는 형편이다. 이리하여 나처럼 두 눈 똑바로 뜬 사람들은 참으로 애통한 마음으로, 악하고 뒤틀린 사람들이 높은 자리에 오르고 선한 사람이 멸시당하고 비난받고 천대당하는 것을 바라보고 있다. 이러한 행동들에 대해 하느님이 어떤 심판을 준비하고 계신지는 이 국가의 키를 쥐고 있는 사람들이 곰곰이 생각하도록 내버려 두자. 우리 같이 비천한 사람들은, 세파에 떠밀려 그들의 죄에 동참하고 있지 않으니 말이다.

셀 수 없이 많은 배은망덕의 사례들과 누구에게나 분명한 뻔뻔한 방종의 사례들이 위에서 말한 것을 증명하고 있지만, 우리의 잘못을 좀 덜 드러내고 내가 하고자 하는 말을 뒷받침하기 위해서 한 가지만 예를 들면 족할 것 같다. 그렇지만 내가 거론하고자 하는 경우는 일상적이거나 사소한 경우가 아니다. 나는 지금 더할 나위 없이 유명한 단테 알리기에리의 추방을 예로 들려 하기 때문이다. 그는 비천하지 않은 양친 가운데서 태어난 시민으로, 지금까지의 행실이 보여주고 있고 앞으로도 보여주게 될 것처럼 자신의 미덕과 학식과 선행으로 큰 명성을 얻은 인물이다. 만약 그러한 행위가 정의로운 공화국에서 행해졌더라면, 그에게 최상의 보상을 가져다주었을 것이다.

아 사악한 음모여! 아 뻔뻔스러운 행동이여! 아 빌어먹을 경우여, 분명한 망조여! 보상은커녕 부모의 유산마저 빼앗긴 채 영원한 추방이라는 부당하고도 비통한 저주가 그에게 주어졌고, 하마터면 얼토당토않은 무고로 그의 명예마저도 훼손당할 뻔했다. 그의 피신과, 그의 유해가 이 국땅에 묻힌 것과, 그의 자식들이 각각 다른 사람의 집들로 흩어진 사실들이 최근에 밝혀짐으로써 이러한 일들이 아직은 부분적이지만 사실로 드러나고 있다. 피렌체의 다른 모든 죄악들이 모든 것을 꿰뚫어 보시는 하느님의 눈을 피할 수 있다 해도, 이 사실 하나면 이 도시에 내릴 하느님의 진노를 자아내기에 충분하지 않을까? 당연히 그렇다. 숭앙받을 그에 관해서는 나는 침묵하는 것이 좋겠다.

사태를 유심히 관찰하는 사람이라면 요즘 세상이 옛날과는 판이하게 다르다는 것을 안다. 옛날 세상에 관해서는 내가 위에서 잠깐 언급했는데, 요즘 세상은 그와는 완전히 반대로 가고 있다. 따라서 위에서 인용한 솔론의 격언과는 반대로 살고 있는 우리를 포함한 다른 사람들이 넘어지지 않고 서 있다면, 그것은 우리가 흔히 목격하듯 너무나 오랜 시간이 지나서 사태가 변했거나, 아니면 하느님께서 과거에 있었던 우리들의 사소한 미행(美行) 때문에 기적적으로 우리들을 지탱하고 계시거나, 그것도 아니면 하느님께서 우리들이 회개하기를 기다리고 계시기 때문이라는 것이 명백하다. 만일 때가 되어도 우리들이 회개하지 않는다면 느린 걸음으로 복수를 향하고 있는 하느님의 진노가 기다린 만큼 더욱 혹심할 것이라는 사실을 우리 모두 의심하지 말자.

우리들이 단죄받고 있지 않는 것처럼 보일지라도 악행을 멀리하고 선행으로 악행을 고치려고 애쓰는 한, 비록 자격은 없지만 나는 나의 미약한 능력에 맞춰서 피렌체 시가 관대하게 행해야 했으나 실제로는 행하지 않은 일을 해볼 작정이다. 이것은 그의 선행과 고귀함과 미덕을 고려해 볼 때 단테 알리기에리가 큰 몫을 담당하고 있는 바로 그 도시의, 비록 작지만 나도 한 일원임을 인식하고 있기 때문이며, 바로 그런 이유로 다른 모든 시민들과 마찬가지로 그에게 합당한 영광을 돌려야 할 책임을 내가 개인적으로 지고 있기 때문이다. 나는 그에게 동상을 바치거나 그를 위해 화려한 장례식을 치르려 하는 것은 아니다. 이런 것들은 이제 사람들 사이에서 유행에 뒤떨어진 관습이 되었으며 나는 그럴 능력도 없다. 그러한 큰 과업을 떠맡기에는 비록 미약하지만, 나는 말로써 그를 찬양할 것이다. 다른 나라 사람들이 그의 조국이 국가적으로나 개인적으로 그토록 위대한 시인에게 한결같이 배은망덕했다고 비난하지 않도록 하기 위해 나는 이러한 찬양의 말들을 하고, 또 할 것이다.

그 이상의 것은 나의 기술이 허용하지 않기 때문에 나는 매우 겸손하고 가벼운 문체로 쓸 계획이다. 또한 단테가 그의 대부분의 저술에서 사용한 언어와 다르지 않도록 하기 위해 피렌체의 언어로 쓸 것이다. 나는 먼저 단테 자신이 매우 겸손하게 침묵을 지킨 것들, 즉 그의 고귀한 출생과 성장과 공부와 습관 등을 기록할 것이다. 그다음에는 그가 쓴 작품들을 한데 모을 것이다. 그가 이들로 인해서 후대에 너무나 돋보이게 되었기 때문에 나의 표현들이 나의 의도나 소망과 상관없이 그에게 득이 되는 만큼 해가 될까 두렵다. 이곳이나 다른 곳에서 내가 잘못 말한 모든 것에 대해 나는 나보다 현명한 사람들의 질정을 기꺼이 받아들일 것이다. 내가 실수를 범하지 않도록, 우리가 익히 알고 있듯이 지극히 높은 계단을 통해서 단테를 이끌었던 하느님께서 나의 정신과 유약한 손을 인도해 주시기를 겸손히 기도한다.

2 출생과 공부

이탈리아 도시 중에서 가장 훌륭한 도시인 피렌체는 옛 역사와 지금의 일반적인 의견에 따르면 로마인들이 세운 곳이다. 세월이 흐르면서 도시가 커지고 인구가 늘고 훌륭한 사람들이 많아짐에 따라 피렌체는 단순한 도시가 아닌 강대국으로 주변에 비쳐지기 시작했다. 무슨 이유로 인해 이러한 위대한 출발로부터 벗어나는 변화가 일어나게 된 것인지, 불운인지 하늘이 돕지 않은 건지 아니면 시민들이 떠나갔기 때문인지 우리들은 확신할 수 없다. 그러나 확실한 것은 채 몇 세기가 지나지 않아 반달족의 가장 잔인한 왕인 아틸라 왕이 지체 있고 명망 있는 시민들 대부분을 살해하거나 흩어버린 후에 거의 전 이탈리아를 약탈함으로써 이 도시를 불바다와 폐허로 만들어버렸다는 사실이다.

300년 이상 피렌체는 이러한 상태로 남아 있었다. 이 시기의 끝 무렵에 로마제국은 그리스에서 갈리아로 옮겨졌고, 프랑스의 가장 자비로운 왕인 카롤루스 대제가 황제의 자리에 올랐다. 많은 수고 끝에, 내가 믿기로는 성령의 감동을 받아서, 그는 이 황폐한 도시를 다시 건설하기로 마음먹었다. 가능한 한 이 도시를 로마와 비슷하게 재건축한 후, 처음 이 도시를 세운 가문의 일원들로 하여금 이 도시에 거주토록 한 사람은 다름 아닌 카롤루스 대제였다. 비록 그가 성벽 둘레를 축소시키긴 했지만, 그는 옛날에 피란 갔던 사람들의 후손들을 성 안에 불러 모았다.

이 새로운 거주자 가운데는 사람들이 엘리세오라고 부르는 프란지파니 가문 출신의 매우 지체 높은 젊은이가 있었다. 평판이 전하는 바에 따르면 그는 도시 재건축 계획의 감독이었고, 가옥들과 도로를 할당한 사람이었으며, 새로운 백성들에게 현명한 율법을 제공한 사람이었다. 자신이 담당했던 임무를 마쳤을 때 그는 자기가 새로 설계한 도시에 대한 애착에서였는지, 아니면 하늘이 장차 상서로움을 줄 것이라고 느낀 그곳의 아름다움 때문인지, 그것도 아니면 어떤 다른 이유에 이끌렸든지 그곳의 시민으로 영구히 남게 되었다. 그가 남긴, 적잖이 칭찬받아 마땅한 상당수의 후손들은 자기 조상들의 옛 성씨를 버리고 피렌체를 창건한 조상의 성을 따서 자신들을 한결같이 엘리세오 가문이라고 불렀다.

세월이 가고 세대가 바뀐 후 이 문중에서 카차구이다라는 기사가 태어났는데, 그는 용감하고 지혜로운 사람이었다. 그가 청년이 되었을 때 그의 형들은 그에게 페라라의 알디기에리 가문 출신의 처녀를 신부감으로 골라주었다. 귀족 혈통뿐 아니라 미모와 성품 때문에 그녀에 대한 칭찬이 자자했다. 그들은 수년 동안 함께 살았고 여러 명의 아이들을 두었다. 다른 아이들이 어떤 이름으로 불리건 간에 이 어머니는 여자들이 흔히 그러듯 자식 중 한 아이에게 자기 조상의 이름을 붙이고자 했다. 나중에 그 이름에서 'd' 자가 떨어져 나감으로써 알리기에리라는 이름으로 남게 되었지만 그녀는 아들을 알디기에리라고 불렀다. 이 사람의 뛰어남으로 인하여 그의 후손들은 엘리세오라는 성을 버리고 알리기에리라는 성을 택하게 되었다. 이 이름은 오늘날까지도 남아 있다. 그로부터 자식들, 손자들, 증손자들이 생겨났다. 프리드리히 2세 황제의 치세 기간 동안에 자신보다는 자신의 아들 때문에 유명해질 운명을 타고난 알리기에리 가문의 한 사내로부터 아들이 태어났다. 임신 중에, 그리고 출산이 가까워졌을 때 사내의 부인은 꿈에 장차 자신의 자궁 속 씨앗이 무엇이 될 것인지를 보게 되었다. 그때는 그녀를 비롯해 다른 누구도 그 꿈을 이해하지 못했지만, 그 후에 있은 일로 인해 오늘날은 누구에게나 그 꿈의 의미가 명백하게 되었다.

이 귀부인은 맑은 시내가 흐르는 푸른 벌판의 큰 월계수 나무 아래에서 사내아이를 해산하는 꿈을 꾸었다. 그 아들은 월계수 나무에서 떨어진 열매와 맑은 시냇물만을 먹고서 거의 즉각적으로 목동이 되어 자신이 열매를 먹은 월계수 나무의 잎사귀를 따려고 온 힘을 다해 애쓰는 것이었다. 그가 애쓰다가 넘어졌다고 그녀는 생각했다. 그가 다시 일어섰을 때 그녀가 보기에 그는 사람이 아닌 공작이 되어 있었다. 그녀는 너무나 놀라서 잠에서 깼다. 이 일이 있은 후 얼마 되지 않아 그녀는 출산을 하게 되었고 아들을 낳았다. 그녀는 자신의 아버지와 합의하에 그에게 단테라는 이름을 지어주었다. 참 걸맞은 이름이었다. 우리가 앞으로 보게 되겠지만 이 아이는 그 이름에 정확히 부응했기 때문이다.

이 사람이 바로 이 글에서 다루고 있는 단테였다. 이 사람이 바로 하느님의 특별한 은총에 의해 우리 시대에 주어진 단테였다. 이 사람이 이탈리아에서 추방된 뮤즈들의 귀환 길을 처음으로 열어놓은 단테였다. 그에 의해 피렌체 말은 분명하게 영예를 얻게 되었다. 그에 의해 자국어의 모든 아름다움이 운율로 노래되었다. 그에 의해 죽었던 문학이 진정으로 부활되었다고 할 수 있다. 이 모든 사실들을 정당하게 고려해 보면 그는 단테라는 이름 외에 다른 이름을 가질 수 없다는 점이 분명해질 것이다.

이탈리아에 특별한 영광을 가져다줄 이 사람은 1265년에 우리들의 도시에서 태어났다. 그때 로마제국은 앞서 언급했던 프리드리히 왕의 서거로 인해 통치자가 없는 상태였고, 우르비노 4세가 교황으로 즉위해 있었다. 그가 태어난 집안은 당시의 세상 정세를 고려해 본다면 행운을 누리고 있었다. 그의 천재성으로 인해 장차 다가올 영광에 대한 많은 조짐들이 나타난 그의 유년 시절에 관해서는 그것이 어떠하였건 간에 전혀 고려하지 않을 작정이다. 그러나 그는 유년 시절의 가장 초기부터 이미 문학의 기본을 배웠기 때문에, 자신의 모든 정신과 시간을 오늘날 귀족들의 유행처럼 어머니 무릎에서 편안하게 뒹굴면서 젊은이의 색욕과 나태함에 바친 것이 아니라, 자신이 태어난 도시에서 인문학을 꾸준히 연마하는 데 바침으로써 그 학문들에 있어서 전문가가 되었다는 사실에 나는 주목하려고 한다. 세월이 흘러 그의 천재적인 마음이 무르익어 감에 따라, 그는 요즘 사람들이 일반적으로 그러듯 물욕을 추구하는 데 자신을 헌신한 것이 아니라, 순간적인 부를 경멸하고 영원한 명예를 좇아 시 창작에 관한 완전한 지식과 작시법을 통해 그 창작법을 설명하는 지식을 습득하는 일에 전념했다. 이 훈련 과정에서 그는 베르길리우스, 호라티우스, 오비디우스, 스타티우스 및 다른 유명한 시인들과 매우 친숙하게 되었다. 그는 이들 시인들을 알게 된 것을 기뻐했을 뿐만 아니라, 때가 되면 우리가 얘기하게 될 그의 작품들이 보여주는 바와 같이, 고상한 노래로 이들을 모방하려고 무진 애를 썼다.

그는 시가 많은 얼간이들이 생각하듯 헛되고 단순한 우화나 경이로운 이야기가 아니고 그 속에 역사적, 철학적 진실이라는 달콤한 열매를 감추고 있기 때문에, 시인들의 생각은 역사, 도덕 및 자연철학 없이는 제대로 이해될 수 없다고 생각했다. 그래서 자신의 시간을 적절하게 배분하고 오랜 공부와 수고를 동반하여 여러 선생들 밑에서 역사와 철학을 몸소 통달하려고 노력했다. 하늘 아래 감추어진 사물들의 진실을 알아내는 달콤한 기쁨에 사로잡히고, 인생에 있어 이보다 더 소중한 것은 없다는 것을 깨닫고서 그는 모든 세속적인 근심을 완전히 버리고 오직 이것에만 전심전력했다. 철학의 전 영역을 샅샅이 뒤지겠다는 목표 하에 그는 예리한 천재성으로 가장 심오한 신학의 심연까지 꿰뚫었다. 그 결과는 목적에서 크게 벗어나지 않았다. 열기와 한기, 철야와 금식 및 다른 모든 육체적인 역경을 괘념치 않고 열심히 공부해서 그는 신학과 다른 학문에서 인간의 지식으로 얻을 수 있는 최대한의 지식을 얻었다. 이를 응용하여 여러 시기에 다양한 지식들을 습득한 것처럼 그는 여러 선생들 밑에서 다양한 공부를 통해 이들 학문들을 통달했다.

위에 언급한 것처럼 지식의 첫 번째 기초들을 그는 자신이 태어난 도시에서 습득했다. 그곳으로부터 그는 학문의 양식이 더욱 풍부한 곳인 볼로냐로 갔다. 그리고 노년에는 파리로 가서 많은 대론을 통해 자신의 드높은 천재성을 발휘하여 너무나 큰 영광을 얻었기 때문에 그의 청중들은 그 애기를 할 때면 지금도 여전히 놀라워한다. 그처럼 다양하고 탁월한 학문적 성과로 인해 그는 당연히 최고의 칭호들을 얻었고, 그 결과 그의 살아생전에 어떤 사람들은 그를 시인으로, 또 어떤 사람들은 철학자로, 또 많은 사람들은 신학자로 불렀다. 그러나 패자의 힘이 클수록 승자의 승리가 더욱 영광스럽듯이, 소용돌이치는 바다에서 그가 어떻게 이리저리 치받히면서 풍파를 이겨내고 앞서 언급한 복된 안식처와 같은 영광스러운 호칭들을 얻게 되었는지를 알리는 것이 좋을 것 같다.

3 베아트리체에 대한 사랑과 결혼

앞서 보았듯이 우리들의 단테가 전심을 기울인 학문 일반, 특히 사변적 학문들은 보통 고독, 무사태평, 마음의 평정을 요구한다. 그러나 단테는 그의 인생의 시작부터 임종 때까지 이러한 평온과 은둔이 아니라 격렬하고도 참을 수 없는 사랑에 대한 열정을 가졌었으며, 부인이 있었고, 집안과 공공의 일에 대한 걱정, 유배, 빈곤에 시달렸다. 물론 이런 일들이 필연적으로 포함하는 보다 사소한 걱정거리들은 말할 필요도 없다. 그 짐이 좀 더 커 보이도록 하기 위해 전자에 관해 좀 더 자세하게 설명하는 것이 좋을 것 같다.

달콤한 하늘이 온갖 장식으로 지구를 다시 옷 입히고 푸른 잎 사이에 흩어진 색색의 꽃들로 대지를 미소 짓게 하는 계절에, 남녀가 다양하게 한데 어울려 각자가 이웃과 함께하는 축제를 여는 관습이 우리 도시에 있었다. 그래서 동료 시민들 사이에 명망이 높은 폴코 포르티나리라는 사람이 5월 초하룻날 축제를 열어 이웃들을 자신의 집에 초대한 일이 있었다. 이들 참가자들 중에 앞서 언급한 알리기에리가 있었는데 그는 당시 아홉 살이었던 단테를 데리고왔다. 어린아이들은 특히 축제가 열리는 곳이면 아버지를따라가는 것이 관례였기 때문이다. 이곳 연회장에서 자기또래의 많은 소년 소녀 들과 어울리며 첫 상을 대접받았을때 그는 자신의 어린 나이가 허락하는 한도 내에서 순진하게 다른 아이들과 놀이를 하고 있었다.

그런데 한 무리의 어린아이들 가운데에 앞서 말한 폴코의 작은 딸이 있었는데, 그녀의 이름은 비체였다. 물론 아버지는 온전한 이름대로 그녀를 베아트리체라 불렀다. 그녀는 아마 여덟 살이었을 것이며, 나이에 비해 매우 우아했고, 행동이 매우 점잖고 호감을 주었으며 어린 나이답지않게 언행이 신중하고 겸손했다. 그녀는 이목구비가 뚜렷하고 몸매가 균형 잡혀 있었으며, 그 아름다움에 더해 너무나 사랑스러움이 넘쳐서 사람들이 그녀를 작은 천사라고생각할 정도였다. 그녀는 그때 내가 그리는 그러한 모습으로, 어쩌면 훨씬 더 아름다운 모습으로, 이 축제장에서 단테의 눈에 띄었다. 내 생각에 첫 번째는 아니었지만 처음으로 그에게 사랑을 불러일으킬 힘을 가지고서. 그는 아직어린아이였지만 너무나 큰 애정을 가지고 그녀의 사랑스러운 모습을 가슴속에 받아들였기 때문에 그 모습은 그날 이후로 평생 그에게서 떠나지 않았다.

이 애정이 무엇이었는지는 아무도 모른다. 그러나 단테가 이른 나이에 매우 강력한 사랑의 포로가 되었다는 점만은 확실하다. 그러한 마음을 불러일으킨 것은 안정된 기질이나 성품, 혹은 하늘의 섭리였는지도 모른다. 그것도 아니면 달콤한 음악, 행복감, 맛있는 음식과 술 때문에 젊은 이들뿐 아니라 성인들의 마음도 넓어지고 마음에 드는 것이면 무엇에든 쉽게 사로잡히게 되는, 축제에서 우리가 흔히 경험하는 그러한 것이었는지도 모른다. 그러나 청춘의 우연한 사건을 뛰어넘어 사랑의 불길은 세월과 함께 배가되어서 베아트리체의 모습을 제외하고는 그 어떤 것도 그에게 기쁨이나 위안이나 평화를 주지 못하게 되었다. 그래서 그는 다른 모든 일들을 제쳐놓고 완전히 홀로 되어 그녀를 볼 수 있을 것이라고 생각되는 곳이면 어디든지 갔다. 그녀의 얼굴과 두 눈에서 자신의 행복과 완전한 위안을 얻으려는 듯이.

아 연인들의 무감각한 판단력이여! 연인들 외에 그 누가 기름을 끼얹음으로써 불길을 잡을 수 있다고 생각하겠는가? 단테가 자신의 『새로운 인생』에서 이 사랑 때문에 자신이 나중에 얼마나 많은 생각과 한숨과 눈물과 다른 여러 가지 슬픈 격정을 겪었는지를 부분적으로 밝히고 있기 때문에, 나는 이곳에서 그것들을 더욱 자세하게 되풀이하지는 않을 작정이다. 그러나 이것만은 언급하지 않고 넘어가고 싶지가 않은데, 즉 그 자신이 기록하는 바와 그의 격정을 알고 있었던 사람들이 증언하는 바에 따르면 이 사랑은 너무나 순수한 것이어서 사랑하는 사람이나 사랑받는 사람 어느 쪽에서도 표정이나 말이나 표식으로도 어떠한 육체적 욕망도 드러내지 않았다는 것이다. 이것은 모든 순수한 즐거움이 사라져버린 오늘날의 세상 사람들에게는 적잖이 경이로운 일이다. 오늘날의 사람들은 사랑에 이르기도 전에 자신들이 좋아하는 것에 대한 욕망을 채우는 데 너무나 익숙해져서, 다른 방식으로 사랑하는 사람은 불가사의한 존재, 심지어 희귀한 존재가 되어버렸다.

만일 그러한 사랑이 그렇게 오랫동안 그의 식사와 수면과 온갖 평온을 방해할 수 있었다면, 그의 성스러운 공부와 천재성에는 얼마나 큰 적이 되었을까? 비록 많은 사람들이 그 사랑이 그의 천재성을 자극했다고 주장하며, 자신이 사랑하는 여인을 칭찬하고 자신의 열정과 사랑에 찬 생각들을 표현하기 위해 피렌체어로 쓴 그의 감미로운 시편들을 그 증거로 들고 있지만, 확실히 보통 적이 아니었을 것이다. 장식적인 글쓰기가 모든 학문의 가장 근본이라는 잘못된 주장을 내가 먼저 인정하지 않는 한, 정말이지 나는 이러한 생각에 동의하지 않는다.

모든 사람들이 분명하게 알 수 있듯이, 이 세상에 불변의 것은 아무것도 없다. 만일 무언가 변화하기 마련인 것이 있다면 그것은 바로 우리들의 인생이다. 셀 수도 없이 많은 사건이나 위험은 말할 것도 없이, 우리 몸 안의 온도가 조금만 높거나 낮아도 우리들은 쉽게 죽음으로 내몰린다. 아무리 고귀한 신분을 타고나도, 부유해도, 젊어도, 혹은 세상의 다른 권위를 지녔어도 죽음을 피할 수 있는 사람은 없다. 단테는 자신의 죽음을 경험하기 전에 다른 사람의 죽음을 통하여 이 보편적 법칙의 힘을 경험해야만 했다. 더할 나위 없이 아름다운 베아트리체는 스물네 살이 되었을 무렵 만물을 다스리는 하느님의 뜻에 따라 이 세상의 고통을 뒤로하고 자신의 미덕이 그녀에게 마련해 준 영광의 나라로 떠났다. 그녀의 죽음으로 단테가 너무나 큰 슬픔과 비탄에 빠졌기 때문에 친척과 친구 들을 포함한 그와 가장 가까웠던 많은 사람들이 죽음만이 그의 슬픔을 멈추게 할 것이라고 믿었다. 그가 어떤 위안의 말도 들으려 하지 않았기 때문에 사람들은 그가 곧 죽게 될 것이라고 생각했다. 낮은 밤과 같았고 밤은 낮과 같았다. 밤낮의 어느 한 순간도 신음과 한숨과 펑펑 쏟아지는 눈물 없이는 지나가지 않았다. 그의 두 눈은 솟구치는 충만한 샘과 같아서 대부분의 사람들이 그가 도대체 어디서 이렇게 눈물을 쏟아낼 수 있는 물을 마셨나 궁금해했다.

그러나 오랜 경험을 통해, 고통은 점점 견디기 쉬워지고 시간 속에서 모든 것은 줄어들다 멈춰버린다는 사실을 우리가 알고 있듯이, 몇 개월이 흐르는 동안 단테는 울지 않고서도 베아트리체가 죽었다는 사실을 기억할 수 있게 된 것 같았다. 슬픔이 이성에게 자리를 양보함에 따라 보다 냉정하게 그는 울부짖음이나 한숨이나 다른 어떤 것도 자신의 사라진 여인을 되돌릴 수 없다는 사실을 인식하게 되었다. 그래서 그는 그녀의 상실을 좀 더 인내심을 가지고 견딜 준비를 하였다. 이제 눈물이 그쳤기 때문에 이미 끝자락에 와 있던 한숨도 얼마 안 돼 대부분 영원히 떠나가기 시작했다.

그가 가슴속에서 겪었던 울부짖음과 고통, 그리고 자신을 돌보지 않음으로 인해 그는 깡마르고, 면도도 하지 않고, 옛날의 모습에서 완전히 딴사람이 되어서 보기에도 비참한 몰골이 되었다. 이 눈물바다가 지속되는 동안 그는 친구들 외에 다른 사람들은 거의 만나지 않았지만, 그를 아는 사람들뿐만 아니라 그를 목격하게 된 다른 모든 사람들도 그의 이런 모습을 보고 측은한 마음이 들었다. 그들의 측은한 마음과 사태가 더 악화될까 두려워하는 마음으로 인해 그의 친척들은 그를 위로하려고 더욱 신경을 썼다. 그의 눈물이 거의 멈추고 불타오르는 한숨이 그의 고통에 찬 가슴을 조금씩 쉬게 함을 알게 되었을 때, 친척들은 그 상심한 가슴을 오랫동안 거들떠보지도 않던 위로의 말로 고무하기 시작했다. 단테 또한 그때까지는 고집스럽게 누구에게도 귀를 닫고 있었지만 이제는 다소 귀를 열었을 뿐만 아니라 자신을 위안하는 말에 기꺼이 귀를 기울이기 시작했다.

친척들이 이런 사실을 알게 되었을 때 그에게서 슬픔을 완전히 떼어내고 행복을 되찾게 해주기 위해서 그들은 함께 회의를 열어 그에게 아내를 구해 주기로 했다. 그들은 잃어버린 여인으로 인해 그가 슬픔에 빠졌듯 새로운 여인이 그에게 기쁨을 가져다줄 것이라고 생각했다. 그의 조건에 맞는 젊은 처녀를 구해서 그들은 스스로에게 가장 설득력 있는 것처럼 보이는 말을 써가며 자신들의 목적을 단테에게 말해 주었다. 간단히 말해서 오랫동안 옥신각신한 끝에 그들의 설득에 따라 단테는 결혼을 했다.

아 눈먼 지성이여! 아 어둠에 싸인 오성(悟性)이여! 아 인간의 헛된 사유여! 얼마나 빈번하게 결과는 너의 생각에서 빗나가고 마는가! 대부분의 경우 이유가 있지 않은가!

어떤 사람이 열기가 지나친 환자의 몸을 식히기 위해 이탈리아의 부드러운 대기를 뒤로하고 리비아의 불타는 사막으로 끌고 가겠는가, 아니면 몸을 따뜻하게 하기 위해서 키프로스 섬에서 로도프 산맥의 영원한 응달로 끌고 가겠는가? 어떤 의사가 지독한 열병을 불로 몰아내려고 할 것인가, 아니면 얼음이나 눈으로 골수의 한기를 몰아내려 한단 말인가? 사랑의 슬픔을 새로운 신붓감을 통해 완화시키겠다는 생각을 하는 사람 말고는 확실히 아무도 없을 것이다. 이런 일을 하려고 하는 사람은 사랑의 성질을 알지도 못하고, 어떻게 해서 사랑이 다른 모든 감정을 자신에게 덧붙여 버리는지를 알지 못한다. 오랫동안 사랑한 사람의 가슴에 일단 사랑이 뿌리를 내리게 되면, 그 힘을 막으려는 어떤 도움이나 충고도 헛된 것이다. 첫 단계에서는 조그만 저항도 소용이 있는 것과 마찬가지로, 나중 단계에서 보다 큰 제약은 흔히 해악을 미치곤 한다. 그러나 우리는 우리들의 주제로 돌아가 그 자체로 사랑의 고통을 잊게 해 주는 것들이 있을 수 있다는 점을 잠시 동안 인정해야만 하겠다.

한 가지 고통스러운 생각으로부터 나를 해방시켜 주기 위해 수없이 많은 더욱 슬픈 생각으로 나를 빠뜨린 사람은 진실로 무슨 일을 했는가? 나의 병을 도지게 해서 나로 하여금 이전의 상태로 돌아가기를 바라게 한 일 말고는 진실로 아무것도 하지 못했다. 고통에서 벗어나거나 탈피하기 위해 맹목적으로 결혼하거나 다른 사람들에 의해 결혼을 강요당한 대부분의 사람들에게서 이러한 일이 일어나는 것을 본다. 비록 한 가지 걱정에서 벗어났지만 수많은 다른 걱정으로 빠져들었다는 사실을 그들은 지각하지 못한다. 경험을 통해서 그 사실을 알 때쯤이면 후회해도 이미 돌아 갈 수 없게 된 후다. 베아트리체로 인한 눈물이 멈추도록 단테의 친척들과 친구들은 그에게 아내를 구해 주었다. 이 일로 인해서 그의 눈물은 떠났지만, 아니 어쩌면 이미 떠 나버린 상태였지만 사랑의 불길이 사그라졌는지는 나는 모 르겠다. 나는 정말로 그런 경우가 가능하다고는 믿지 않는 다. 그러나 불길이 사라졌다 하더라도 여러 가지 새롭고 더욱 슬픈 시련이 생겨났을 것이다.

밤늦도록 신성한 공부를 파고드는 데 익숙해져서 그는 마음 내키는 한 자주 왕과 황제와 다른 지엄한 군주들과 대화를 나눴고, 철학자들과 대론을 했으며, 가장 마음에 드는 시인들을 즐겨 읽었다. 다른 사람들의 고통에 귀를 기울임으로써 그는 자신의 고통을 달랬다. 그러나 그의 아 내가 자신이 선택한 여인들의 얘기를 들어주기를 바랄 때 마다 그는 이 훌륭한 동무들을 멀리해야만 했다. 그 여인 들의 의견에 그는 마음에도 없는 동조를 해야만 했고, 고 통을 더하지 않으려면 칭찬해야만 했다. 그 속된 무리들이 자신을 피곤하게 할 때마다 한적한 곳으로 물러나서 어떤 정신이 하늘을 움직이고, 동물들의 생명력은 어디서 오고, 사물의 원인은 무엇인지를 알아내기 위해 명상에 잠기거 나, 혹은 이상한 발견을 예견하거나, 죽은 후 미래의 세계 가운데서 자신을 영생하게 만들 그 무언가를 구상하는 것 이 그의 습관이었다. 그러나 부인이 원하는 한 그는 자주 이러한 달콤한 명상에서 물러났을 뿐만 아니라 그러한 생각과는 어울리지 않는 무리들과 어울려야만 했다. 기쁜 감정이나 슬픈 감정이 시키는 대로 자유롭게 울고 웃고 한숨 짓고 노래하던 그는 이제 감히 그럴 수가 없었다. 자신의 여인에게 큰일에 관해서뿐만 아니라 심지어 한숨에 대해서도 무슨 이유에서 한숨을 쉬었으며, 이 한숨이 어디서 와서 어디로 갔는지를 시시콜콜 설명해야만 했기 때문이다. 그녀는 그의 마음이 유쾌하면 이를 다른 사람에 대한 사랑의 증거로 받아들였고, 슬퍼하면 이를 그녀 자신에 대한 증오로 받아들였다.

그처럼 의심에 찬 동물과 살고 말하며 마침내는 함께 늙어 죽어야만 하는 헤아릴 수 없는 피곤함이여! 근심에 익숙지 못한 사람이 특히 우리 도시에서 견뎌야만 하는 새로운 극심한 근심에 대해서는 얘기하지 않는 것이 좋겠다. 여자들이 제대로 살아가기 위해 필요하다고 믿는 의상과 장식품과 불필요한 잡동사니들을 방 안 가득 마련해 주고, 남자 하인, 여자 하인, 유모, 시녀들을 조달해 주며, 남편들이 부인의 친척들을 사랑한다고 부인들이 생각하도록 만들기 위해 그들에게 줄 선물을 마련하고 그들을 위한 연회를 베푸는 것과 같은 일들 말이다. 더욱이 결혼하지 않은 자유로운 사람은 결코 알지 못했던 다른 일들도 수없이 많다. 이제는 빠트릴 수 없는 것들을 얘기할 차례가 되었다.

어떤 사람의 부인이 아름다운 여인인가 그렇지 않은가와 같은 문제에 관해서 사람들의 판단이 모아지리라는 사실을 누가 의심하겠는가? 그녀가 아름답다는 평판이 났다면 그녀는 곧장 흠모하는 자들을 갖게 될 것이고, 그녀의 약한 마음을 어떤 자는 잘생긴 외모로, 또 어떤 자는 귀족 신분으로, 혹자는 훌륭한 아첨으로, 또 혹자는 선물 공세로, 또 다른 혹자는 훌륭한 태도로 즉각적으로 사로잡으려 하리라는 사실을 의심할 자 누가 있겠는가? 많은 사람들이 바라는 것을 누구나 지켜내는 경우는 거의 없다. 여인들의 순결은 단 한 번만 무너져도 그녀들에게 오명을 가져다주고 남편들을 영원히 비참하게 만들기에 충분하다. 만일 신부가 예쁘지 않다면 신부를 집으로 데려오는 자의 불행 때문에 가장 아름다운 여인들이 곧장 피곤해진다는 사실을 우리들이 알고 있기는 하지만, 이들 평범하게 생긴 여인들 자신뿐만 아니라 그들이 있는 곳 또한 이들을 여인으로서 갖고 있는 사람들의 증오의 대상이란 사실 말고 우리가 어떤 생각을 할 수 있겠는가? 이리하여 그 여인들의 분노가 일어난다. 성난 여인보다 잔인한 동물, 아니 그처럼 잔인한 동물은 없다. 격분할 이유가 있다고 생각되는 여인에게 자신을 맡긴 남자는 누구도 안전을 느끼지 못한다. 다들 그렇게 생각한다.

그들의 태도에 관해서 내가 무슨 말을 할 것인가? 부인들이 남편들의 평화와 안식으로부터 어느 정도 반대로 나가고 있는가를 내가 보여줄 양이면, 나는 너무나 장황하게 이야기를 펼쳐 보여야 할 것이다. 따라서 거의 모든 여인들에게 공통된 한 가지 사실만을 얘기하는 것으로 족할 것이다. 가장 비천한 하인도, 선행으로 인해서 집 안에 붙어 있고 악행으로 인해서 쫓겨난다고 여자들은 생각한다. 그래서 그들은 자신들이 행동을 잘해도 자기들의 운명은 하인의 운명과 같다고 생각한다. 못된 행동을 해도 하인들의 운명을 벗어날 수만 있다면 자신들은 부인으로 남는다고 그들은 생각한다. 그렇지만 우리들 대부분이 알고 있는 사실을 자세하게 묘사할 필요가 있겠는가? 말을 함으로써 사랑스러운 여인들의 기분을 상하게 하는 것보다는 침묵을 지키는 편이 낫겠다. 물건을 사는 사람은 부인을 제외하고는 사기 전에 모든 것을 시험해 보는데, 이러한 예외가 생겨난 이유가 그녀를 집에 데려오기도 전에 그녀가 자신을 불쾌하게 할지도 모른다는 두려움 때문이라는 사실을 누가 모르겠는가? 부인을 택하는 사람은 누구나 자신이 선택한 사람이 아니라 운명이 자신에게 가져다준 사람을 가져야만 한다.

경험해 본 사람은 알고 있듯이 이러한 일들이 사실이라면, 눈으로 벽을 꿰뚫어 볼 수 없는 사람들이 쾌락의 장소라고 생각하는 방 속에 얼마나 많은 불행이 숨겨져 있는지 우리들은 상상할 수 있다. 확실히 말하지만 이러한 일들이 단테의 운명에 던져졌다고 단언하는 것은 아니다. 사실을 내가 알지 못하기 때문이다. 그러나 이런 일들이 아니면 다른 일들이 원인이 되었건 간에 그가 고통에 처한 자신에게 위안이 되었던 부인을 한 번 떠나게 되었을 때, 그들 사이에 자식이 몇 명 있었음에도 불구하고 그녀에게 가려고 하지도 않고 그녀가 자신에게 오도록 하지도 않았던 점은 사실이다. 위에서 말한 바를 통해 내가 남자들은 결혼하지 말아야 한다는 결론을 내리고 있는 거라고는 상상하지 말길 바란다. 그와 반대로, 모든 사람에게는 아니지만 나는 확실하게 결혼을 권한다. 철학자들이 다른 어떤 신부보다 훌륭한 신부인 철학에서 자신의 기쁨을 찾는 동안, 결혼은 부유한 얼간이들과 귀족들과 농부들에게 넘겨주어야만 한다.

4 명예욕과 유배

세상만사는 한 가지 일이 다른 일을 필연적으로 수반하는 것이 이치이다. 집안에 대한 걱정은 단테에게 공적인 걱정을 가져다주었다. 국가의 관직에 부여된 부질없는 명예가 그를 너무나 혼란스럽게 만들어서, 그 결과 자신이 어디서 와서 어디로 가는지를 생각해 보지도 않고 그는 자유분방하게 국사를 관리하는 일에 전적으로 자신을 맡겨버렸다. 그 일에 있어서는 행운이 완전히 그의 편에 있었기 때문에 단테가 자신의 의견을 피력하기 전까지는 어떠한 송사도 없었고, 법률이 제정되거나 폐지된 적도 없었고, 평화 협정이 이루어지거나 공공연한 전쟁이 수행된 적도 없었다. 요컨대 어떠한 비중 있는 심의가 행해진 적이 없었다. 그에게 모든 대중들의 믿음과 희망과, 한마디로 말해서 인간적이고 신적인 모든 것이 의존하는 것처럼 보였다. 그러나 모든 인간적인 안정의 적이며 우리들의 숙고를 뒤집어버리는 운명의 여신은 비록 명예로운 통치가 지속되는 몇 년 동안은 수레바퀴의 정상에 그를 놓아두었지만, 그가 그녀를 지나칠 정도로 과신했기 때문에 시작과는 전혀 다른 결말을 그에게 가져다주었다.

단테의 시대에 피렌체의 시민들은 집요하게 두 패로 나뉘어 있었다. 현명하고 사려 깊은 지도자들의 선도로 각 정파는 매우 강력했고 한번은 이쪽에서, 다음번은 저쪽에서 권력을 잡았다. 그래서 패배한 쪽에서는 불쾌감을 품었다. 분열된 자신의 공화국을 하나로 통일시키겠다는 염원에서 단테는 자신의 모든 천재성과 기술과 공부를 다 동원하여 현명한 시민들에게 위대한 것들이 분열로 인해 얼마나 쉽게 파멸해 버리며, 사소한 것들이 조화로 인해 얼마나 무한한 성장을 가져오는가를 보여주었다. 그러나 청중들의 마음이 전혀 움직이지 않는 것을 보고 자신의 노력이 헛되다는 사실을 깨닫고는 이것이 하느님의 심판이라고 믿고서, 그는 처음에는 모든 공직을 다 털어버리고 한 개인으로 살아갈 작정이었다. 그러나 나중에는 달콤한 영예와 대중들의 공허한 호의와 유력한 시민들의 설득과 더불어, 기회만 온다면 완전히 공직에서 떠나 한 개인으로 남아 있을 때보다는 높은 공직에 남아 있을 때 자신의 도시를 위해서 보다 많은 선을 이룩할 수 있을 것이라는 자신의 믿음에 스스로 이끌리게 되었다.

아 명예에 대한 인간의 어리석은 욕망이여, 그대를 알지 못하는 사람이 믿을 수 있는 것보다 그대의 위력은 얼마나 강력한가! 그가 성숙한 인간이었음에도 불구하고, 철학의 성스러운 품 안에서 자라나고 양분을 먹고 훈련을 받은 이 사람은 바로 자신의 눈앞에서 고대와 현대의 제왕들의 몰락과 왕국들과 성과 도시의 황폐화와 운명의 여신의 성난 공격을 보았음에도 불구하고, 그 마력으로부터 자신을 방어할 지식이나 힘이 부족하였다. 비록 그가 추구한 것이 모두 최상의 것이긴 했지만 말이다.

그때 단테는 공직이 가져다주는 순간적인 명예와 헛된 영광을 추구하기로 결심했다. 그는 각각 정당하고 또 불의한 두 정당을 무너트리고 그들을 통합시킬 제3의 정당을 혼자서는 설립할 수 없음을 깨닫고, 보다 많은 정의와 합리성을 갖추고 있고 국가와 시민들에게 있어 그가 항상 바람직한 것으로 여겨온 것을 위해 일하는 것처럼 보이는 정당과 연합했다. 그러나 인간의 심사숙고는 흔히 하늘의 힘에 의해 패배를 겪는다. 정당한 이유도 없이 증오와 적의가 생겨났고, 이는 매일 매일 커져서 시민들은 여러 차례 성급히 무기를 들었고 극도의 혼란이 일어났다. 그들은 불과 칼로 투쟁을 종식시키려 했으며 분노로 눈먼 나머지, 그로 인해 자신들이 비참하게 파멸되리라는 사실을 알지 못했다.

각각의 정당이 무력을 써서 상호 간에 큰 손실을 경험한 후에, 위협하던 행운의 여신의 은밀한 계획이 밝혀질 때가 왔다. 사실과 거짓을 함께 보고하는 소문이란 놈이 단테가 속한 정당의 적들이 현명하고 놀라운 계획과 엄청난 수의 군인들로 힘을 강화했다고 알렸다. 이에 단테가 속한 정당의 지도자들은 너무나 겁에 질린 나머지 어떻게 하면 안전하게 도망갈 것인가 하는 생각 말고는 어떤 심사숙고나 예견이나 합리적인 생각도 마음속에 품을 수가 없었다. 그 지도자들과 함께 단테는 자기 도시의 주된 통치자의 자리에서 즉각적으로 쫓겨나 땅바닥에 내동댕이쳐졌을 뿐만 아니라 자신의 조국 밖으로 내몰렸다. 이러한 축출이 있고 며칠 되지 않아 대중들이 유배당한 사람들의 집으로 밀어닥쳐 미친 듯이 약탈하고 파괴했을 때, 승자들은 자기들 입맛대로 도시를 재조직하고 상대편의 모든 지도자들을 공화국의 대적(大敵)으로 몰아 영구 추방했다. 주된 지도자 중 한 명으로 이들 가운데 단테가 끼어 있었다. 그동안 이들의 부동산은 몰수당하거나 승리자들에게 양도되었다.

자신의 조국을 위해 품은 따뜻한 사랑의 대가로 단테가 얻은 것이 이것이었다! 시민들의 분란을 달래기 위해 그가 바친 노력의 대가가 이것이었다! 동료 시민들의 복지와 평화와 안정을 위해 자신의 모든 근심을 바친 대가가 이것이었다! 사람들의 호의란 얼마나 진실하지 못하며 얼마나 믿을 수 없는가 하는 사실이 이로써 분명해졌다. 조금 전까지만 하더라도 모든 대중의 희망이요, 시민들의 사랑을 한몸에 받던 이요, 백성들의 안식처로 보였던 그가 갑자기 정당한 이유도 없이, 죄를 범하거나 해악을 끼친 사실도 없이, 성난 군중들에 의해 돌이킬 수 없는 유배의 길에 내팽개쳐진 것이다. 이 모든 것이 한때 그에 대한 칭찬이 빈번히 하늘에 이르도록 만들었던 바로 그 명성의 신에 의한 것이었다. 이것이 그의 미덕을 영원히 기념하기 위해 세운 대리석 상이었던 것이다! 이들 석상의 글자들과 함께 그의 이름이 조국의 조상들과 함께 황금 판 위에 새겨졌었다! 그러한 찬양의 기록으로 그의 선행에 대한 감사가 표현되었다! 이런 일들을 보고서도 과연 누가 우리의 공화국이 다리를 절고 있지 않다고 말할 수 있겠는가?

아, 인간에 대한 헛된 신뢰여. 너는 얼마나 많은 사례들에 의해 계속해서 비난받고, 경고받고, 질타당하고 있느냐! 아, 애재라! 카밀루스, 루틸리우스, 코리올라누스, 두 명의 스키피오와 고대의 다른 훌륭한 인물들이 시간의 흐름과 함께 그대의 기억에서 사라져갔다면, 이 최근의 사례가 그대로 하여금 보다 얌전하게 쾌락을 추구하게 하도록 하라. 인심보다 불안정한 것은 이 세상에 아무것도 없다. 사람들로 하여금 그것을 믿도록 부추기는 것보다 어리석은 충고나 정신 나간 희망은 없다. 우리들의 마음을 하늘로 드높이자. 그곳의 영원한 법칙, 영원한 영광, 그곳의 진정한 아름다움은 이성에 따라 모든 것을 움직이시는 그분의 불변함을 분명하게 보여준다. 이로써 우리들은 변화하는 세상에 속한 것들을 떨쳐버리고 속임 당하지 않도록 고정된 목표물인 그분께 우리들의 모든 희망을 매어놓을 수 있을 것이다.

5 피렌체에서의 추방과 방랑

그런 식으로 단테는 자신이 시민이었을 뿐만 아니라 조상들이 재건설하였던 그 도시를 떠났다. 너무 어려서 도망하기에 부적절한 아이들과 부인은 그곳에 남겨두었다. 그녀가 반대 당의 지도자들 중 한 사람과 친척 관계에 있었기 때문에 그녀에 관해서는 마음이 놓였지만, 자신의 여정을 확신하지 못한 채 그는 토스카나 지방의 이곳저곳을 방황했다. 자신의 결혼 지참금이라는 권리를 내세워 부인은 성난 시민들로부터 그의 재산 중 극히 일부를 어렵사리 지켜냈으며, 그 재산이 가져다주는 수입을 통해서 자신과 어린아이들의 생계를 겨우 지탱할 수 있었다. 따라서 가난에 처한 단테는 전혀 생소했던 근면함을 통해 생계를 유지해야만 했다.

유배 기간이 빨리 끝나서 돌아갈 수 있기를 희망하는 동안 죽음보다 견디기 힘들었던 정당한 분노를 그는 얼마나 삭여야만 했던가! 그러나 그가 도망해서 처음에 알베르토 델라 스칼라 씨의 환대를 받았던 베로나를 떠난 후로, 그는 자신의 기대와는 달리 처음에는 카센티노에 있는 살바티코 백작의 집에 머물렀고, 그 후에는 루니자나에 있는 모루엘로 말라스피나 남작의 집에 머물렀고, 마지막으로는 우르비노 근처에 있는 델라 푸지우올라와 함께 머물렀다. 그는 매번 주인의 여력과 경우에 따라 가장 합당한 대우를 받았다. 나중에 그는 그곳을 떠나 볼로냐로 갔고 거기서 잠깐 머문 후에 다시 파도바로 갔으며, 다시 베로나로 갔다. 그러나 돌아가는 길이 사방으로 막혔다는 것과 매일같이 자신의 희망이 더욱더 헛되다는 것을 깨닫고 나서, 그는 토스카나뿐 아니라 전 이탈리아를 포기하고 갈리아 지방과 이탈리아를 나누는 산맥을 넘어 온 힘을 다해 파리로 향했다. 그곳에서 그는 모든 시간을 철학과 신학 공부에 바쳤으며, 자신이 겪은 역경 때문에 잊었었던 다른 학문들 또한 마찬가지로 만회하는 데 힘썼다.

그가 이렇게 공부에 시간을 쏟고 있는 동안, 예상 밖에

룩셈부르크 백작인 하인리히가 당시 교황이었던 클레멘스 5세의 요청과 희망에 따라 로마의 왕으로 선출되었다가 나중에 황제의 관을 쓰게 되는 일이 생겼다. 하인리히가 자신의 황제권에 부분적으로 저항하는 이탈리아를 복속시키기 위해 독일을 떠났고 강력한 군대를 동원해서 이미 브레시아를 포위했다는 소식을 단테가 들었을 때, 비록 피렌체는 자신에게 적대적이라는 사실을 알았지만 여러 가지 이유에서 황제가 승리하리라 믿었기 때문에 그는 하인리히의 힘과 정의를 통해 피렌체로 돌아갈 수 있을지도 모른다는 희망을 품었다. 그는 알프스 산맥을 다시 넘어 피렌체에 대적하는 많은 사람들과 합류했고, 자신의 주적들이 있는 피렌체를 공격하도록 하기 위해 황제로 하여금 브레시아 포위 공격에서 방향을 틀도록 설득하려고 대사와 편지를 보내는 등 여러 가지로 애를 썼다. 그는 만일 피렌체가 함락된다면 황제가 별 어려움 없이 전 이탈리아를 방해받지 않고 자유롭게 소유하게 될 것이라는 사실을 보여주었다.

그러나 단테와 같은 목적을 지닌 사람들이 하인리히를 그곳으로 이끄는 데는 성공했지만, 예상보다 저항이 거셌기 때문에 그의 침공은 기대했던 결과를 가져오지 못했다. 그래서 언급할 만한 어떠한 성과도 거두지 못하고 황제는 거의 절망 상태에서 로마로 발길을 돌렸다. 비록 이런저런 부분에서는 그가 많은 업적을 남기고, 많은 것들을 바로잡고, 많은 일들을 계획했지만, 그의 때 이른 죽음은 모든 것을 망쳐버렸다. 그의 죽음으로 인해 그에게 기대를 걸었던 사람들은 용기를 잃게 되었는데, 그중에서도 단테가 특히 더 그랬다. 귀향에 대한 더 이상의 노력을 포기한 채 단테는 아펜니노 산맥을 넘어서 로마냐로 들어갔다. 그곳에는 그의 모든 고통에 종지부를 찍어줄 최후의 날이 기다리고 있었다.

그때 그 유명하고 오래된 로마냐 시의 라벤나 공은 구이도 노벨로 다 폴렌타라는 이름을 가진 훌륭한 기사였다. 인문학을 배운 그는 가치 있는 사람들, 특히 학식이 뛰어난 사람들을 크게 환대했다. 예상치 않게 단테가 로마냐에 와 있으며 크게 실망에 빠져 있다는 소식이 그의 귀에 닿았을 때, 그는 단테의 가치를 이미 오래전에 그 명성을 통해 알고 있었기 때문에 그를 접대하고 환대하기로 결심했다. 그는 훌륭한 인물이 자신에게 호의를 부탁하려면 얼마나 치욕을 느낄까 생각하고, 관대하게도 그 자신이 공물을 가지고 갔으며, 단테가 그 당시 자신에게 부탁하리라고 예상되었던 특별한 것을 청했다. 그 부탁이란 단테가 자신과 함께 머무르는 것이었다.

두 사람의 욕망, 즉 초대받는 사람과 초대하는 사람의 욕망이 일치를 보인 데다 그 훌륭한 기사의 관대함이 단테를 흡족하게 했고, 다른 한편으로는 궁핍함에 쫓겼기 때문에 단테는 지체하지 않고 라벤나로 갔다. 이곳에서 그는 영주의 환대를 받았다. 그 영주는 친절하게 용기를 북돋아 줌으로써 그의 거꾸러진 희망을 되살려 주었고, 그에게 필요한 것들을 충분하게 주었으며, 단테의 생애가 끝날 때까지 몇 년 동안 이 시인을 자신과 함께 있게 했다.

사랑의 욕망이나 슬픔의 눈물, 집안의 걱정이나 공직을

통한 유혹적인 명예, 비참한 추방이나 참을 수 없는 빈궁도 그의 주된 목적, 즉 신성한 공부로부터 단테의 마음을 한번이라도 돌려놓을 수는 없었다. 그의 작품을 따로 언급할 때 나중에 보게 되겠지만, 앞서 언급한 고통들 가운데서 가장 혹독한 고통이 무엇이었든지 간에 그 가운데서도 단테는 자신의 시작(詩作)에 가장 열중하고 있었음을 알게 될 것이다. 위에서 언급한 많은 어려움에도 불구하고 그가 천재성과 인내력으로 우리가 알고 있는 바와 같은 훌륭한 인물이 되었다면, 다른 사람들처럼 동료들이 많았거나 적어도 적이 없었거나 그 수가 극히 적었다면 그는 과연 어떤 인물이 되었을까? 나는 모르겠다. 그러나 이렇게 말하는 것이 허용된다면, 나는 그가 지상의 신이 되었을 것이라고 감히 말하고 싶다.

6 죽음과 장례식의 영예

피렌체로 돌아가고 싶은 욕망을 제외하더라도 모든 희망이 사라져버렸기 때문에 단테는 그 도시의 관대한 영주의 보호 아래 몇 년 동안 라벤나에서 계속 머물렀다. 여기서 그는 많은 학자들에게 시를 가르쳤는데, 그중에서도 특히 자국어로 시 쓰는 것을 훈련시켰다. 내 생각에 호메로스가 그리스인들 사이에서 그 언어를 드높이고 존경받게 하고 베르길리우스가 로마인들 사이에서 그렇게 한 것과 마찬가지로, 우리 이탈리아 사람들 사이에서 이탈리아어가 처음으로 드높여지고 존경받게 만든 것은 단테다. 비록 속어가 단테보다 약간 이전에 유래한 것으로 간주되고는 있지만, 음절의 운율을 맞추거나 종지부의 압운을 맞추는 일 말고 는 그 어느 누구도 자국어를 예술적인 도구로 만들 엄두를 내지 못했다. 사람들은 자국어를 가벼운 사랑 문제를 다루 는 데에만 사용했다. 단테는 고상한 주제도 이 언어를 통 하여 다루어질 수 있음을 보여주었으며, 우리들의 속어를 다른 어떤 언어보다도 영예롭게 만들었다.

그러나 누구에게나 정해진 때가 오듯 단테 역시 56세 무 렵에 앓아눕게 되었다. 기독교 의식에 따라 교회의 성사를 겸허하고 진지하게 받아들이고, 자신이 하느님의 뜻에 반 해 저질렀던 모든 일을 회개하며 하느님과 화해한 후에, 1321년 9월 교회가 성 십자가를 찬송하는 바로 그날에(9월 14일) 앞서 언급한 구이도와 라벤나 시민들의 애도 속에서 그는 자신의 지친 영혼을 창조주에게 되돌려 주었다. 확신 하건대 그 영혼은 더없이 숭고한 베아트리체의 품 안에 받 아들여졌을 것이다. 그는 최고의 선이신 그분이 보는 앞에 서 이생에서의 비참함을 뒤로 떨쳐버리고 그녀와 함께 행 복하고 끝없는 삶 가운데서 최고의 축복을 받으며 지금 살 고 있으리라고 우리는 믿는다.

고결한 마음을 지닌 그 기사는 단테의 시신을 관 위에 안치하고 시인의 장식으로 치장했다. 그런 다음 자신이 생 각하기에 그러한 인물에게 바쳐 마땅한 온갖 예식을 갖추 어 라벤나 시의 가장 유력한 시민들로 하여금 이를 어깨에 메고 프란체스코 수사들의 수도원까지 운구하게 했다. 거기에 이르러 그는 모든 시민들의 애도와 탄식과 함께 그의 시신이 석관에 안치되도록 했다. 오늘날까지도 그 시신은 거기에 누워 있다. 그는 단테가 기거하던 집으로 돌아와서 라벤나 시의 관습에 따라 망자의 미덕과 높은 학식에 대한 헌사이자, 뒤에 남아 슬픔에 싸여 있는 친구들에 대한 위안으로 길고도 정교한 얘기를 했다. 구이도는 후손들이 자신의 미덕으로 자신을 기억하지는 못한다고 할지라도 이 일로만은 자신을 기억할 수 있도록, 자신의 생명과 행운이 계속된다면 단테를 위한 훌륭한 무덤을 만들어 바치기로 마음먹었다.

그 당시 로마냐에 살고 있던 몇몇 훌륭한 시인들에게 이 칭찬할 만한 계획이 곧 알려지게 되었다. 그러자 자신들의 능력을 뽐내고 죽은 시인에 대한 자신들의 서의(誓意)를 보여주기 위해, 또 한편으로는 영주의 사랑과 호의를 얻기 위해, 묘비에 새겨져 격에 맞는 찬사로서 그 묘 안에 누워 있는 사람이 누구인지 후세에 증거할 시편들을 시인들 각자가 썼다. 그들은 이 시들을 영주에게 보냈지만 그는 얼마 가지 않아 큰 불행으로 영주의 지위를 잃고 볼로냐에서 죽었다. 그래서 묘지 건립과 묘석에 이들 시편들을 써 넣는 일은 불발로 그치게 되었다.

7 피렌체에 대한 비난

아 고마움을 모르는 조국이여! 어떤 광기가, 어떤 무모

함이 그대의 정신을 앗아 갔기에 그대의 가장 소중한 시민, 그대의 주된 은인, 그대의 최상의 시인을 유례없이 잔인하게 추방했단 말인가? 아니면 그 후로 무대는 무엇에 홀렸단 말인가? 그대의 사악한 목적에 대한 비난을 당시 사람들의 분노로 돌리고 스스로 변명하려거든, 그 분노가 그치고 그대 마음의 평정이 회복되고 그대의 행동을 뉘우쳤을 때 왜 그를 다시 불러들이지 않았는지를 설명해 보라. 아! 그대의 아들인 나와 언쟁하려 하지 말고, 그대의 정죄(淨罪)가 아닌 그대의 개선을 바라는 사람으로서 내가 정당한 분노에서 말하는 바를 받아들여라.

그대가 보기에 그대는 너무나 많은 큰 직함의 영예를 갖고 있어서 이웃의 어떤 도시도 자랑할 수 없는 그러한 사람을 추방시키기를 바랐단 말인가? 아! 도대체 어떤 승리와 어떤 개선과 어떤 미덕과 어떤 가치 있는 시민들로 그대는 충만해 있는가? 그대의 부자들은 덧없고 불확실한 것이며, 그대의 미인들은 연약하고 스러지는 것이며, 그대의 호화로움은 여성적이며 비난할 만한 것들로, 이 모든 것들은 진실보다는 외양만을 보는 사람들의 그릇된 판단 가운데에서만 그대를 유명하게 만들 뿐이다. 아 애재라! 그대가 충분하게 가지고 있는 상인과 예술가들에게서 그대의 영광을 찾을 것인가? 그렇다면 그대는 바보다. 상인들은 끝없는 탐욕으로 끈덕지게 비천한 직업을 쫓고, 천재들에 의해 제2의 자연으로 만들어졌다는 점에서 한때는 고귀함을 입었던 예술은 이제는 바로 이 탐욕으로 인해 타락하여 무가치한 것이 되어버렸다. 그렇다면 그대는 자신들의 조상을 기억하며 강도와 음모와 사기로 그들이 무너트리고 있는 고결함을 입고 그대의 성벽 안에서 높은 자리를 차지하려고 하는 자들의 나태와 비겁함 가운데서 영광을 찾을 것인가? 형편없는 영광과, 확실한 근거가 있는 의견을 가진 확고하게 불변하는 사람들의 경멸이 그대의 몫이 될 것이다.

아 애재라! 가련한 어머니여, 눈을 뜨고 당신이 무슨 일을 저질렀는지를 회한의 눈빛으로 바라보시오. 현명하다는 평판이 난 그대여, 그대가 얼마나 잘못된 선택을 하였는지를 부끄러워하시오. 아! 그대가 스스로 그러한 분별을 지니지 못했다면, 칭찬할 만한 행동으로 지금도 명성을 떨치고 있는 도시들의 행위를 본받았어야 했던 것이 아닌가? 그리스의 눈 중 하나인 아테네는 세상의 지배가 자신에게 달렸을 때 학식과 웅변과 군사력이 서로 대등하게 훌륭했고, 아르고스는 왕들의 칭호에 있어 여전히 영광을 누리고 있다. 스미르나는 주교인 니콜라우스 덕분에 여전히 존경을 받고 있고, 필로스는 늙은 네스토르 왕으로 인해 여전히 명성을 떨치고 있다. 과거에 화려했던 도시들인 키메, 키오스, 콜로폰은 가장 화려했던 시절에 각자가 자신들이 호메로스를 배출했다며 그 시인의 출생지에 대해 논하기를 주저하지 않았고 이를 부끄러워하지도 않았다. 각각의 도시가 자신들의 주장을 어찌나 강하게 펼쳤던지 호메로스가 어디 출신인지가 분명치 않아졌을 정도였다. 이 도시들 모두가 이 유명한 시민을 똑같이 자랑하고 있기 때문에 논쟁은 여전히 계속되고 있다. 그 이름이 여전히 대단히 존경받고 있는 베르길리우스가 만토바 사람이라는 사실보다 더 큰 명성을 우리들의 이웃 도시인 만토바가 과연 어디에서 얻는단 말인가? 누구나 그를 받들어 모시기 때문에 그의 조각상이 공공장소뿐만 아니라 개인 집에서도 발견된다. 이것은 베르길리우스의 부친이 옹기장이였다는 사실에도 불구하고 그로 인해 그곳 시민들 모두가 고상한 사람들이 되었음을 보여준다. 술모나는 오비디우스를 자랑하고, 베노사는 호라티우스를 자랑하며, 아퀴노는 유베날리스를 자랑하고, 다른 많은 도시들이 각각 자신의 아들에 대한 권리를 주장하며 자랑을 하고 있다.

피렌체 그대가 이 도시들의 모범을 따랐다면 치욕이 없었을 것이다. 이들이 그러한 시민들에게 아무런 이유 없이 그처럼 친절하고 다감했을 리가 없기 때문이다. 이들은 도시가 멸망한 뒤에도 이 시민들의 영원한 영향력이 자신들의 이름을 영원하게 만들어줄 것이라는 사실을 알고 있었다. 그대는 일찍이 이런 사실을 능히 알아차렸어야 했지만 이제야 비로소 이를 깨닫고 있다. 심지어 이들 시민들은 지금도 전 세계에 알려져 자신들을 본 적도 없는 사람들에게까지 자기들이 출생한 도시들을 알리고 있다. 무엇에 눈 멀었는지는 모르겠지만 그대만이 유독 다른 길을 택했고, 자신에게 영광이 넘치기라도 한다는 듯이 이 영광스러운 인물에게 관심을 기울이지 않았다. 마치 카밀리 가문, 푸브리콜리 가문, 토르콰티 가문, 파브리치 가문, 파비 가문, 카토 가문, 스키피오 가문이 그대의 것이고 이들의 영광스러운 행동으로 인해 그대가 유명해진 것처럼 그대는

그대의 옛 시민이었던 클라우디아누스가 손아귀에서 빠져
나가도록 방치했을 뿐만 아니라 지금 이 시인도 무시하고
추방했으며 할 수만 있었다면 그에게서 그대의 이름을 뺏
어버리려고까지 했다.

그러나 아, 행운의 덕택이 아니라 사태가 그대의 사악한
욕심에 호의적이어서 그가 그대의 손아귀에 잡히기만 했다
면 잔혹하게도 그대가 기꺼이 행동에 옮겼을 일, 즉 그를
살해하는 일이 필연적으로 발생하고야 말았다. 그의 가치
를 시기한 그대가 부당하게 그에게 내렸던 그 추방 중에
단테 알리기에리는 죽었다. 어미가 아들의 미덕을 질투하
다니, 아 잊을 수 없는 죄악이여! 이제 마침내 그대는 격
정에서 벗어났구나. 이제 그가 죽었으니 그대는 잘못을 안
은 채로도 안심하고 살 수 있으며, 그대의 길고도 부당한
박해를 끝낼 수가 있겠구나. 이제 그가 죽었으니 살아생전
에 그가 결코 그대에게 하려고 마음먹지도 않았던 일들을
그는 앞으로도 영원히 할 수 없을 것이다. 그는 다른 도시
의 하늘 아래 누워 있고, 공정한 심판관이 그대의 모든 시
민들을 조사해서 징벌하게 되는 그날 말고는 그를 다시 볼
생각은 꿈에도 말아야 할 것이다.

사람들이 믿는 것처럼 사람이 죽으면 미움도 분노도 적
의도 멈추기 마련이라면 본심으로 돌아가 제정신을 찾으
라. 그대의 옛 성품과 반대로 행동했던 것을 부끄러워하
라. 더 이상 적이 아니라 어머니로 보이기를 소망하라. 그
대 아들에게 갚아야 할 눈물의 빚을 갚아라. 그에게 모정
을 보이고, 살아 있을 때 의심스러운 사람으로 내몰아 추

방해 버렸던 그가 이제는 죽었으니 적어도 그의 명예를 회복시키려고 노력해라. 그를 기억하여 그의 시민권과 그대의 가슴과 그대의 호의를 회복시켜라. 그대가 그에게 보여 준 방자함과 배은망덕에도 불구하고 그는 여전히 아들처럼 그대를 존경했다. 그는 그대가 그의 시민권을 박탈한 것처럼 자신의 작품을 통해서 그대가 얻게 될 명예를 그대에게서 앗아 가기를 원하지 않았다. 자신의 유배 기간이 그렇게 길었음에도, 그는 항상 자신을 피렌체 사람이라 칭했고 그렇게 불리기를 원했다. 그는 여전히 그대를 다른 누구보다 좋아했고, 여전히 사랑했다.

그렇다면 그대는 무슨 일을 할 것인가? 계속해서 그대의 적의를 고집할 것인가? 전사한 동료들의 시체를 요구할 뿐만 아니라 이를 되찾기 위해 남자답게 죽을 준비가 되어 있는 야만인들보다도 그대는 인간성을 결여한 채로 남아 있을 것인가? 세상 사람들이 그대를 유명한 트로이의 손녀딸이자 로마의 딸이라 여겨주기를 그대는 바라고 있다. 단연코 아이들은 아버지와 할아버지를 닮아야 한다. 슬픔에 찬 프리아모스는 죽은 헥토르의 시체를 간구했을 뿐만 아니라 많은 황금을 주고 되찾아 왔다. 여러 이유 때문에 스키피오가 임종 시에 이를 금하기는 했지만 로마인들은 아버지 스키피오의 유해를 리테르눔에서 가져왔다. 헥토르는 탁월한 용맹으로 오랫동안 트로이를 지켰고, 스키피오는 로마뿐만 아니라 전 이탈리아를 해방시켰다. 비록 단테에게 이 두 사람과 같은 공헌을 돌릴 수는 없겠지만, 단테 역시 존경받아 마땅하다. 무기가 학식에 굴복하지 않았던 때는 결코 없었다.

가장 적절한 시기였던 처음에 그대가 이들 현명한 도시들의 행동과 모범을 모방하지 않았다면 이제라도 마음을 고쳐먹고 이들을 따라야 한다. 진짜인지 가짜인지는 모르겠지만 일곱 개의 도시가 호메로스의 무덤을 만들었다. 베르길리우스가 소유했던 피에톨라에 있는 전답과 오막살이를 여전히 기리고 있는 만토바 사람들이, 만일 브린디시에서 나폴리로 유해를 옮긴 아우구스투스 황제가 그의 유해가 묻힌 곳을 영원한 안식처로 하라고 명령을 내리지 않았다면 그를 위해 화려한 무덤을 건립했을 것이라는 사실을 그 누가 의심하겠는가? 폰투스 섬의 한 곳에 자신들의 오비디우스가 묻혔다는 이유만으로 술모나는 오랫동안 통곡했다. 한편 파르마는 카시우스의 무덤을 갖고 있어서 기뻐했다. 따라서 그대는 단테의 수호자가 되려고 분투해야 한다. 그를 돌려달라고 간청하라. 그를 되찾으려는 마음이 없다 할지라도 이 인간적인 행동을 실행에 옮겨라. 이런 가식적인 행동에 의해서 일부분이나마 그대가 과거에 초래했던 비난을 털어버려라. 그를 돌려달라고 간청하라. 그를 돌려받지 못할 것이라고 나는 확신하지만, 이로써 그대는 동정심이 충만함을 보여주게 될 것이고, 그대의 타고난 잔인함 때문에 그를 되찾지 못하게 됨을 즐거워할 것이다.

그러나 나는 지금 그대에게 무엇을 권하고 있는가? 죽은 사람에게 조금이라도 감정이 있다면 단테의 시신이 그대에게 돌아오기 위해 자신의 안식처를 떠날 것이라고는 생각지 않는다. 그는 그대가 부여할 수 있는 친구들보다 훨씬 더 칭찬할 만한 동료들과 함께 잠들어 있다. 그대보다 훨씬 더 존경할 만한 도시인 라벤나에 그는 누워 있다. 비록 노쇠해서 볼품없기는 하지만, 그곳은 지금의 그대보다 한창때는 더욱 번창한 곳이었다. 그 도시는 말하자면 가장 성스러운 사람들이 대체적으로 묻혀 있는 곳이어서 그 도시 어디를 가나 존경할 만한 사람의 유해를 밟지 않는 곳이 한 군데도 없다. 그렇다면 누가 그대에게로 돌아가 두 테베 사람들의 횃불처럼 서로 동떨어져서 불화하며, 살아 있을 때 자신들의 몫이었던 분노와 적의를 간직하고 있다고 여겨지는 그대의 유해들 가운데 눕기를 바라겠는가?

비록 과거에 라벤나 시가 수많은 순교자들의 값진 피로 물들었고, 오늘날에도 오랜 가문과 덕행 들 때문에 유명한 사람들과 위대한 황제들의 유물들과 마찬가지로 이들의 유해들을 보존하고 있지만, 이 도시는 자신이 간직하고 있는 다른 선물들에 덧붙여 전 세계가 그의 작품에 경탄하고 있고 그대가 가치를 부여할 줄 몰랐던 '그 사람'의 유해라는 보물을 영원토록 수호하는 일을 하느님으로부터 부여받은 것에 대해 적잖이 기뻐하고 있다. 그러나 확실히 그를 소유하는 기쁨은 그대가 그의 출생지라는 직함을 간직하고 있는 데 대한 질투보다 크지 않다. 라벤나 시가 그가 마지막 여생을 보낸 곳으로 기억되는 반면, 그대는 그가 일생의 초반을 보낸 곳으로 자신과 같이 거명된다는 사실을 그 도시는 반쯤 경멸하고 있다. 그대는 적의를 간직함으로써, 그대의 영광을 차지하고 행복해하는 라벤나로 하여금 미래의 세대들 가운데서 영광을 누리게 하는구나.

8 외모 및 습관과 특징들

다양한 공부로 인해 쇠약해진 단테의 종말은 위에서 기술한 바와 같았다. 처음의 약속에 따라 그의 사랑의 열정과 집안 및 공적인 근심거리들, 그의 비참한 유배와 죽음을 적절하게 보여주었다고 생각하기 때문에, 나는 이제 그의 신체 구조와 외모 및 그가 살아생전에 지켰던 가장 현저한 습관들에 관해서 얘기하는 것이 좋겠다고 생각한다. 그런 다음에는 위에서 간략하게 기술한 바 있는 격렬한 소용돌이 속에서 가슴이 찢겼던 시기에 써진 그의 주목할 만한 작품들로 곧장 넘어가겠다.

우리들의 시인은 중간 키였고, 성년이 된 이후에는 다소 구부정하니 점잖고 느릿한 걸음으로 걷곤 했으며, 항상 그의 나이에 걸맞은 수수한 옷을 입었다. 그의 얼굴은 길쭉했고, 코는 매부리코였으며, 눈은 다소 큰 편이었다. 턱은 컸으며, 아랫입술은 윗입술 너머로 튀어나왔었다. 피부색은 까맣고 머리카락과 턱수염은 짙고 검은 곱슬이었으며, 표정은 항상 우울하고 생각에 잠겨 있었다. 그의 작품의 명성, 특히 '지옥'이라는 제목을 가진 「희극」*의 일부분의 명성이 도처에 퍼지고 많은 남녀들에게 그의 모습이 알려졌을 때, 한번은 베로나에서 한 무리의 여자들이 앉아 있는 문 앞을 그가 지나갈 때 그중 한 여자가 다른 여자들에

---

* 「신곡」의 원래 제목은 '희극'이었는데, 1555년 베네치아에서 원래의 제목 앞에 '신성한'이란 형용사가 붙은 훌륭한 판본이 나오면서 '신성한 희극', 즉 '신곡'이라는 제목으로 굳어지게 되었다.

게 조용하게, 그렇지만 단테와 그를 동반한 사람들이 들을 수 있을 정도로 분명하게 이렇게 말하는 것이었다. "자신이 원할 때 지옥에 내려갔다 돌아오고, 그곳 음부(陰府)에 있는 사람들의 물건을 가져오기도 한다는 저 사람이 보이나요?" 그 질문에 대해 그들 중 한 명이 순진하게 이렇게 대답했다. "정말 그렇네요. 그곳에서 열기를 받고 연기를 쏘여서 저자의 턱수염이 저렇게 바짝 마르고 피부색이 시커멓게 된 것이 아닐까요?" 바로 등 뒤에서 이런 대화를 들었지만 이런 말들이 여자들의 순진한 믿음 때문임을 알았기에, 그는 흡족해하며 그 여인들이 그런 생각을 갖는 것에 대해 만족한 듯 약간 미소를 지으면서 가던 길을 계속 갔다.

집 안에서의 행동에서나 공적인 행동에 있어서나 그는 놀라울 정도로 침착하고 질서 정연했으며, 매사에 다른 사람보다 예의 바르고 점잖았다. 먹고 마시는 일에 매우 절제했고 정해진 시간에 식사를 했으며 필요한 분량 이상을 넘기지 않았다. 어떤 한 가지 음식만을 특별히 즐기지도 않았다. 부드러운 음식을 칭찬했지만 평범한 음식을 주로 먹었고, 좋은 것만을 먹으려고 지나치게 관심을 기울이며 이를 준비하기 위해 극도의 관심을 쏟는 사람들은 살기 위해 먹는 것이 아니라 먹기 위해 사는 사람들이라며 혹독하게 비난했다.

자신의 공부와 자신이 떠맡은 일은 그것이 무엇이건 간에 그보다 더 열중인 사람이 없었다. 그의 부인과 가족들은 그로 인해 너무나 괴로움을 당한 나머지 결국엔 그의 방식에 익숙해졌고 거기에 관심을 기울이지 않게 되었다. 질문을 받지 않으면 거의 말을 하지 않았고, 대답을 할 때는 깊이 생각하고 나서 자신이 다루고 있는 문제에 적절한 목소리로 말했다. 그러나 필요할 때에는 웅변적이고 유창했으며, 마치 준비라도 한 듯 훌륭하게 전달하는 기술을 지니고 있었다. 젊은 시절에는 음악과 노래를 즐겼으며 그당시 최고의 가수 및 악사 들과 친근한 우정을 유지했다. 이러한 기쁨에 이끌려 그는 많은 시를 지어 여기에 감미롭고 흥겨운 가락의 옷을 입히게 했다.

단테가 사랑에 얼마나 헌신적인 충복이었는지는 이미 살펴보았다. 모든 사람들이 굳게 믿는 바에 따르면 이 사랑은 그의 천재성으로 하여금 처음에는 모방을 통해, 나중에는 명예욕과 자신의 정서를 보다 완벽하게 표현하겠다는 욕심을 통해 자국어로 시를 짓게 하는 영감을 가져다주었다. 자국어로 시 짓는 일을 스스로 열심히 훈련함으로써 그는 모든 동시대 시인들을 능가했을 뿐만 아니라 자국어를 너무나 정교하고 아름답게 만듦으로써 그 당시에도, 그 후로도 많은 사람들로 하여금 자국어의 전문가가 되도록 만들었다. 그는 자신의 명상을 방해받지 않기 위해서 사람들과 동떨어져 혼자 있기를 즐겼다. 심지어 사람들과 함께 있을 때 특별히 흡족한 생각이 떠오르면, 무슨 질문을 받더라도 그 생각의 흐름을 끝내거나 그만두기 전까지는 그 질문에 대답을 하지 않았다. 이러한 기벽은 식사 중일 때나 동료들과 여행을 할 때나 그 외에 다른 곳에서도 빈번하게 나타났다.

공부에 열중하는 동안 듣게 되는 소식 때문에 마음을 뺏기지 않는 한 그는 공부에 매우 열심이었다. 자신의 마음이 내키는 일에 대한 그의 완전한 집착에 관하여 몇몇 믿을 만한 사람들이 전하는 바에 의하면, 한번은 그가 우연히 시에나에 있는 약재상에 들르게 되었을 때 지각 있는 사람들 사이에서 매우 유명하여 보여주겠다는 약속을 받았었지만 그가 그때까지 본 적은 없었던 작은 책을 갖게 되었다. 이 책을 놓을 자리가 마땅치 않아서 그는 약재상 앞에 있는 의자에 배를 깔고 누워 책을 앞에 놓고 열심히 읽기 시작했다. 시에나 사람들의 어떤 큰 축제로 인해 조금 있다가 바로 이 약재상으로부터 가까운 곳에서 젊은 귀족들의 대규모 마상 창 시합이 벌어졌다. 많은 악기 소리와 박수 소리 때문에 구경꾼들 사이에 큰 소란이 일었다. 아름다운 여인들의 춤이나 젊은이들의 게임 등 관심 끌 만한 일이 많이 있었지만 단테는 자세를 움직이거나 책에서 눈을 떼지 않았다. 그는 3시쯤부터 그런 자세로 책 읽기를 시작했지만 6시가 지나서야 그 책의 모든 요점들의 검토와 요약을 마치고 일어섰다. 자신의 눈앞에서 펼쳐지는 그런 훌륭한 축제를 어떻게 구경하지 않을 수 있었냐고 나중에 몇몇 사람들이 묻자 그는 아무것도 듣지 못했다고 대답했다. 이에 이들 질문자들의 최초의 놀라움에 경이로움이 배가되었다.

더욱이 이 시인은 놀라운 이해력과 훌륭한 기억력, 날카로운 지성을 지녔다. 그가 파리에 머물렀을 때 여러 유능한 인물들이 다양한 주제에 관해 서로 상이한 열네 개의 논제들을 제기한 의사(擬事) 대론이 그곳 신학교에서 열렸었다. 여기서 단테는 쉬지 않고 이들 논제들을 상대편이 미리 제시한 찬반 논증들과 함께 한데 모아서 그 순서 그대로 이들을 암송하고 정교하게 문제를 풀었으며 반대 논증들을 논박했다. 곁에 서 있던 사람들은 이를 기적에 가까운 일이라고 소문을 냈다. 그의 작품을 이해하는 사람들에게는 나의 말보다 이 작품들이 더욱 분명하게 밝혀주듯이 그는 높은 천재성과 정교한 창의력을 지니고 있었다.

그는 아마도 고상한 그의 성품에 어울리는 것 이상으로 명예와 명성을 애타게 사랑했다. 그러나 달콤한 영광의 유혹을 떨쳐버릴 정도로 그처럼 겸손한 사람이 어디에 있단 말인가? 그가 다른 어떤 공부보다도 시를 사랑한 것은 명예욕 때문이었다고 나는 생각한다. 고상하기로는 철학이 다른 모든 학문을 능가하지만 그 탁월함이 겨우 몇 사람에게만 전달될 수 있는 데다 전 세계에 걸쳐 이미 많은 철학자들이 존재하고 있는 반면, 시는 모든 사람들에게 더욱 분명하고 즐거운 것이며 시인들은 극도로 희박하다는 사실을 그는 알고 있었다. 그래서 그는 시를 통해 월계관을 쓰는 비범하고도 훌륭한 영광을 얻고자 희망했으며 그 결과 시를 공부하는 일과 시작(詩作)에 자신을 바쳤다.

만일 행운이 그에게 피렌체로 돌아가는 것을 관대하게 허락했다면 분명 그의 욕망은 실현되었을 것이다. 세례식에서 그가 이름을 부여받았던 산조반니의 샘에서 이제는 월계관을 씀으로써 두 번째 세례를 받기 위해서, 그는 오직 그곳에서만 월계관을 쓰려고 생각했다. 그가 원하는 곳이면 어디서든 자신의 재능으로 월계관의 영광을 받을 수 있었겠지만 결코 실현되지 않을 귀향만을 기다렸기 때문에 그는 다른 곳에서는 그토록 바라던 그 영광을 받아들이려 하지 않았고, 마침내는 이를 성취하지 못하고 죽는 것으로 끝나고 말았다. 월계관을 쓰는 것이 지식을 증가시키는 것은 아니지만 그 지식을 습득한 것에 대한 장식이자 진정한 증거인 것은 사실이다.

독자들이 빈번하게 시는 무엇이며 시인은 어떤 존재이며 그 말은 어디에서 유래한 것이며 시인들이 왜 월계관을 쓰는지를 질문하곤 하지만 이 문제들에 대해 설명해 준 사람이 거의 없는 것 같아 보이므로, 약간의 해명을 하기 위해 약간 지엽적인 얘기를 할까 한다. 능력이 되는 한 곧 다시 원래의 주제로 돌아가겠다.

9 시에 관한 여담

태곳적 사람들은 거친 야만인들이었지만 공부를 통해 진실을 알아내는 데 혈안이었다. 그 욕망은 우리가 보다시피 지금도 누구에게나 자연스러운 것이다. 천계는 어떤 고정된 법칙에 의해 쉼 없이 움직이고, 지상의 것들은 때에 따라 다양한 행동을 하며 어떤 계획 같은 것을 갖고 있다는 사실을 알아차린 그들은 이런 모든 것들이 유래하게 된 원천인 동시에, 보다 높은 힘으로 어떤 것에도 종속되지 않고 다른 모든 것들에 질서를 부여하는 무엇인가가 있을 거라고 생각했다.

이 문제를 열심히 공부한 후에 그들은 자신들이 신성 혹은 신이라는 이름을 부여한 이 힘이 온갖 종류의 경배와 명예와 인간을 초월한 의식을 통해서 존경을 받아야만 한다고 생각하게 되었다. 그래서 그들은 이 최상의 힘에 대한 존경심에서 넓고 훌륭한 건축물들을 지었다. 사람들이 거주하는 것과 형태가 달랐기 때문에 이들은 이 건축물들을 다른 이름으로 구분 지어야만 한다고 생각했고, 그래서 이를 신전이라 부르기로 했다. 마찬가지로 그들은 성직자들을 임명했는데, 이들은 모든 세상 근심을 떠나 성스럽고, 그들의 지혜와 나이와 생활 방식 때문에 다른 어떤 사람들보다도 존경받아 마땅한 사람들이었다. 이들은 단지 신성한 의식에만 전념해야 했기 때문에 '성직자(sacerdoti)'라 불리게 되었다. 거기다 사람들은 상상 속의 신성한 존재를 재현하기 위해 여러 형태의 웅장한 동상을 만들었고, 자신들이 제정한 제의를 위해 필요하다고 여겨지는 장식들과 의식을 위한 금잔과 대리석 식탁과 자줏빛 의복을 만들었다.

그러한 힘에 조용한, 혹은 침묵에 가까운 영광을 바치지 않기 위해 낭랑한 소리의 말로써 이 힘을 위무하고, 그렇게 함으로써 그 힘을 자신들의 필요에 호의적이 되도록 만드는 것이 좋을 것 같았다. 그들은 이 대존재가 고귀함에 있어서 다른 모든 것을 능가한다고 여겼기 때문에, 이 신성한 존재 앞에서 자신들이 가치 있게 얘기하고 그것에 성스러운 찬양을 바칠 수 있도록 평범한, 혹은 공공 연설의 어투보다 뛰어난 말을 찾으려고 애썼다. 더 나아가 이 말들이 보다 효력을 지닌 것처럼 보이게 하기 위해서 율격에 따라 배열되도록 했다. 그로 인해 감미로운 소리만이 들리게 되었고, 모든 거칠고 단조로운 소리는 제거되었다. 또한 속되거나 습관적인 말의 형식이 아니라 예술적이며 정교하고 새로운 방식으로 이렇게 되어야만 했다. 이 형식을 그리스 사람들은 '시적'이라고 명명했으며, 그러한 형식 속에서 주조된 것은 무엇이나 '시'로 불리게 되었고, 이것을 창조한 사람 혹은 이러한 말의 형식을 사용한 사람들은 '시인'이란 명칭을 얻었다. 이렇게 해서 '시인'과 '시'라는 용어들이 생겨났다. 비록 어떤 사람들은 다른 훌륭한 이유들을 대지만 나에게는 이 설명이 가장 마음에 든다.

거친 시대의 이러한 훌륭하고도 칭찬할 만한 욕망으로 인해, 지식을 통해 성장해 가는 세상에서 많은 사람들이 다양한 허구를 지어내게 되었다. 옛 사람들이 오직 한 신만을 숭배한 데 반해 그 후손들은 비록 이 신이 다른 신들보다는 우위를 차지하고 있다고 말하기는 하지만 다른 많은 신들을 재현해 냈다. 그들이 주장하는 이들 다양한 신들은 태양, 달, 목성과 토성 및 다른 일곱 항성들이었으며, 그 영향 때문에 신성한 존재라고 추정되었다. 인간에게 유용한 것은 모두(비록 땅의 것이라고 할지라도), 예컨대 불, 물, 흙 등등의 것들이 나중에는 신으로 여겨지게 되었다. 이들 모든 신들에게 시편들과 명예로운 명칭들과 희생 제물이 제정되었다.

이후 많은 곳에서 어떤 사람들은 이런 이야기로, 어떤

사람들은 또 다른 이야기를 통해 자신이 속한 지방에서 무식한 무리들보다 많은 힘을 갖기 시작했고, 아직 존재하지 않았던 성문법에 따라서가 아니라 다른 사람보다 자신이 더욱 많은 지식을 가지고 있다는 사실에 의거한 자연법적인 권리에 따라 자신들의 조야한 논쟁을 결정했다. 보다 계몽되었기 때문에 당연히 이들은 자신들의 삶과 습관을 정연하게 했으며 그에 반하는 상황이 야기될 때면 매번 완력으로 저항했다. 그들은 스스로를 왕이라 부르기 시작했고, 지금까지 인간들 사이에서는 찾아볼 수 없었던 노예들을 대동하고 장식품들로 치장을 하고서 사람들 앞에 나타나기 시작했다. 그들은 사람들로 하여금 자신에게 복종하도록 만들기 시작했으며, 마침내는 자신들을 숭배하게 만들었다. 이런 일들은 한 사람이라도 이렇게 할 생각을 품으면 어렵지 않게 이룩할 수 있었다. 이들의 이러한 행동을 목격한 거친 백성들에게 이들은 인간이 아니라 신으로 보였다.

　백성들이 자신들의 힘에만 지나치게 의존하는 것은 바라지 않았기 때문에 이들은 종교를 확대하기 시작했고, 그 신앙을 통해 백성들을 위압하고 맹세를 통해 자신들이 힘으로 억제할 수 없었던 사람들의 복종을 확실히 하기 시작했다. 더욱이 그들은 자신들의 아버지와 할아버지와 조상들을 신격화하려고 애썼는데, 이것은 대중들이 자신들을 더욱 두려워하고 존경하도록 하기 위함이었다. 이런 일들은 시인들의 봉사 없이는 적절하게 이뤄질 수 없었다. 시인들은 자신들의 명성을 널리 퍼트리고, 군주를 즐겁게 하고 백성들을 기쁘게 했으며, 모든 사람들이 선하게 행동하기 위해서 믿어야만 한다고 군주들이 바라는 것을 백성들이 믿도록 만들었다. 당시 사람들은 말할 것도 없고 오늘날의 속중들도 거의 이해할 수 없는 다양하면서도 그럴듯한 허구의 포장 아래 그들은 공개적으로 말했다면 정반대의 효과를 가져왔을 것들을 써냈다.

새로운 신들과 신의 자식으로 가장한 사람들을 위해 이들 시인들은 최초의 사람들이 참된 신만을 위한 존경과 찬양에 사용했던 문체를 사용하였다. 이로써 유능한 사람들의 행동은 신들의 행동과 동등하게 되었으며, 여기에서 신들의 행동과 뒤섞어 인간의 전쟁과 다른 주목할 만한 행동들을 고상한 운문으로 노래하는 찬송이 생겨났다. 이것이 앞서 언급한 다른 것들과 더불어 모든 시인들의 임무이자 기능이었고 그것은 오늘날도 마찬가지다. 그러나 많은 무식한 사람들이 시란 지어낸 이야기일 뿐이라고 믿고 있기 때문에, 시인들이 왜 월계관을 쓰는지를 말하기 전에 시란 신학이라는 사실을 보여주고 싶다.

우리들이 마음을 기울여서 이성적으로 검토해 본다면 고대의 시인들이 인간의 마음으로 가능한 한 성령의 계단을 따르려 했음을 쉽게 발견할 수 있을 것이다. 성령은 적당한 때가 되면 그 행적을 통해 공공연히 알려주려 했던 비밀들을 어렴풋이 감춤과 동시에, 성경에서 알 수 있듯 많은 사람들의 입을 통해 후대의 사람들에게 그 최고의 비밀을 밝혀주고 있다. 따라서 그들의 글을 자세히 조사해 보면 우리는 시인들이 (모방하는 사람이 모방되는 대상과 똑

같아 보이도록 하기 위한 목적에서) 허구라는 가면 아래 과거에 있었던 일, 자기들의 시대에 있었던 일, 혹은 미래에 일어나기를 바라거나 일어날 것이라고 추정했던 일들을 기록했음을 알게 될 것이다.

따라서 이들 두 가지 형태의 글쓰기는, 같은 목적을 지닌 것이 아니라 내가 지금 주로 관심을 기울이고 있는 '제재를 다루는 방법'이 같을 뿐이지만, 그레고리우스의 표현을 빌려 이들 양자를 똑같이 칭찬할 수 있을 것이다. 즉 그가 성경에 대해 같은 설명으로 텍스트와 그 아래 놓여 있는 신비를 밝혀준다고 한 말은 시에 대해서도 그대로 적용될 수 있을 것이다. 이처럼 성경은 신비를 통해서는 현자를 훈련시키고, 텍스트를 통해서는 어리석은 사람을 강건하게 한다. 성경은 그 덕택에 어린아이들을 양육할 수 있음을 공공연하게 드러내고 있으며, 숭고한 사상가들의 마음을 경이로운 황홀감 속에 붙잡아 둘 수 있는 것을 은밀하게 간직하고 있다. 비유해 말하자면 성경은 이처럼 강과 같아서 어린 양도 건너갈 수 있고 큰 코끼리도 자유롭게 수영할 수 있는 곳이다. 그러나 이제는 이러한 진술들을 확증하는 일로 넘어가자.

10 시와 신학의 차이에 관해서

우리가 신학이라 부르는 성경은 때로는 역사의 형식 속에서, 혹은 이상(理想)의 의미 가운데서, 혹은 의미 있는 애가의 형식을 통해, 혹은 다른 여러 가지 방식으로, 하느님 말씀의 신비로운 육화와 그리스도의 삶과 죽음에 이르는 상황들과 부활의 승리와 놀라운 승천과 그의 다른 행동들을 우리들에게 밝혀주려 한다. 성경은 이들 가르침을 통해 인간의 원죄 때문에 오랫동안 닫혀 있던 그 영광을 그리스도의 죽음과 부활을 통해서 우리들이 다시 얻을 수 있도록 해준다. 마찬가지로 시인들도 우리들이 시라고 부르는 그들의 작품 가운데서 때로는 허구적인 여러 신들의 모습이나 혹은 인간이 상상의 형태로 둔갑하는 변신을 통해, 혹은 또 부드러운 설득에 의해, 우리들에게 사물의 원인과 미덕과 악덕의 결과와 우리들이 피해야 할 것과 추구해야 할 것을 밝혀준다. 이는 시인들이 비록 진실된 신을 올바르게 알지는 못하지만, 우리의 최상의 구원이라고 자신들이 믿는 목적을 우리들이 미덕에 찬 행동을 통해서 달성할 수 있도록 하게 하기 위함이다.

이처럼 성령은 모세가 타오르는 불길과 같은 하느님을 목격한 푸른 덤불숲을 통해, 다른 어떤 피조물보다도 순결한 만물의 주님의 거주지요 피난처이자 임신을 통해서나 아버지 말씀의 출산을 통해서도 더럽혀지지 않을 성 처녀를 보여주고 싶어 했다. 나중에 산으로 변한 돌멩이가 파괴시켜 버린, 여러 가지 금속으로 만들어진 동상에 관한 느부갓네살의 꿈을 통해, 성령은 과거에도 지금에도 살아 있는 반석인 그리스도의 가르침을 통해 과거 모든 시대가 허물어지고 이 반석에서 태어난 기독교가 산맥처럼 요지부동으로 영원한 것이 될 것임을 선언하였다. 예레미야 애가를 통해서는 예루살렘이 장차 파괴될 것임을 공표하였다.

마찬가지로 시인들도 사투르누스 신에게 아이들이 많았
으나 그가 네 명만 남기고 다 집어삼켜 버렸다고 꾸며댐으
로써, 사투르누스가 만물을 탄생시키는 동시에 파괴하고
무화시켜 버리는 시간임을 우리들이 인식하기를 바랐다.
그가 잡아먹지 않고 남겨둔 네 아이들 중 첫째가 주피터,
즉 불의 원소이다. 둘째는 주피터의 부인이자 누이인 주
노, 즉 공기이다. 이 공기를 통해 불은 이곳 지상에서 타
오른다. 셋째는 바다의 신 넵투누스, 즉 물의 원소이다.
마지막으로 넷째는 지옥의 신 플루톤, 즉 흙으로 다른 원
소들보다 더욱 아래에 있다.

이와 유사하게 시인들은 헤라클레스가 인간에서 신으로
변했고, 리카온은 늑대로 변했다고 꾸며댄다. 헤라클레스
의 덕행을 통해 인간도 하늘에 동참하여 신이 될 수 있다
는 사실을, 리카온의 악행을 통해 비록 겉으로는 사람 같
아 보일지라도 실제로는 금수와 같다는 도덕적인 교훈을
그들은 강조하고자 했다. 리카온이 탐욕과 허욕 때문에 늑
대로 변한 것으로 그려진 이유는 탐욕과 허욕이 늑대의 특
성이기 때문이다. 마찬가지로 시인들은 엘리시온 들판을
아름다운 낙원으로, 어두운 디스는 고통스러운 지옥으로
묘사한다. 시인들이 이러한 묘사를 한 것은 우리들이 전자
의 기쁨에 이끌리고 후자의 고통에 겁을 먹어서, 우리를
엘리시온으로 인도할 미덕을 추구하고 디스로 가는 배에
우리들을 실어 보낼 악덕을 피하도록 하기 위함이다.

더욱 구체적인 사례를 들어 이러한 것들을 예증하는 일
은 생략하겠다. 이러한 예증들이 나의 논지를 강화시켜 줄

것이기 때문에 가능하고 적절한 한도 내에서 이들을 분명히 예증하고 싶기는 하지만, 그렇게 한다면 나의 주제에서 멀어질 것이고 원하는 것 이상으로 자세해질 것이 분명하기 때문이다.

신학과 시는 그 취급 방법이 동일하다는 점을 여러분이 이해할 수 있을 만큼 충분하게 얘기했다. 그러나 주제에 있어서 이들은 매우 다양할 뿐만 아니라 심지어는 어느 정도 서로 대립하기까지 한다. 성스러운 신학의 주제는 신성한 진리인 반면 고대 시의 주제는 인간과 이교도들의 신들이기 때문이다. 신학이 진리가 아닌 것은 어떤 것도 전제하지 않는 반면, 시는 분명히 잘못되고 오도하며 기독교에 반대되는 것들을 진실된 것으로 그린다는 점에서 이 둘은 상충한다. 그러나 어떤 얼간이들은 시인들에 대적하여, 시인들이 진실과 부합되지 않는 사악하고 음탕한 이야기들을 지어내며 허구가 아닌 다른 형식으로 자신들의 능력을 보여주고 자신들의 가르침을 사람들에게 전파한다고 말한다. 이런 이유에서 나는 지금의 논의를 조금 더 진전시키려 한다.

이런 사람들로 하여금 다니엘, 이사야, 에스겔 및 구약에 나오는 다른 사람들의 꿈을 생각해 보게 하자. 신성한 펜이 기록한 이들 꿈은 시작도 없고 끝도 없으며 그분에 의해 계시된 것들이다. 그들로 하여금 신약에 있는 복음서 자자의 꿈들 역시 생각해 보게 하자. 이것들은 이를 이해하는 사람에게는 놀라운 진리로 충만해 있다. 겉으로 보기에 여러 군데에서 진리나 개연성과 동떨어져 보이는 이들 이야기처럼 그렇게 진리나 개연성과 동떨어져 보이는 시인

들의 이야기를 찾아볼 수 없다면, 십분 양보해서 오직 시
인들만이 기쁨이나 유익함을 줄 것 같지 않은 이야기들을
썼다고 가정해 보자. 시인들이 자신들이 지어낸 이야기나
지어낸 이야기처럼 꾸며진 자신들의 가르침을 알렸다는 이
유로 사람들이 시인들에게 가하는 비난에 대해서는 나는
대답하지 않을 것이다. 이러한 이유로 비난하는 사람들이
어리석게도 시인들을 비난하는 동안 부주의하게도 길이요
진리요 생명이신 성령을 비난하는 잘못을 범하고 있음을
나는 알기 때문이다. 그럼에도 불구하고 나는 이 사람들을
다소 만족시킬 작정이다.

노동에 의해 얻어진 것은 무엇이든 노력 없이 갖게 된
것보다 더욱 달콤하다는 사실은 명백하다. 쉽고 빠르게 이
해되는 분명한 진리는 우리를 기쁘게 한 후 기억 속으로
사라져버린다. 그러나 수고를 들여서 얻은 진리는 더욱 즐
거운 법이고 바로 그런 이유로 더욱 오래 간직되기 때문에
시인들은 겉으로 보기에는 그와 일치하지 않는 많은 것들
아래 진리를 감추었다. 그들은 다른 어떤 위장보다도 이야
기를 선호했는데, 이야기의 아름다움이 철학적 예증이나
설득을 통해서는 관심을 끌 수 없는 사람들의 관심을 끌어
내기 때문이다. 그렇다면 우리들은 시인들에 관해 어떤 말
을 해야 할 것인가? 자신들이 무슨 말을 하는지도 모르는
얼간이들처럼 시인들이 미친 사람이라고 주장할 것인가?
확실히 시인들은 미친 사람이 아니다. 그들은 행동에 있어
과일 속에 숨어 있는 심오한 이해력을 지닌 사람들이며,
껍질과 잎사귀에 드러나 있는 훌륭하고 극도로 정교한 웅

변술을 가진 사람들이다. 이제 처음 출발했던 자리로 돌아가자.

신학과 시는 주제가 동일할 때는 거의 똑같은 것으로 간주할 수 있다. 여기서 한 걸음 더 나아가, 신학은 하느님의 시라고 나는 주장한다. 성경은 어떤 곳에서는 그리스도가 사자이고, 다른 곳에서는 양이며, 한편에서는 뱀이고 또 한편에서는 용이고, 또 다른 곳에서는 반석이라고 말하는데, 이것이 시적인 허구가 아니면 무엇이란 말인가? 일일이 열거하기에는 너무나 오래 걸릴 정도로 그리스도는 다른 많은 이름들로 불린다. 복음서에 있는 구세주의 말씀이 겉으로 드러난 의미와는 다른 가르침, 즉 우리가 흔히 말하는 우의(寓意) 외에 무엇을 의미한단 말인가? 그렇다면 시가 신학일 뿐 아니라 신학도 시라는 점이 분명하다. 이러한 큰 문제에 있어서 나의 주장이 거의 신뢰를 얻지 못한다 할지라도 나는 괘념치 않을 것이다. 그러나 적어도 모든 거대한 문제에 있어서 대단한 권위자인 아리스토텔레스는 믿도록 하자. 그는 시인들이야말로 최초의 신학자들이라고 주장했다. 여기에 대해서는 이 정도로 해두고, 학식 있는 사람들 가운데서 왜 시인들만이 월계관을 쓰는 영광을 부여받았는지를 설명하도록 하자.

11 시인들에게 부여된 월계관에 대하여

지구상에 살고 있는 많은 민족들 중에서 그리스 사람들

은 철학이 처음으로 그 비밀을 드러낸 민족이라고 여겨진다. 철학의 보물 창고로부터 그들은 군대의 원칙과 국가의 생명과 다른 많은 소중한 것들을 이끌어 냈으며, 이로 인해 다른 어떤 민족보다도 영광스럽고 유명하게 되었다. 이 보물로부터 이끌어 낸 것들 중에는 이 작은 책자의 시작 부분에서 언급된 솔론의 성스러운 격언도 있다. 다른 어느 공화국보다도 번창하고 있었던 그들의 공화국이 '똑바로 걷고 두 발로 설 수 있도록' 하기 위해 그들은 악을 행하는 사람들에게는 징벌을, 선행을 행하는 사람에게는 보상을 내릴 것을 선언했다.

덕 있는 사람에게 줄 보상 가운데서 으뜸가는 것은 공중 앞에서 그들의 동의를 얻어, 경연에서 이긴 시인과 전쟁에서의 승리로 공화국의 영토를 넓힌 황제들에게 월계수 잎으로 만든 관을 씌워주는 것이었다. 용맹으로 인간적인 것들을 보호하고 증식시킨 사람과 신성한 것들을 다루는 사람은 동등한 영광을 가진다고 판단했기 때문이다. 비록 그리스 사람들이 이러한 영광을 발견한 사람들이긴 하지만, 전 세계에 걸쳐 시와 전쟁의 영광이 로마의 이름 아래 굴복하게 되었을 때 이는 라틴 민족에게 넘어가게 되었고, 가끔 있는 일이기는 하지만 적어도 시인들의 대관식에 있어서 이 관습은 오늘날까지도 로마에 살아 있다. 그러나 다른 잎이 아닌 월계수 잎을 사용하는 이유를 알아보는 것도 흥미로울 것이다.

포이보스의 연인인 다프네가 월계수로 변했고, 그가 승리자였을 뿐만 아니라 최초의 작가이자 시인들의 후견인이었기 때문에 그 포이보스가 이 월계수 잎에 품은 사랑을 기념하여 자신의 리라와 승리를 이 잎들로 장식했으며 인간들이 그의 본을 따른 것이라고 믿는 사람들이 있다. 그래서 이 사람들은 포이보스의 행동이 시인과 황제들에게 관을 씌울 때 오늘날까지도 월계수 잎을 사용하는 이유라고 생각한다. 확실히 이러한 의견은 나를 불쾌하게 하지도 않을 뿐더러 그런 이유로 이러한 관습이 생겨났을 수 있다는 사실도 나는 부정하지 않는다. 그럼에도 불구하고 나는 다른 이유가 더 마음에 드는데, 그것은 다음과 같다.

나무의 속성과 특성을 연구하는 사람들의 의견에 따르면 월계수는 특히 주목할 만하고 현저한 세 가지 속성을 지니고 있다고 한다. 첫째는 우리가 알고 있듯이 결코 잎이 지지 않는 상록수라는 점이다. 둘째는 이 나무가 결코 벼락을 맞지 않는다는 점이다. 우리가 알기로는 다른 어떤 나무도 이러한 행운을 지니고 있지 않다. 셋째는 우리가 아는 바와 같이 매우 향기롭다는 점이다.

월계관을 씌우는 영광을 만들어낸 옛 사람들은 이들 세가지 속성이 시인들과 승리한 황제들의 덕행과 부합한다고 생각했다. 첫째로 사철 푸른 잎은 이미 월계관을 쓴 사람들이나 앞으로 쓰게 될 사람들의 업적이 항상 살아남으리라는 점에서 그들의 업적이 가져다준 명성을 예증한다고 여겨졌다. 둘째로는 이들의 업적이 너무나 막강해서 질투의 불이나 모든 것을 재로 만들어버리는 영속하는 '시간의 번개'도, 하늘의 번개가 이 나무를 때릴 수 없는 것과 마찬가지로 이들의 업적을 날려버릴 수 없을 것이라고 사람들은 생각했다. 마지막으로는 이들의 업적은 시간이 흐른다고 해서 이를 듣거나 읽는 사람들에게 기쁨을 덜 주거나 고마운 마음을 덜 가져다주는 것이 아니라 항상 흡족하고 향기를 발할 것이라고 옛 사람들은 말했다. 따라서 다른 어떤 것보다도 이들 월계관이 우리가 아는 한 거기에 걸맞은 업적을 가진 사람들에게 부합하는 것이다. 따라서 단테가 이 영광을 그토록 바랐던 데에도 이유가 있다. 아니, 자신의 신전을 그렇게 장식할 만한 가치가 있는 사람이 되길 바라는 사람들에게 월계관은 그처럼 큰 미덕의 증거이다. 그러나 이제는 이 논의에 접어들면서 우리들이 떠나왔던 곳으로 되돌아가야 할 시간이다.

12 자질과 결점들

위에서 말한 것에 덧붙여 우리들의 시인은 고상하고 경멸에 찬 정신의 소유자였다. 한번은 어떤 친구가 간청에 감동해서 단테가 피렌체로 돌아올 수 있도록 애를 썼다. 귀향은 시인이 다른 무엇보다도 더 바랐던 것이었다. 그러나 그 친구는 당시 권력을 쥐고 있던 사람들에게서, 단테가 얼마 동안은 감옥에 있어야만 하고 그 후에는 피렌체 시의 가장 큰 교회에서 열리는 어떤 엄숙한 공적인 자리에 출석하여 백성으로서 자비를 간청해야만 과거에 그에게 내려졌던 모든 선고로부터 면책되고 자유로워질 수 있을 것이라는 말을 들은 것 말고는 어떠한 해결책도 찾을 수가 없었다. 그러나 단테에게 이것은 악명 높은 사람은 아닐지라도 비열한 사람에게나 어울리는 절차로 보였다. 그리하여 그의 간절한 마음에도 불구하고 그는 그런 식으로 고향에 돌아가기보다는 유배지에 남아 있는 것을 택했다. 아 찬양할 만하고 고결한 경멸이여, 철학의 품 안에서 자라난 사람에게는 무가치한 방식으로만 귀향이 가능할 때 그대는 얼마나 남자답게 행동함으로써 돌아가고 싶은 불같은 욕망을 억눌렀는가!

단테는 이러한 방식들로 자신을 소중히 여겼고, 그의 동시대 사람들이 얘기하듯 자신의 실제 가치보다 자신을 값싸게 여기지 않았다. 한번은 공화국 정부의 수반이 주최한 파티에 참석했을 때 이러한 특성이 현저하게 나타났다. 실권을 쥔 당은 교황 보니파키우스 8세를 통해서 샤를이라는 이름을 가진 프랑스 왕 필리프의 형제인지 친척인지로 하여금 시정을 맡도록 요구했다. 단테가 속했던 당의 모든 간부들이 이 문제를 알아보기 위해 소집된 회의에 모였다. 그곳에서의 논의 끝에 그들은 당시 로마에 머물고 있던 교황에게 대사를 파견해서 앞서 말한 샤를이 오는 것을 교황이 반대하도록 설득하거나 아니면 집권당의 동의하에 그가 오게 하기로 했다. 그들이 누가 이 대사들의 대표자가 되어야 하느냐 하는 문제를 논의하게 되었을 때 모든 사람들이 이구동성으로 단테를 지명했다. 그는 잠시 동안 생각에 잠겨 있다가 그들의 요구에 이렇게 답했다. "내가 가면 누가 남지요? 내가 남으면 누가 가지요?" 마치 그들 가운데서 자신만이 귀중한 사람이며 다른 사람들은 모두 자기가 곁에 있어야만 가치 있는 사람들이라는 듯한 말투였다. 이 말을 사람들은 이해하고 기억했지만, 이에 뒤따른 일들은 지금의 추제와 관련이 없기 때문에 생략하고 계속 나아가겠다.

이 훌륭한 사람은 온갖 역경에 처해서도 기죽지 않고 매우 단호했다. 정확한 표현인지는 모르겠지만 그는 단 한 가지 점에서 격정적이었달까, 아니 그냥 참을성이 없었다고 하는 것이 낫겠다. 유배당한 이후로 그는 자신의 적성에 맞는 것 이상으로, 또한 다른 사람들로 하여금 믿게 하고자 하는 이상으로 당에 헌신했다. 어떤 당을 위해서 그가 그처럼 단호하고 열광적이었는지를 분명히 하기 위해서는 좀 더 설명해야만 할 것 같다.

내가 믿기로는 오래전에 하느님의 분노로 인해 토스카나와 롬바르디아의 거의 전 지방이 두 개의 당으로 분열되었다. 이들 이름이 어떻게 해서 생겨났는지는 모르겠지만 한 당은 구엘프 당이라 불렸고, 다른 당은 기벨린 당이라 불렸다. 많은 어리석은 사람들이 이들 두 이름을 너무나도 존경한 나머지 상대 당으로부터 자신이 속한 당을 보호하기 위해 자신의 전 재산, 아니 필요하다면 자신의 목숨까지도 어렵지 않게 바쳤다. 이 이름들 아래서 이탈리아의 도시들은 가장 비참한 억압과 변화를 겪었고, 시민들의 마음의 변화에 따라서 말하자면 한번은 이 당, 다음번은 저 당이 우두머리가 되었던 우리의 도시 또한 그들 가운데 하나였다. 예를 들면 단테의 조상들은 구엘프 당원으로서 두 번에 걸쳐 기벨린 당원들에 의해 추방당했고, 단테가 피렌체 공화국의 지배권을 장악한 것도 구엘프 당원으로서였다. 그러나 그가 추방당한 것은 기벨린 당원들에 의해서가 아니라 구엘프 당원들에 의해서였다. 자신이 돌아갈 수 없다는 사실을 알았을 때 그의 공감은 바뀌었다. 이후로 그보다 격렬한 기벨린 당원, 혹은 구엘프 당원들에 대해 그보다 더 강력하게 대적하는 사람은 아무도 없게 되었다.

내가 그를 기림에 있어 가장 부끄러움을 느끼는 것은, 로마냐 지방에서 일반적으로 전해지는 말에 따르면 연약한 여인이나 어린아이가 두 당에 관해서 말하는 중에 기벨린 당원들을 저주할라치면 그가 불같이 격노하여 그 말을 한 사람이 입을 다물지 않는 한 거의 돌을 던질 지경이 되었다는 사실이다. 이러한 통렬함은 그가 죽을 때까지 계속되었다. 그의 결점을 언급함으로써 그처럼 위대한 사람의 명성을 더럽히는 것을 나는 수치스럽게 생각하지만 내 목적을 위해서 어느 정도는 이것 또한 필요하다. 칭찬할 만한 가치가 없는 것들에 대해서 내가 침묵을 지킨다면 이미 언급된 훌륭한 자질들에 대한 믿음을 손상시키게 될 것이기 때문이다. 따라서 나는 단테에게 용서를 빈다. 그는 아마 내가 이 글을 쓰고 있는 동안 저 높은 하늘 어디에선가 경멸에 찬 눈으로 나를 내려다보고 있을 것이다.

우리가 이미 이 경이로운 시인의 몫으로 살펴보았듯이, 그처럼 큰 미덕과 그처럼 많은 학식 중에 분방함 또한 큰 자리를 차지했다. 그는 젊었을 때뿐만 아니라 성인이 되어서도 자유분방했다. 이 악덕은 자연스럽고 일반적이며 어떤 의미에서는 필요한 것이기는 하지만 권장할 수 없을 뿐만 아니라 점잖게 용서할 수도 없는 것이다. 그러나 어떤

인간이 이를 저주할 수 있는 공정한 재판관이 될 수 있겠
는가? 나는 아니다. 아, 연약함이여! 아, 인간의 동물 같은
욕망이여! 노력하지 않고도 너무나 많은 영향을 미칠 수
있는 여인들이 마음만 먹는다면 우리들에게 어떤 영향인들
미칠 수 없겠는가? 여자들은 매력과 미모와 자연스러운 욕
망과 남자들의 가슴속에서 그들을 대신해 끊임없이 움직이
고 있는 다른 많은 특성들을 지니고 있다.

　이것이 사실임을 보여주기 위해 주피터가 에우로파 때문
에 무슨 짓을 했으며, 헤라클레스가 이올레 때문에 무슨
짓을 했으며, 파리스가 헬레네 때문에 무슨 짓을 했는지에
대해 이야기하는 것은 건너뛰도록 하자. 이것들은 시의 제
재들이기 때문에 판단력 없는 많은 사람들은 이들을 지어
낸 이야기라고 부를 것이기 때문이다. 그러니 아무도 부정
할 수 없는 적합한 예들을 들어서 이 문제를 예증하기로
하자. 우리들 최초의 아버지가 하느님이 자신의 입으로 직
접 주신 그 계명을 파괴하고 여인의 설득에 굴복했을 때
세상에 여자가 한 명 이상 있었던가? 진실로 단 한 명밖에
없었다. 많은 부인들을 거느리고 있었음에도 불구하고 다
윗은 밧세바의 모습을 보자마자 하느님과 자신의 왕국과
자기 자신과 자신의 명예를 잊어버리고 처음에는 간통자가
되었다가 나중에는 사람을 살해한 자가 되었다. 그녀가 그
에게 무언가를 요구하였다면 그가 무슨 일을 저질렀겠는
가? 하느님의 아들 말고는 그 누구도 그와 같은 지혜를 얻
지 못했던 솔로몬도 여인을 즐겁게 해주기 위해서 자신을
현명하게 만들어준 하느님을 버리고 발람을 경배하기 위해

무릎을 꿇지 않았던가? 헤롯 왕은 무슨 일을 했던가? 또 다른 많은 사람들은 단지 자신들의 쾌락에 이끌려 무슨 짓을 했던가? 그렇게 많은 위대한 사람들 가운데 우리의 시인만이 용서를 받은 것은 아니지만, 그가 혼자서만 비난받는 경우보다는 이마를 덜 찡그린 채, 즉 비난을 덜 받으며 지나갈 수 있을 것이다. 보다 주목할 만한 그의 습관들에 대한 기술은 현재로서는 이것으로 충분할 것이다.

13 다양한 작품들에 관해서

이 영광스러운 시인은 생전에 많은 작품들을 썼는데, 그의 작품이 다른 사람의 작품으로 여겨지거나 다른 사람의 작품들이 그의 작품으로 간주되는 일이 없도록 하기 위해서, 내 생각으로는 이 작품들을 질서 정연하게 정리하는 것이 적절할 것 같다.

첫째로 그가 베아트리체의 죽음으로 인해 여전히 눈물을 쏟아내고 있던 스물여섯인가 그쯤 해서 그는 『새로운 인생』이라는 제목을 가진 조그만 책을 출판했다. 이것은 그가 전에 여러 차례에 걸쳐서 썼던 소네트나 칸초네처럼 운문으로 된 놀라울 정도로 아름다운 작품들을 담고 있다. 각각의 시편에 앞서서 그는 자신으로 하여금 이를 짓게 만든 과정들을 순서대로 썼고, 각 작품을 쓴 후에는 이를 부분들로 나누어서 설명해 놓았다. 그가 더욱 나이를 먹어서는 이 작은 책자를 크게 부끄러워하였지만 그럼에도 불구하고 그의 나이를 고려해 볼 때 이것은 특히 일반 사람들에게 매우 아름답고 흡족한 것이다.

　이 작품을 편찬한 후 몇 년 있다가 그는 자신이 차지하고 있던 정부의 최고 요직에서 아래를 내려다보았고, 그러한 위치에서 보게 되는 경우에 대개 그러하듯 인생은 무엇이며, 군중들의 결점들은 무엇이며, 이들 무리들을 뛰어넘는 사람이 얼마나 극소수이며, 이들은 얼마나 큰 명예를 차지할 만한 가치가 있는지를 알아보게 되었다. 그는 또한 대중들에게 밀착한 사람들, 그리고 그들이 얼마나 엄청난 혼란을 겪게 되는지를 관찰하였다. 그가 그러한 사람들이 추구하는 것을 저주하고 자신의 경우를 더욱더 저주하는 동안 그의 가슴속에 한 가지 고상한 생각이 떠올랐다. 한때 그는 이를 실행에 옮길 작정이었다. 이것은 다름 아니라 동일한 작품 안에서 사악한 사람들에게 가장 무거운 벌을 주고 훌륭한 사람들에게는 최고의 보답을 부여하는 것이었다. 자신의 능력을 보여줌으로써 그는 자신에게 영원한 영광을 안겨주기를 희망했다. 그리고 앞서 본 바와 같이 그가 다른 어떤 공부보다도 시를 좋아했기 때문에 그는 시를 쓸 계획을 세웠다. 무엇을 쓸 것인지를 오랫동안 생각한 후에 그는 서른다섯 살 되던 해에 자신이 전에 심사숙고했던 것, 즉 다양한 업보에 따라 사람들을 벌하거나 상 주는 일을 실행에 옮기기 시작했다. 인생은 세 가지 종류가 있다, 즉 '사악한 인생'과 '죄악을 떠나 미덕을 향해 나아가고 있는 인생'과 '미덕에 찬 인생'이 있다는 것을 알고 있었기 때문에, 「희극」이라고 이름 붙인 자신의 작품을 그는 놀랍게도 세 권의 책으로 나누었다. 그는 첫 권에서 사악한 사람들을 징벌했으며, 마지막 권에서 선한 사람들에게 상을 주었다. 이들 세 권을 그가 다시 각각의 노래로 나누고, 노래를 다시 운율로 나누었음을 쉽게 알아볼 수 있다. 그가 이를 자국어의 운율에 맞추어 너무나 기술적으로, 그것도 지극히 경이롭고도 아름다운 순서로 지었기 때문에 거기에 관해 어떤 결점도 정당하게 지적할 수 있는 사람이 지금까지 아무도 없었다.

그가 이 작품 전체에 걸쳐서 얼마나 정교한 시인이었는지는 이 시를 이해할 수 있을 정도의 뛰어난 능력을 부여받은 사람들은 알아볼 수 있을 것이다. 그러나 위대한 것들은 짧은 시간에 이해될 수 없다는 사실을 우리들이 알고 있기 때문에, 인간의 모든 행동들과 그 행동에 대한 상벌을 운율에 맞춘 자국어로 쓴 시에 담는 것과 같은 위대하고 고상하며 정교한 과업은 잠깐 동안에 끝날 수 없다는 결론에 이르게 된다. 특히나 다양한 운명의 변화 때문에 고통받은 사람의 경우에는 더욱 그렇다. 앞서 단테의 운명에서 우리가 보았던 것처럼 운명의 변화는 한결같이 분노로 가득 차 있고 쓰라림으로 독에 젖어 있다. 따라서 단테가 앞서 얘기한 것처럼 이 고상한 작품에 자신을 바친 그 시간 이후로 그의 인생이 끝날 때까지 그의 작업은 계속되었다. 그러나 나중에 보게 되겠지만 그는 이 동안에 다른 작품들도 썼다. 따라서 이 작품의 시작과 끝에 일어난 몇몇 사건들을 부분적으로 다루는 것도 논점에서 벗어나는 일은 아닐 것이다.

14 「희극」에 관련된 몇몇 사건들에 관해서

놀라운 창안인 이 시의 첫 부분을 단테는 '지옥'이라고 이름 붙였다. 그는 이를 이교도의 방식이 아니라 열렬한 기독교 시인으로서 썼다. 이전에는 이러한 제목으로 이러한 것이 써진 예가 없었다. 그가 자신의 영광스러운 작품에 완전히 몰두하여 첫 일곱 노래(canto)를 완성했을 때 그의 추방, 아니 더 정확하게 말해 그의 도피라는 쓰라린 불행이 발생했다. 그리하여 그는 자신의 작품과 다른 모든 것들을 포기하고 수년 동안 여러 친구들과 귀족들 사이에서 스스로를 확신하지 못한 채 유랑했다.

그러나 행운의 여신은 하느님이 정하시는 것과 반대되는 그 어떤 것도 행할 수 없으며, 정해진 바를 늦출 수 있을지는 몰라도 오직 하느님의 섭리에 의해서만 운명의 궁극적인 힘을 틀어놓을 수 있다고 우리가 분명하게 믿고 있듯이, 단테가 작성한 일곱 노래들을 누군가가 우연히 찾아내게 되었다. 그 사람은 배은망덕한 무법의 군중들이 정당한 복수보다는 약탈품에 더 혈안이 되어 단테의 집으로 소란을 피우며 몰려들었을 때, 은밀한 곳으로 치워놓은 그의 물건들이 들어 있던 궤짝들 사이에서 필요한 서류들을 찾다가 이 시들을 발견했다.

이 사람은 그 노래들이 무엇인지는 몰랐지만 경탄에 차서 이들을 읽어 내려갔다. 너무나 즐거웠던 나머지 그는 이 시들을 원래 있던 자리에서 조심스럽게 꺼내가지고 당시 유명한 시인이자 현자였던 디노 디 메세르 람베르투치

오라는 이름을 가진 시민의 집으로 가져갔다. 이를 읽어보고서 디노 역시 이를 가져온 사람만큼이나 경탄해 마지않았다. 아름답고 세련된 장식적인 문체뿐만 아니라 이들 아름다운 표현의 포장 아래 숨어 있는 심오한 의미를 자신이 발견해 낸 것 같았기 때문이다.

이러한 특성과 이들 노래가 발견된 곳 때문에 디노와 이를 가져온 사람은 이 시들이 단테의 작품이라고 판단했고, 이는 사실이었다. 작품이 미완이었고 그 주제가 자신들이 상상할 수 있는 것 이상이었기 때문에, 그들은 가능하다면 이렇게 훌륭하게 시작한 작품을 생각해 둔 대로 끝맺을 수 있도록 단테가 있는 곳을 알아내서 그에게 자신들이 발견한 것을 보내주기로 결심을 했다.

수소문 끝에 그들은 단테가 모루엘로 남작과 함께 머물고 있음을 알아냈다. 따라서 그들은 단테가 아니라 그 남작에게 편지로 자신들의 뜻을 알렸고, 그 일곱 노래들을 보냈다. 매우 이해심 있는 사람이었던 남작은 그 시편들을 읽고는 이를 크게 칭찬하고 단테에게 보여주며, 이것이 누구의 작품인지 아느냐고 물어보았다. 단테는 이를 즉각 알아보고 자신의 작품이라고 대답했다. 그러자 남작은 그렇게 고상하게 시작한 작품에 걸맞은 끝을 내는 것이 좋겠다고 단테에게 간청했다. 그러자 단테는 이렇게 말했다. "내 물건들이 모두 망가진 마당에 이 시편들과 나의 다른 많은 책들도 당연히 손실되었을 것이라고 생각했습니다. 이런 생각과 또 나의 유배로 인해 내게 밀어닥친 많은 근심거리들 때문에 이 작품을 위해 구상했던 원대한 계획을 완전히 포기했었습니다. 그러나 예상치 않게도 이 작품을 다시 찾게 되었고 남작께서 마음에 들어하시니, 원래의 생각을 기억해서 은총이 허락하는 대로 계속 써나갈 작정입니다."
그래서 그는 얼마 있다가 중단되었던 시작(詩作)을 다시 하게 되었고 "나의 주제를 계속해서, 나는 노래한다……"라고 써 내려갔다. 이 작품의 부분들이 둘씩 대응하는 짝을 이루고 있음은 면밀하게 조사해 보면 분명하게 알 수 있다.

단테가 이처럼 이 대작을 다시 시작하게 되었을 때, 그는 많은 사람들이 생각하듯 빈번한 중단 없이 이를 끝내지 못했다. 정말이지 여러 차례에 걸쳐 잇따른 심각한 사건들 때문에 한 자도 쓰지 못한 채 어떤 경우는 몇 달, 다른 경우는 수년에 걸쳐서 이를 제쳐놓기도 했다. 그렇다고 죽기 전에 작품을 출판하려고 지나치게 서두르지도 않았다.

여섯 개나 여덟 개 정도의 노래를 끝마치면 자신이 어디에 있든 다른 사람에게 이를 보여주기 전에 그가 누구보다도 존경했던 카네 델라 스칼라 경에게 보내곤 했다. 그에게 보여준 후에야 단테는 이 작품들을 보고 싶어 하는 다른 모든 사람들이 볼 수 있도록 복사본을 만들었다. 이런 식으로 그가 어떤 대비책도 마련하지 않은 채 죽게 되었을 때 카네 경에게 마지막 열세 편의 노래만을 제외하고 모든 작품을 보냈다. 이들 마지막 노래들도 그는 미리 써놓았었다. 그가 자신의 작품을 끝맺었는지를 알아보기 위해 그의 아이들과 제자들이 몇 달에 걸쳐서 그의 원고들을 여러 차례 뒤져보았지만, 남아 있는 노래들을 찾을 수가 없었다. 미완으로 남아 있는 약간의 작품을 완성할 수 있을 정도의 목숨을 하느님께서 단테에게 허락하시지 않은 것에 대해 그의 모든 친구들은 불평을 늘어놓았다. 아무리 해도 그 남은 노래들을 찾을 수가 없었기 때문에 그들은 절망에 빠져서 찾는 일을 포기해 버렸다.

모두 시인이었던 단테의 두 아들, 자코포와 피에로는 친구들의 설득에 의해 이 작품을 미완으로 남겨놓지 않기 위해서 자신들의 능력이 닿는 한 아버지의 작품을 완성하기로 결심했다. 그러나 동생 피에로보다 이 문제에 있어서 훨씬 적극적이었던 자코포는 이때 놀라운 꿈을 꾸었고 이로 인해 자신의 어리석은 시도를 그만두었을 뿐만 아니라 잃어버린 그 열세 편의 노래들이 어디에 있는지도 알게 되었다.

오랫동안 단테의 제자였던 피에로 자르디노라는 이름을 가진 라벤나의 훌륭한 사람이 전한 바에 따르면, 자신의 선생이 죽은 지 여덟 달 후에 앞서 말한 자코포가 어느 날 새벽 무렵 자신에게 와서 말하기를, 바로 그날 저녁 잠결에 아버지가 자신에게 다가오는 것을 보았다는 것이었다. 단테는 더없이 흰 옷을 입고 있었으며, 그의 얼굴에는 비상한 빛이 번쩍였다. 꿈속에서 아들이 아버지에게 살아 계시냐고 물었더니 그는 이렇게 대답했다고 한다. "그렇다, 이 현생에서가 아니라 진정한 삶 속에 살아 있다." 그 진정한 삶으로 나아가기 전에 작품을 완성했는지, 완성했다면 아무리 찾아도 없는 그 잃어버린 부분은 어디에 있는지 그는 꿈결에 다시 아버지에게 물어보았다. 그러자 다시 "그래 완성했다."라는 대답이 들린 것 같았다. 그리고 아버지가 자신의 손목을 붙잡고 살아 계실 때 주무시던 방으로 데리고 가서 그 방의 한 곳을 만지며 "네가 그렇게 오랫동안 찾던 것이 여기 있다."라고 말하는 것이었다. 이 소리를 듣자 그는 잠에서 깨어났고 아버지는 떠나가 버렸다.

자코포가 말하기를 자신은 지체하지 않고 꿈에서 본 것을 알려주기 위해 피에로에게 왔다고 했다. 자신이 정확하게 기억하고 있는 그곳을 함께 가서 찾아보고 자신에게 이 사실을 알려준 것이 진짜 혼령인지 아니면 헛된 망상인지를 알아보자는 것이었다. 아직 동이 트려면 시간이 꽤 남아 있었지만 두 사람은 함께 출발했다. 목표한 곳에 도착해 보니 벽이 휘장으로 가려져 있었다. 이를 가만히 들어올리자 두 사람 모두 전에는 알아보지 못했던 작은 구멍이 발견되었다. 그 안에서 그들은 벽의 습기 때문에 완전히 곰팡이가 슬어서 조금만 더 놓아두었다면 썩어가기 시작했을 약간의 원고를 발견했다. 조심스럽게 곰팡이를 털어낸 다음 그들은 이 원고를 읽어보았고 그것이 자신들이 그렇게 오랫동안 찾던 그 열세 편의 노래들임을 알았다. 너무나 기뻤던 나머지 이들은 우선 이것을 베꼈고, 원 저자의 관례에 따라 일단 카네 경에게 보낸 다음, 그 미완성 작품에 덧붙였다. 이런 식으로 해서 집필에 수년이 걸렸던 이 시가 완성되었다.

15 「희극」이 속어로 써진 이유

현명한 사람들을 포함한 많은 이들이 이런 질문을 한다.

단테는 학식이 출중한 인물이었는데, 어째서 「희극」과 같이 대작이자 그렇게 고상한 주제를 다루는 작품을 이전의 다른 시인들처럼 라틴어로 쓰지 않고 피렌체 방언으로 썼는가? 이 질문에 대해서 나는 두 가지 주된 이유 때문이라고 대답한다. 첫째로 동료 시민들과 다른 이탈리아 사람들에게 두루 소용이 되도록 하기 위해서였다. 만일 그가 예전의 시인들이 그랬던 것처럼 라틴어로 썼다면, 이 작품은 학식 있는 사람들에게만 소용이 되었을 것이다. 반면에 속어로 시를 씀으로써 그는 문사들이 자신을 이해할 수 있게 함과 동시에, 전에는 결코 시도된 적이 없었던 그 뭔가를 달성할 수 있었다. 단테는 피렌체어의 아름다움과 그 언어에 대한 자신의 탁월한 구사력을 보여줌과 동시에 전에는 한결같이 무시당했던 학식 없는 사람들에게 기쁨과 자신의 글을 이해할 수 있는 능력을 가져다주었다.

그로 하여금 속어를 사용하도록 한 둘째 이유는 이것이다. 모든 사람들, 특히 시인들이 자신들의 작품을 헌정했던 군주와 귀족 들이 인문학을 버렸고, 그 결과 베르길리우스와 다른 훌륭한 시인들의 고귀한 작품들이 대다수의 사람들에 의해 경시당할 뿐만 아니라 거의 경멸을 당하고 있음을 알았기 때문에, 그는 자신의 고귀한 주제가 요구하는 대로 실제로는 라틴어로 작품을 시작했다. 그러나 이를 곧 중단했는데, 아직 젖을 빨고 있는 사람들의 입속에 빵 껍질을 넣어주는 것은 헛된 짓이라고 믿었기 때문이다. 그래서 그는 현대적인 감각에 맞는 문체로 작품을 다시 시작했고, 속어로 이를 계속 써나갔다.

그는 이 「희극」이라는 작품을 삼등분에 따라 각각 세 명의 유명한 이탈리아인에게 헌정했다. 지옥 편인 제1부를 그는 당대에 토스카나 지방에서 피사 공으로 대단히 칭송받던 우구치오네 델라 푸지우올라에게 바쳤다. 제2부인 연옥 편은 모루엘로 말라스피나 남작에게 바쳤고, 제3부인 천국 편은 스페인의 왕인 프레데리코 2세에게 바쳤다. 그가 전 작품을 카네 델라 스칼라 경에게 헌정했다고 주장하는 사람들도 있다. 이러한 두 가지 얘기 중 어느 것이 맞는지에 관해서는 다양한 사람들의 근거 없는 의견들 말고는 어떠한 증거도 없다. 이것은 또한 심각한 조사를 필요로 할 정도로 중요한 문제도 아니다.

16 「군주제에 관하여」와 다른 작품들에 관해서

하인리히 7세의 등극에 맞춰서 이 유명한 저자는 라틴어 산문으로 된 「군주에 관하여」라는 또 다른 작품을 썼다. 그는 자신이 이 책에서 제기한 세 가지 질문에 맞추어 이 책을 세 권으로 나누었다. 제1권에서 그는 세상의 복지를 위해서는 제국이 필요함을 논증하고 있다. 이것이 그의 첫째 주장이다. 제2권에서 그는 역사적 사례들을 들어가며 로마가 제국의 칭호를 간직하고 있음이 정당함을 보여준다. 이것이 그의 둘째 주장이다. 제3권에서는 신학적인 논증을 통해 제국의 권위는 하느님으로부터 직접 나오는 것이지 성직자들이 주장하는 것처럼 신부의 중재를 통해서 나오는 것이 아님을 증명하고 있다.

작가가 죽은 지 몇 년 후에 이 책은 교황 요한네스 22세 재직 중에 롬바르디아 지방의 교황청 특사인 포제토의 벨트란도 추기경에 의해 유죄 선고를 받았다. 그 이유는 다음과 같다. 바이에른 백작인 루트비히가 독일의 선거후(選擧侯)들에 의해 로마의 황제로 선출되었고 앞서 말한 교황 요한네스의 반대를 무릅쓰고 대관식을 위해 로마에 왔다. 로마에 머무르는 동안 그는 교회의 법령을 어기고 피에로 델라 코르바라라고 불리는 한 프란체스코 수도회 수사를 교황으로 임명했다. 다수의 추기경과 주교들 또한 임명했다. 그는 이 새로 임명된 교황으로 하여금 자신의 대관식을 집전하도록 했다.

여러 가지 면에 있어서 황제의 권위가 의문시되었기 때문에 그와 그의 추종자들은 단테가 쓴 이 책을 발견하고서 자신들의 권위를 옹호하기 위해 이 책의 주장들을 사용하기 시작했다. 이로 인해 당시까지 거의 알려지지 않았던 이 책이 매우 유명하게 되었다. 그러나 나중에 루트비히가 독일로 돌아가고 그의 추종자들, 특히 성직자들의 힘이 쇠퇴하여 흩어지게 되었을 때, 앞서 언급한 추기경은 그 일에 있어서 자신에게 대적할 사람이 아무도 없었기 때문에 이단적인 문제들을 내포하고 있다는 죄명으로 이 책을 대중들이 보는 앞에서 불살라 버렸다.

마찬가지로 그는 이 저자의 유해를 불태우려 하였다. 피노 델라 토사라는 이름을 가진 선한 피렌체의 기사가 반대하지 않았다면 그는 아마 그렇게 했을 것이다. 이 기사와 오스타지오 다 폴렌타 경은 추기경의 눈에도 훌륭한 인물들이었는데, 우연하게도 이 문제가 논의되고 있었던 볼로냐에 와 있었다.

앞서 말한 작품 외에도 단테는 이미 앞서 언급한 바 있는 조반니 델 비르질리오 씨에게 헌정하고 어떤 시편에 대한 답변으로 그에게 보냈던 두 편의 매우 아름다운 목가시를 지었다. 그는 또한 자신의 아름다운 칸초네 세 편에 관해서 피렌체어로 된 산문 논평을 썼다. 시작할 때는 전 작품에 관한 논평을 쓸 의도를 가지고 있었던 것 같지만, 계획이 바뀌었는지 아니면 시간이 없었는지 이들 세 편에 관한 논평이 전부이다. 이 논평에 그는 「향연」이라는 제목을 붙였는데, 매우 아름답고 훌륭한 소품이다.

나중에 이미 죽음이 가까이 왔을 때 그는 '속어론'이라고 이름을 붙인 작은 책을 라틴어 산문으로 썼다. 여기서 그는 시를 쓰려고 하는 사람들을 위해 작시법을 가르치려고 했다. 그는 이 작은 책자를 네 부분으로 작성할 마음을 먹었던 것 같지만, 이를 끝마치기 전에 죽음이 그를 데려갔기 때문인지 아니면 다른 부분들이 분실된 것인지 오직 두 부분만이 남아 있다. 이 훌륭한 시인은 라틴어로 수많은 편지도 썼는데, 몇 통은 아직도 남아 있다. 더욱이 그는 『새로운 인생』에 포함된 것들 외에도 많은 아름다운 칸초네, 소네트, 발라타 등을 썼는데, 이것들에 관해서 나는 현재로서는 특별히 언급할 생각이 없다.

위에서 언급한 작품들에다 이 훌륭한 시인은 연모의 한숨과 가련한 눈물, 사적이고 공적인 걱정거리들 및 적대적인 운명의 다양한 변화들로부터 짜낼 수 있는 틈틈이 시간을 쏟아 부었다. 이 작품들은 마치 돈에 모든 선과 명예와 행복이 걸려 있는 것처럼 한결같이 다양한 방식으로 부자가 되기만을 추구하는 오늘날의 대다수 사람들이 행사하고 있는 사기, 기만, 거짓, 도둑질 및 음모보다는 하느님과 인간에게 더욱 만족스러울 만한 것이다.

아 어리석은 인간들이여! 소멸할 육체에서 정신이 떨어져 나갈 한순간의 일부만으로도 이들 치욕스러운 노고를 모두 무화시키기에 충분할 것이다. 모든 것을 소멸해 버리는 시간은 부자에 대한 기억을 곧장 지워버리거나, 아니면 잠시 동안만 그에 대한 기억을 간직함으로써 그를 치욕스럽게 만들어버릴 것이다. 그러나 확실히 우리의 시인은 이럴 운명이 아니다. 아니 오히려 무기가 쓸수록 빛나는 것처럼 그의 이름 역시 그러할 것이다. 시간에 의해 닦이면 닦일수록 더욱 빛을 발하게 될 것이다. 따라서 원하는 사람은 허영을 잡으려고 애쓰게 하라. 자신은 이해하지도 못하는 다른 사람의 미덕을 비난할 마음을 품지 않도록 그에게는 그것으로 족하게 하라.

17 어머니의 꿈에 대한 설명과 결론

주제에서 벗어난 다른 지엽적인 문제들 외에, 모든 은총을 부여하시는 하느님이 나에게 허락하시는 범위 안에서 이 영광스러운 인간이자 훌륭한 시인인 단테 알리기에리의 출생과 공부와 생애와 습관과 작품들의 성격에 관해서 간략하게 살펴보았다. 다른 많은 사람들이 나보다 더 훌륭하고 분별력 있게 말할 수도 있었으리라는 점을 나는 알고 있다. 그러나 최선을 다하는 사람에게 더 이상의 것은 요구되지 않는다. 나보다 더 잘 쓸 수 있을 것이라고 생각하는 사람은 내가 최선을 다해서 기록했다는 사실 때문에 입을 다물게 될 것이다. 정말로 내가 어떤 부분에서 실수를 했다면, 나는 다른 사람이 단테에 대한 진실을 말할 수 있도록 그에게 나의 자료들을 건네주겠다. 지금까지는 그에 대해 기록해 놓은 사람을 하나도 보지 못했다. 그러나 나의 노력은 끝난 것이 아니다. 내가 이 작은 책자를 쓰는 동안 약속했던 작은 일이 아직 남아 있다. 그것은 다름 아니라 시인의 어머니가 그를 임신했을 때 꾸었던 꿈 이야기다. 여기에 관해서는 할 수 있는 한 짧게 얘기하고 나의 글을 끝마치려 한다.

이 부인은 임신 중에 맑은 시냇가에 있는 높은 월계수 발치에 누워서 아들을 출산하는 꿈을 꾸었다. 내가 앞에서 얘기한 것처럼 꿈속의 그 아들은 월계수에서 떨어진 열매를 먹고 그 샘의 물을 마시고서 갑자기 키 큰 목동이 되었고, 월계수 잎들을 너무나 좋아했다. 잎을 따려고 하다가 그는 떨어졌고, 어머니는 그가 있던 자리에 갑자기 그가 아니라 더없이 아름다운 공작이 있는 것을 보게 되었다. 이 경이로운 모습에 놀라 부인은 달콤한 잠에서 깨어났고, 그를 더 이상 볼 수 없었다.

지금도 존재하시고 영원부터 존재해 오신 선한 하느님은

자신의 사자인 자연이 인간들 가운데 이상한 일을 일으키려고 할 때 미래의 모든 사건을 예견하신다. 자신의 선하심에 이끌려 하느님께서는 모든 지식은 만물의 창조자인 자연의 주인에게 의존한다는 사실을 우리가 확신할 수 있도록 표식이나 꿈, 아니면 다른 어떤 방식에 의한 예증을 통해서 우리로 하여금 이러한 변화를 알아볼 수 있도록 하시곤 한다.

자세히 관찰해 보면 그러한 전조가 위에서 충분히 얘기한 우리들의 시인이 이 세상에 출현함을 예비하기 위해서 마련되었음을 알 수 있다. 하느님께서는 계시된 것의 어머니가 될 자, 아니 이미 어머니가 된 자 말고 과연 누구에게 이 전조를 그처럼 애정을 가지고 주목하게 하셨겠는가? 확실히 오직 어머니에게만 이 계시는 보여진 것이다. 하느님께서 그녀에게 계시한 것이 무엇인지는 위의 설명으로 우리에게 분명해졌다. 그러나 하느님이 의도한 바가 무엇인지는 보다 면밀히 검토되어야 한다. 부인에게는 자신이 사내아이를 낳을 꿈으로 보였고, 꿈을 꾼 지 얼마 안 있어 정말로 그녀는 아들을 낳았다. 그러나 그녀가 그 아래에서 아들을 낳은 높은 월계수가 무엇을 의미하는지는 이제부터 검토할 예정이다.

천문학자들과 많은 자연철학자들의 의견에 의하면, 보다 우월한 물체의 영향과 힘에 의해 열등한 물체는 만들어지고 자라게 되며, 하느님의 은총의 빛에 의한 매우 강력한 원인이 방해하지 않는 한 인도를 받는다. 따라서 사람이 태어난 시간에 수평선 위로 떠오른 정도에 있어 어떤 우월한 물체가 가장 강력한지를 관찰함으로써, 그 사람은 이보다 강력한 물체, 즉 그 물체의 특성에 완전한 지배를 받는다고 그들은 주장한다. 따라서 내 생각에 부인에게는 그 나무 아래에서 자신이 단테를 이 세상에 탄생시킨 것처럼 보인 그 월계수에 의해 하늘의 뜻이 드러난 것 같다. 그의 출생에 있어서 하늘이 위대함과 시적인 웅변을 예언했기 때문이다. 위에서 본 것처럼 포이보스의 나무인 월계수의 잎으로 시인들이 관을 만들어 쓰듯이, 월계수는 위대함과 웅변을 의미한다.

아이가 먹고 자란 그 열매는 내가 이해하기로는 하늘의 섭리에서 비롯한 결과물들이다. 이 결과물들은 시집들과 그 가르침들이며, 이것을 단테는 매우 깊숙이 들이마셨다. 즉 이것의 교육을 받았다. 그 물을 그가 마신 것처럼 보였던 맑은 시내는 내 생각으로는 도덕 및 자연철학의 풍부한 가르침을 의미한다. 샘이 땅속 깊은 곳에 숨어 있는 풍요함으로부터 솟아나듯이, 마찬가지로 이들 가르침도 우리가 지상의 충만함이라 부르는 풍부한 예증적인 사유로부터 그 본질을 취하고 있으며 거기에서 기원한다. 물을 마시지 않고는 음식을 잘 소화시킬 수 없듯이, 철학적 예증에 의해 질서 있게 배열되지 않은 지식이란 지성과 잘 부합될 수 없다. 결론적으로 말해서 맑은 물, 즉 철학에 의해 그는 소화를 시켰고, 다시 말해 자신의 지성 안에서 그가 먹은 열매들, 즉 시를 더없이 부지런히 공부했다.

그가 갑자기 목동으로 변한 것은 그의 탁월한 천재성을 예증한다. 왜냐하면 그가 단시간 내에 공부를 통해 목동이 되기 위해 필요한 것, 즉 다른 사람들에게 그들이 필요로 하는 목초지를 주는 사람이 되는 것을 배웠기 때문이다. 아마 누구나 쉽게 이해하고 있듯이, 세상에는 두 가지 종류의 목동이 있다. 하나는 육체를 돌보는 목동이고, 다른 하나는 영혼을 보살피는 목동이다. 육체를 돌보는 목동은 두 종류다. 첫째는 흔히 말하는 목동으로, 양이나 소 및 다른 동물들을 지키는 사람이다. 둘째는 집안의 가장들로, 이들은 아이들과 하인들 및 자신에게 딸린 다른 사람들을 먹이고 보호하고 다스린다.

마찬가지로 영혼을 돌보는 목동도 두 부류로 나누어진다. 첫째 부류는 하느님의 말씀으로 살아 있는 사람들의 영혼을 먹이는 목사, 성직자 및 설교자 들로 이들은 각자가 다스리도록 맡겨진 연약한 영혼들을 보호할 의무를 갖고 있다. 둘째 부류는 다른 사람들이 과거에 쓴 것을 읽거나, 아니면 자신들이 보기에 생략되었거나 분명하게 설명되지 않았던 것들을 직접 집필하여서 청중들과 독자들의 마음과 영혼을 일깨워 주는 훌륭한 학식을 가진 사람들이다. 이 후자를 우리들은 일반적으로 '박사'라고 부른다. 우리들의 시인은 얼마 안 있어 이러한 종류의 목동이 되었다.

이 점을 확실히 하기 위해 그의 다른 작품들은 건너뛰고 「희극」에 주목해 보자. 이 작품은 텍스트의 아름다움과 유쾌함으로 인해 남자들뿐 아니라 여자와 어린아이들에게도 양식을 제공하는 한편, 거기에 숨어 있는 놀랍도록 달콤하고도 심오한 의미로 인해 대단히 지적인 사람들을 잠시 동안 긴장하게 만든 후에 이들에게 기분 전환과 자양분을 가져다준다. 앞서 언급한 것처럼, 자신이 그 열매를 먹은 나무의 잎을 가지려는 그의 노력은 월계관에 대한 그의 집요한 욕망을 의미한다. 잎을 가지려 한 또 한 가지 이유는 잎이 열매에 대한 증거가 되기 때문이다. 그의 어머니의 말에 따르면 그가 잎을 갖기 위해 애쓰다가 떨어지는 모습을 보았다고 했는데, 이 추락은 우리 모두를 일어서지 못하게 만드는 것, 곧 죽음을 의미한다. 앞서 얘기한 것을 우리들이 잘 기억하고 있다면, 그가 더없이 월계관을 쓰려고 바라던 동안에 죽음이 그에게 닥쳤음을 우리들은 알게 될 것이다.

계속해서 그의 어머니는 말하기를 갑자기 그가 목동에서 공작새로 변했다고 했다. 우리가 쉽게 이해하는 바로는 이 변신은 사후의 명성을 의미한다. 이 명성은 다른 작품들에도 의존하고 있긴 하지만, 거의 「희극」을 통해 얻어진 것이다. 각각의 속성을 주목해 본다면 이 책은 공작새와 완전히 일치하는 것이다. 공작새는 네 가지 두드러진 특징을 가지고 있다. 첫째는 백 개의 눈이 그려진 천사같이 아름다운 깃털이다. 둘째는 네 발과 소리 없는 발자국이다. 셋째는 듣기에 끔찍한 그 목소리다. 마지막으로 넷째는 향기롭고 썩지 않는 살이다. 우리 시인이 쓴 「희극」 역시 이들 네 가지 특성을 충분히 갖고 있다. 그러나 주어진 순서를 적절하게 따라갈 수가 없기 때문에 마지막 것부터 시작해서 한번은 이것, 다음번은 저것으로 떠오르는 대로 목적에 맞춰서 얘기를 계속해 나가겠다.

확실히 「희극」의 의미는 공작새의 살과 같다. 그 의미를 도덕적이라고 부르건 신학적이라고 부르건 간에 가장 흡족한 이 책의 어디에서나 그 의미는 단순하고 변함없는 진리이다. 그래서 그 자체로 썩지 않을 뿐만 아니라 검토하면 할수록 더욱더 썩지 않는 달콤한 향기를 이를 알아보는 사람들에게 가져다준다. 지금의 주제에서 벗어나지 않는다면 여기에 관한 많은 예를 들 수 있을 것이다. 나는 예문을 제시하지 않고 이해력 있는 사람들이 이를 찾아보도록 남겨놓겠다.

또 공작새는 천사처럼 아름다운 깃털이 그 살을 덮고 있다. 내가 천사처럼 아름답다고 했는데, 이는 천사들이 그러한 깃털을 가지고 있어서가 아니라, 천사들이 날아다닌다는 얘기에서 추론하여 깃털을 가졌음에 틀림없다고 생각되기 때문이다. 공작의 깃털만큼 그렇게 귀하고 아름다운 깃털을 내가 알지 못하는 까닭에, 나는 공작새의 깃털이 천사의 것을 닮았을 것이라고 생각한다. 그런데 나는 공작의 깃털로써 천사의 깃털을 거론하는 것이 아니라, 천사의 깃털로 공작새의 깃털을 거론하는 것이다. 천사가 공작새보다 더욱 고귀한 새이기 때문이다. 그의 몸을 덮고 있는 깃털로 내가 이해하는 것은, 편지와 일차적으로 「희극」의 표면적인 의미 가운데서 목격할 수 있는 진귀한 이야기의 아름다움이다. 지옥의 모습과 그곳에 거주하는 사람들이 성격과 다양한 조건들과 더불어 지옥으로 내려감을 보라. 성스럽게 되기를 갈망하는 사람들이 눈물과 비탄과 더불어 연옥의 산을 올라가는 모습과, 마침내 천국으로 올라가는 축복받은 사람들의 말할 수 없이 거룩한 영광에 찬 모습들을 보라. 이야기가 너무나 아름답고 진귀해서 이보다 더 아름답거나 진귀한 이야기를 듣거나 상상해 본 사람이 아무도 없을 정도다. 공작새가 꼬리에 백 개의 눈을 가지고 있다고 하는 것처럼 이 작품도 백 개의 노래로 나누어져 있다. 눈이 눈에 비친 다양한 사물과 그 색깔을 구분해 내 듯이, 이들 노래들도 이 작품의 적절한 다양성을 분별해서 드러내고 있다. 따라서 우리의 공작새의 살은 천사처럼 아름다운 깃털로 덮여 있음이 분명하다.

마찬가지로 공작새의 발은 더럽고, 그 발걸음은 사뿐하다. 이것은 우리 저자의 「희극」과 완전히 일치한다. 몸 전체를 발이 지탱하고 있는 것이 분명한 것처럼, 얼핏 보기에 글로 쓰인 모든 작품도 표현 방식에 의해 지탱되고 있는 것처럼 보인다. 그리고 이 시의 모든 관절을 잇고 있는 속어는, 다른 문체들보다 아름답고 우리들의 현재의 사유 방식에 잘 들어맞는 것이지만, 다른 시인들이 사용하는 고상하고 당당한 문체에 비하면 저속하다. 공작새의 조용한 발걸음은 겸손한 문체를 의미한다. 「희극」이 의미하는 바를 이해하고 있는 사람들은 알고 있듯이, 이것은 「희극」에서 요구되는 문체이다.

마지막으로 나는 공작새의 목소리가 끔찍하다는 점에 주목한다. 처음에는 우리 시인의 표현이 대단히 달콤한 것 같지만, 그 골수를 면밀히 조사해 보면 이 작품은 목소리가 끔찍하다는 점에서 완전히 공작새의 목소리와 일치한다. 가장 통렬한 이야기 가운데서 그가 살아 있는 많은 사람들의 결점을 비난하고, 죽은 자들의 결점을 채찍질할 때, 그보다 더 끔찍하게 외쳐대는 사람이 누가 있단 말인가? 죄악에 기운 사람에게 징벌자의 목소리보다 더 무시무시한 목소리가 무엇이란 말인가? 확실히 그보다 무서운 것은 아무것도 없다. 자신의 예증을 통해서 그는 같은 목소리로 선한 사람을 두렵게 하고, 사악한 사람을 거꾸러트린다. 따라서 이 점에 관한 한 그는 정말로 끔찍한 목소리를 가졌다고 이야기할 수 있을 것이다. 이런 이유와 위에서 다룬 다른 이유들로 인해 우리가 그의 사랑하는 어머니에게 하느님의 영감이 꿈속에서 계시해 주었다고 믿는 바와 마찬가지로, 왜 그가 살아 있을 때는 목동이었다가 죽은 후에는 공작새가 되었는지가 충분히 분명해졌다.

나는 우리 시인의 어머니가 꾼 이 꿈을 내가 여러 가지 이유에서 매우 피상적으로 설명했다는 것을 알고 있다. 첫째 이유는 내가 그러한 어려운 일에 요구되는 능력을 갖추지 못했기 때문이다. 둘째는 내가 그런 능력이 있다 한들 나의 주된 주제가 이를 허용하지 않았기 때문이다. 그리고 마지막으로 내가 능력이 있고, 나의 주제가 이를 허용하였다 할지라도, 나보다 뛰어난 능력과 큰 욕망을 가진 사람을 위해 무엇인가를 남겨놓기 위해서 내가 얘기한 것 이상을 얘기하지 않는 것이 좋을 것 같았기 때문이다. 이제 나로서는 충분하고 적절하게 이야기했기 때문에, 부족한 것은 무엇이 되었든 간에 다음 사람의 관심거리로 남겨놓도록 하자.

내 작은 조각배는 이제 맞은편 해안을 떠날 때 뱃머리를 향했던 항구에 도착했다. 비록 항해는 길지 않았고 바다는 잔잔했으며 깊지 않았지만, 그럼에도 불구하고 방해받지 않고 무사히 항해한 것에 대해 돛에 순풍을 불어주신 하느님께 감사드린다. 하느님의 이름과 권능을 영영 세세토록 축복하며, 내가 할 수 있는 한 겸손을 다하고, 온 마음과 애정을 바쳐서 미약하지만 내가 드릴 수 있는 모든 감사를 주님께 바친다.

로세티의 생애

단테 가브리엘 로세티는 1828년 런던에서 가브리엘레 로세티의 네 자녀 중 둘째로 태어났다. 그의 본명인 게이브리얼 찰스 단테이 로세티는 아버지인 가브리엘레가 지은 것으로, '게이브리얼'은 자신의 이름 '가브리엘레'에서, '찰스'는 자신의 후원자인 '찰스 라이엘'의 이름에서, '단테이'는 '단테 알리기에리'의 이름에서 따왔다. 로세티는 단테에 대한 자신의 애착을 표현하기 위해, 1849년 자신의 이름에서 '찰스'를 빼고 '단테이'를 '게이브리얼' 앞에 위치시켰다. 가족과 친구들은 여전히 그를 게이브리얼이라고 불렀지만 그는 자신의 이니셜 순서에 매우 엄격하여, 이모인 샬럿이 순서를 틀렸을 때 불같이 화를 내기도 했다.

가브리엘레는 정치적 이유로 나폴리에서 추방당하여, 1824년부터 런던에서 교사로 일하면서 검소한 삶을 꾸려나갔다. 그는 단테에 대해서 연구하는 동안 가에타노 폴리도리를 알게 되었고, 그의 딸인 프랜시스와 1826년에 결혼하였다. 프랜시스는 가정교사가 되기 위한 교육을 받은 지적인 여성이었다. 그리고 찰스 라이엘이라는 유지가 단테에 관련된 그의 저술을 후원하게 된다. 후에 로세티는 아버지의 연구를 '완전히 쓸모없는 것'으로 규정하였지만, 단테에 대한 아버지의 연구는 그에게 많은 영향을 끼쳤다.

로세티는 1841년 당시 런던 최고의 사립 미술 학교였던 '새시스 드로잉 아카데미'에 입학한다. 비슷한 시기에 신동 존 에버렛 밀레이도 같은 학교에 다니고 있었다. 그의 집안은 풍족한 편이 아니었으나 그는 장남으로서 가족들의 헌신적인 후원을 받았고, 이모 샬럿으로부터 많은 재정적 도움을 받았으며, 후에 간접 세무국에 취직하여 집안의 가장이 된 동생 윌리엄 또한 그의 후원자였다. 1845년 그는 왕립 아카데미에 입학하는데, 이미 시를 쓰는 시인이었을 뿐만 아니라 카리스마 있고 열정적인 학생이었던 그는 학생들 사이에서 리더 역할을 하게 된다. 그는 학업 성적도 뛰어났지만, 특히 외국어에 뛰어나서 이때 이미 독일의 대서사시 「니벨룽겐의 노래」를 번역하였다. 그는 곧 화가의 길을 가야 할 것인지 시인의 길을 갈 것인지에 대해 고민하게 된다. 그래서 자신의 시를 평가해 달라는 편지를 윌리엄 벨 스콧, 리 헌트, 로버트 브라우닝에게 보내는데, 이 편지들은 그에게 새로운 친구를 가져다주었지만 그가 원하던 대답은 얻지 못했다. 이에 로세티는 그림 실력을 더 쌓을 필요성을 느끼고 1848년부터 포드 매독스 브라운으로부터 몇 번의 그림 레슨을 받지만, 지금까지의 학교 수

업과 마찬가지로 자신에게 맞지 않는다고 느끼고 중단한다.

5월에 있었던 아카데미 미술전에서 로세티는 윌리엄 홀먼 헌트의 그림을 보고 그에게 열렬한 찬사를 바친다. 이에 헌트는 로세티에게 그림을 가르쳐주기로 하고 두 사람은 함께 작업실을 빌린다. 헌트는 존 에버렛 밀레이와 절친한 친구였는데, 이들 두 사람은 아카데미의 교육 방식에 염증을 느끼고 자연주의에로 이끌리고 있었다. 마찬가지로 아카데미를 싫어했던 로세티 역시, 이들의 사상에 대한 이해 없이 열정적으로 헌트의 생각을 따르게 된다. 그해 9월 로세티는 헌트, 동생 윌리엄, 그리고 당시 동생 크리스티나의 약혼자였던 제임스 콜린슨과 함께 문학 모임을 결성하려 한다. 이 시도는 실패로 끝나지만 이 모임은 '라파엘 전파 협회'의 효시가 된다.

헌트와 로세티와 밀레이는 모방적이고 형식에 얽매인 왕립 아카데미의 화풍에 반대했고, 그래서 반(反)아카데미 모임을 만들기로 한다. 로세티는 수일 안에 동생 윌리엄, 콜린슨과 토머스 울너를 끌어들였고, 헌트가 그의 제자인 F. G. 스티븐스를 가담시킴으로써 모임이 결성된다. 그들의 사상이 어디까지 일치했었는지는 논쟁의 여지가 있으나, 독창성 없고 천편일률적인 아카데미 화풍에 반대하여 추상적 개념이 아닌 자연으로부터 영감을 얻자는 점에서는 일치했다. 그들은 아카데미의 이러한 화풍이 라파엘로의 추종자들, 특히 볼로냐 화파에 의해 성립된 것이라고 보고 라파엘로 이전, 즉 15세기 이탈리아와 플랑드르 화가들을 본받자는 의미에서 '라파엘 전파 협회(Pre-Raphaelite Brotherhood)'라는 이름을 지었다. 그들은 아카데미 연례 전시회를 지배하던 감상적이고 식상한 주제들은 피하고, 도덕적으로 순수하고 감정적으로 진실한 주제들을 다루기로 했다. 그들은 1848년 겨울부터 1849년 말까지 계속해서 모임을 가졌고, 새로운 화풍으로 그린 그림들을 비밀스러운 'P. R. B.'라는 이니셜과 함께 1849년 전시회에서 선보이기로 했다. 그리고 그때까지 협회의 존재는 비밀에 부치기로 했다. 라파엘 전파 협회의 예술적 사상은 전적으로 헌트와 밀레이의 것이었고, 기법적인 면에서는 밀레이가 다른 모든 멤버들에게 영향을 끼쳤다. 1850년대 초반 협회 멤버들의 화풍을 지배한, 각 지고 길쭉한 형태, 자세한 세부 묘사라든가 그늘이 거의 없는 가는 선 처리 등은 모두 밀레이의 기법이었다.

「성모 마리아의 처녀 시절」(1849)은 라파엘 전파 화풍에 따라 그린 로세티의 첫 작품으로, 그는 이것을 헌트와 브라운의 도움을 받아 완성하였다. 협회의 다른 멤버들처럼 로세티 역시 주변 인물들을 모델로 삼았다. 이 그림의 마리아는 동생 크리스티나, 성 안나는 어머니를 모델로 하여 그린 것이다. 이 작품은 기독교적인 상징들로 가득하며, 후에 그의 작품의 특징이 된 꽃의 상징이라든가 특이한 모양의 고가구들, 그림 표면에 새겨 넣기, 풍경을 가리기 위한 건물의 사용 등도 이미 등장하고 있다. 그림의 의미는 그가 그림을 그리며 집필한 두 편의 소네트로 더욱 명확해지고 있는데, 이 역시 그가 평생 동안 간직한 습관이었다. 그 독특함에도 불구하고 그림은 호평을 받았으며 샬럿 이모의 도움으로 좋은 값에 팔린다.

유화를 그리는 데 기술적 어려움을 느꼈던 로세티는 드로잉으로 전환하여 1849년 「베아트리체의 일주기 날 천사를 그리는 단테」를 완성, 밀레이에게 선물한다. 이 그림은 초기 라파엘 전파 화풍으로 그린 그의 그림 중 최고의 작품일 뿐 아니라 단테 알리기에리, 특히 그가 1848년 11월에 번역을 마친 단테의 자전적 작품인 『새로운 인생』에 대한 평생에 걸친 관심을 최초로 시각적으로 표현한 작품이라는 점에서 중요하다. 이때부터 로세티가 1290년 24세의 나이로 사망한 베아트리체 포르티나리에 대한 신비스럽고 정신적인 사랑을 노래한 『새로운 인생』에 나온 단테의 모습과 자신을 동일시하게 되었다는 점과, 1860년부터 정신적 사랑을 의미하는 '영혼의 사랑'과 '지상의 사랑' 간의 조화라는 문제에 몰두하게 되었다는 사실은 명백하다.

1849년 9월 라파엘 전파 협회 회원들은 로세티가 7월부터 마음에 품고 있던 협회지 발간을 논의하기 위해 만난다. 이 기획은 라파엘 전파 협회의 주장을 평론과 문학 작품을 통해 알리기 위한 것이었다. 회지는 모든 회원들이 공동 소유주가 되어 수익과 손해를 함께 부담하기로 했고, 로세티의 동생 윌리엄이 편집을 맡았다. 로세티가 처음 생각했던 회지의 제목은 '자연을 향한 생각들'이었으나, 12월에 브라운의 친구인 화가 윌리엄 케이브 토머스가 제안한 65개의 대안들 중 '발아(The Germ)'라는 제목으로 결정되었다. 브라운, 드버렐, 크리스티나 로세티와 시인 코번트리 패트모어 등 친구들과 동료들이 필자로 초빙되었다. 《발아》는 조지 터퍼에 의해 발행되었는데, 그는 전 아카데미

학생이었던 존 루커스 터퍼의 아버지였다. 제1호는 1850년 1월에 나왔고 초판 700부 중 200부만이 판매되었다. 제2호는 500부가 발행되었는데 더 적은 부수가 팔렸고, 두 호를 더 발행해 주기로 한 터퍼의 관대함 덕분에 겨우 발행 중단을 면한 정도였다. 터퍼 부자의 재정적 관심은 회지 제목에 반영되어 '예술과 시'라는 제목으로 바뀌었다. 《발아》의 판매 실적은 참담했으나, 비록 익명이었지만 크리스티나 로세티의 시가 처음으로 소개되었고 로세티의 시 「축복받은 처녀」가 소개되었다는 점에서 중요하다. 또한 윌리엄 로세티와 F. G. 스티븐스의 첫 평론도 실렸는데, 이들은 곧 각각 《관객 *Spectator*》과 《아테나 신전 *Athenaeum*》의 예술 비평가가 되었다.

1850년 아카데미 연례 전시회에서 공개하기로 헌트, 밀레이와 약속했음에도 불구하고, 로세티는 아카데미 선정 위원회(연례 전시회 출품 여부를 결정하는 위원회)에서 자신의 작품이 거부당할 것을 너무도 두려워한 나머지 1849년 4월에 미리 자신의 작품 「수태고지」를 공개해 버리고 만다. 헌트와 밀레이는 이러한 로세티의 행동이 자신들의 작품으로부터 스포트라이트를 뺏어 가기 위한 것이라고 생각하곤 분노한다. 친구들이 화가 난 데에는 또 한 가지 이유가 있었는데, 협회의 존재와 'P. R. B.'가 무엇을 상징하는지를 발설한 사람이 수다스러운 로세티라고 확신했기 때문이다. 1850년 봄 전시회가 개최되었을 때, 런던의 문학계와 예술계에서는 라파엘 전파 협회에 대해 모르는 사람이 없었고, 잔뜩 벼르고 있던 비평가들은 이들의 어린 나이(20대

초반)를 들어 건방지다고 비난하였고, 협회 이름에 대해서는 가톨릭적이라는 비난을, 그림에 써 넣은 'P. R. B.'라는 이니셜은 왕립 아카데미 동료들의 이니셜 'R. A.(Royal Academy)'와 차별화하기 위한 것이라는 비난이 쏟아졌다. 이러한 반응에 충격을 받은 로세티는 다시는 대중 앞에 자신의 그림을 공개하지 않기로 맹세한다. 이후로도 작가나 저널리스트들의 비난은 계속되었으나 화가들은 라파엘 전파에 동조하는 분위기였다. 특히 화가 윌리엄 다이스는 터너의 후원자이자 예술 비평가로도 유명한 존 러스킨을 밀레이에게 소개해 주었다. 러스킨은 밀레이의 작품을 마음에 들어했고, 라파엘 전파를 옹호하는 그의 편지가 《더 타임스》에 실린 이후로는 비난 여론도 좀 잠잠해지게 되었다.

1850년 9월 로세티는 드버렐로부터 엘리자베스 시덜을 소개받는다. 드버렐은 모자 가게 점원으로 일하고 있던 그녀를 발탁했고, 그녀는 협회 회원 모두를 위해 모델을 서게 된다. 그러나 1852년 로세티와 약혼한 후에는 오직 로세티를 위해서만 모델을 섰다. 로세티는 자신과 시덜의 관계를 단테와 베아트리체의 관계와 동일시했다. 그래서 시덜을 모델로 「결혼식 피로연에서 단테를 만난 베아트리체, 그에게 인사하길 거부하다」(1852), 「베아트리체의 초상화를 그리는 단테」(1853)와 같은 그림들을 그렸다.

1853년 4월 협회 회원들은 그 전해에 호주로 이민을 간 울너에게 보낼 서로의 초상화를 그리기 위해 모인다. 이 회합은 라파엘 전파 협회의 마지막 회동이었고, 실질적으로 협회는 해체된 거나 다름없었다. 콜린슨은 1850년에 협회를 탈퇴하고 가톨릭으로 개종하면서 크리스티나와도 파혼했으며, 밀레이는 1852년 그렇게 경멸하던 왕립 아카데미의 준회원 자리를 받아들였다.

1854년 4월 로세티는 그의 초기 후원자였던 매크라켄을 통해 러스킨을 소개받는다. 러스킨은 로세티의 후원자가 되었고, 당시 로세티로부터 그림을 배우고 있던 시덜의 그림도 모두 구입해 주었다. 뿐만 아니라 병약했던 시덜을 의사에게 보이고 요양차 프랑스로 보내주기도 했다. 이러한 러스킨의 친절에 보답하기 위해, 로세티는 러스킨이 강의하고 있던 근로자 대학에서 강의를 맡기로 한다. 여기서 로세티는 1856년 옥스퍼드 대학 학생이자 라파엘 전파의 열렬한 추종자였던 에드워드 번존스와 그의 친구 윌리엄 모리스를 만나게 된다. 이들은 원래 신학생이었으나 러스킨 등의 글을 읽고 감명을 받아 각각 화가와 건축가로 전향하였다. 로세티를 만났을 때 이들은 중세와 아서 왕 전설에 심취해 있었는데, 마침 로세티도 맬러리 경(「아서 왕의 죽음」의 저자)에게 관심을 가지고 있었다. 로세티는 아마도 테니슨 시집의 삽화를 그리면서 아서 왕 전설에 관심을 갖게 된 것으로 보인다. 로세티는 1855년부터 1858년까지 자신이 주로 그리던 주제인 단테를 벗어나 아서 왕에 대한 그림을 집중적으로 많이 그렸는데, 이는 번존스와 모리스의 영향인 듯하다. 이 기간은 한 끔찍한 사건과 함께 막을 내리게 된다. 로세티는 제자 번존스, 모리스와 함께 옥스퍼드 대학 학생 회관 건물의 벽화를 그렸는데, 프레스코화에 대한 경험 부족으로 잘못된 재료들을 선택한 결과

수개월 만에 그림이 모두 손상되고 말았던 것이다.

이때 모리스는 마부의 딸이었던 열여덟 살의 제인 버든을 만나 1859년 결혼한다. 한편 로세티는 1860년에 드디어 시덜과 결혼한다. 결혼 전 시덜은 요양차 여러 차례 런던을 떠나 있었고 로세티의 빈번한 외도, 특히 헌트의 부인인 애니 밀러와의 외도 때문에 두 사람의 사이는 안 좋았다. 하지만 한편으로는 로세티가 시덜의 병을 감당하기 힘들어했으며, '영혼의 사랑'과 '지상의 사랑'의 조화라는 문제 때문에 시덜과의 결혼을 주저한 면도 있다. 어쨌든 로세티는 시덜이 죽어간다는 확신이 들자 그녀와 결혼한다.

1856년부터 로세티는 새로운 모델 패니 콘포스를 모델로 그림을 그리기 시작한다. 그녀는 평생 동안 로세티의 연인이자 가정부이자 절친한 친구로 남았다. 그가 1859년에 그린 「보카 바치아타」는 로세티의 화풍에 있어 전환점이 된 작품인데, 화려한 무늬(주로 꽃무늬)를 배경으로 이국적인 보석들을 걸친 모델이 전면에 있는 발코니에 기대어 있는 스타일을 확립했다. 이 스타일은 그가 죽을 때까지 거의 변하지 않고 모든 초상화에 적용되었다. 러스킨은 이러한 방향 전환을 좋아하지 않았고, 1861년에 단테의 『새로운 인생』의 번역본이 포함된 『초기 이탈리아 시인들』의 출간을 후원하긴 했지만 로세티가 1867년에 그린 「베누스 베르티코르디아」를 러스킨이 '조잡하다'고 표현하면서 두 사람의 관계는 단절되고 말았다.

1861년 4월에는 장식 예술 회사인 '모리스, 마셜, 포크너 컴퍼니'가 설립되었는데, 일곱 명의 공동 대표에는 번존스, 브라운, 로세티도 포함되어 있었다. 로세티는 여기에서 약 삼십 개의 스테인드글라스를 디자인했고 의자나 소파를 디자인하기도 했다. 같은 해에 시덜은 사산을 하면서 정신적, 육체적으로 더욱 쇠약해졌고, 수면제에 중독된다. 그리고 1862년 2월 10일 아편 과용으로 사망한다. 공식적으로는 사고사로 되어 있으나 사실은 그녀가 자살을 했으며, 브라운이 유서를 파기했을지 모른다는 추측도 있다. 그녀는 로세티의 시 원고들과 함께 가족 묘지에 안장된다.

1867년 로세티는 의학적으로는 아무 문제도 없음에도 불구하고, 눈이 잘 보이지 않는다고 호소한다. 이 증세는 1870년대에 로세티를 지배한 건강 악화와 성격 변화의 시작이었다. 이즈음 시작된 제인 모리스(윌리엄 모리스의 처)와의 외도는 1874년까지 계속되고 관계가 끝난 후에도 이들의 우정은 죽을 때까지 계속되는데, 두 사람의 관계가 부분적으로는 두 사람 모두의 건강 악화와 로세티의 신경 쇠약의 원인이 된 것으로 보인다. 로세티는 제인에게서 영감을 받아 다시 시를 쓸 의욕을 갖게 된다. 그리고 1869년 그 악명 높은, 시덜과 함께 묻었던 원고를 다시 파내는 사건이 일어나는데, 이것은 아마도 로세티가 제인을 위해 쓴 연시(戀詩)들을 마치 시덜이 살아 있을 때 써둔 시인 것처럼 발표하려고 했기 때문인 것으로 보인다.

1870년 로세티는 자신의 친구들인 스윈번, 토머스 헤이크, 모리스가 호의적인 평을 써주기로 약속한 상태에서 시집을 출간한다. 모리스는 점점 정도를 더해 가는 제인과 로세티의 품행을 염려하여 로세티와 공동으로 켐스콧 장원을 임대한다. 그러나 결국은 그 상황을 참지 못하고 아이슬란드로 떠나버린다. 한편 1871년 10월 《컨템퍼러리 리뷰》에 토머스 메이틀랜드라는 인물이 '육체 파 시'라는 제목으로 로세티의 시, 그림, 인품 모두를 비방하는 글을 발표한다. 토머스 메이틀랜드는 로버트 뷰캐넌의 가명이었고, 뷰캐넌은 로세티 형제에게 개인적인 원한이 있는 자였다. 로세티는 12월 《아테나 신전》에 '비밀 파 비평'이라는 글을 써서 응수한다. 동생 윌리엄은 로세티가 이 일로 충격을 받은 것은 아니라고 적고 있으나, 1872년 6월 8일 로세티는 자살을 기도한다. 6월 2일부터 로세티가 환각 증세를 보이자 의사인 헤이크는 그를 자신의 집에 데려가서 치료 중이었는데 그날 밤 그는 아편을 과다 복용했던 것이다. 로세티는 그 후로도 불면증과 클로랄 중독 및 알코올중독 등에 시달리는데, 표면상으로는 뷰캐넌의 글이 이유인 것처럼 되어 있었으나 실제 원인은 제인 모리스였다.

1874년 실질적으로 제인과 로세티의 관계는 끝나게 되는데, 로세티는 이때부터 죽는 날까지 심한 우울증에 시달린다. 한때는 그토록 사교적이고 외향적이었던 그가 대인 기피 증상과 동시에 극심한 외로움에 시달리는 사람으로 변한 것이다. 여러 가지 병에도 불구하고 그는 일하기를 멈추지 않았고, 실제로 작업을 하지 못할 때에도 자신에게 일할 능력이 있다는 것을 사람들에게 알리기 위해 애썼다. 그는 자신의 집에 방문해 달라는 제인의 초대는 모두 거절했으나 두 사람은 계속해서 편지를 교환했고, 때때로 제인이 로세티의 집에 가서 모델을 서주기도 했다. 1881년 12월

11일 그는 심장 발작을 일으켰고 그로 인해 왼쪽 몸이 마비된다. 1882년 4월 9일 신장염으로 사망하였다.

작품 해설

단테의 『새로운 인생』은 제목이 시사하듯 그의 젊은 날의 열정의 기록이다. 우리가 여기서 '새로운'이라고 번역한 'nuova'란 단어는 '젊은'이란 의미 또한 지니고 있다. 따라서 제목이 말하는 '새로운 인생'이란 젊은 날의 열정의 기록을 넘어서 베아트리체에 대한 사랑이 그의 내면에 불러일으킨 환영, 삶에 대한 통찰, 시작(詩作) 과정에 집착하는 자신에 대한 객관적인 관찰을 포함한다. 단테는 나중에 연옥 편에서 베아트리체의 입을 통해 다시 새로운 인생이란 표현을 사용하고 있는데(30곡 115), 이때 그가 의미한 바는 자신이 유혹에 굴복하기 전에 베아트리체의 눈에 의해 지탱되는 도덕적인 굳건함이다. 따라서 단테가 이 작품의 제목을 통해서 의미하는 바는 개종 이후의 삶의 조건이라기보다는, 영혼이 하느님으로부터 이끌어낸 보다 충만한 상태이다. 단테 자신이 아홉 살 때, 베아트리체가 여덟 살하고 사 개월쯤 되었을 때 그녀의 아버지 집에서 벌어진 잔치에서 보았던 그녀의 모습은 이름 그대로 하나의 '축복'이자 '시혜'로서 그의 삶을 지배하는 상상력, 이상향, 지배 원리로써 작용한다. 그녀는 단테에게 한 개인의 차원을 넘어서 신의 사랑의 영역으로까지 확대되어 가는 이상적인 사랑의 화신이기도 하다. 이것은 나중에 「신곡」에서 더욱 구체화되겠지만, 자신이 사랑하는 이상적인 여인을 찾아가는 시인의 영혼의 순례는 하느님을 향한 영혼의 순례와 병행하고 있다.

자신을 '사랑의 충복(fedele d'amore)'으로 자처하고, 자신이 연모하는 여인이 불러일으킨 사랑을 분석하고 성찰하여 그 결과를 철학적으로 명상하는 전통은 이탈리아에서 단테 이전에도 소위 말하는 '달콤하고 새로운 문체(dolce stil nuovo)'를 구사하는 시인들의 관례였다. 구이도 구이니첼리나 구이도 카발칸티 등이 주도한 '새로운 문체' 파들은 라틴어만이 심각한 주제를 다룰 수 있는 문학의 언어라고 주장하는 전통에 반기를 들고, 프로방스 지방 음유시인들의 전통과 전례를 답습한 시칠리아 문인들의 전범을 따라 자국어로 사랑의 정서를 충실하게 반영하려고 노력했다. 이들은 사랑을 종교적인 숭배의 차원으로 끌어올렸으며, 이 사랑이 자신들의 마음속에 불러일으킨 정서를 충실하게 기록하는 것을 시인의 임무로 여겼다. 이들이 말하는 사랑이란 오직 마음이 고귀한 사람만이 경험할 수 있는 것이기 때문에, 신분이 아니라 오직 도덕 및 감수성에 있어서 고귀한 사람만이 경험할 수 있는 신비적이고 배타적인 성격을 지녔다. 달콤하고 새로운 문체의 아버지로 알려진 구이니첼리의 칸초네 「고귀한 마음에 대하여」의 첫 연은 이러한 주제를 잘 보여준다.

새들이 숲의 녹음을 찾듯이
사랑은 고귀한 마음속에 깃든다.
자연의 계획 속에 고귀한 마음에 앞서서
사랑이 있었던 것도 아니요, 사랑에 앞서서 고귀한 마음
이 있었던 것도 아니다.
태양과 더불어 즉시 빛이 솟아났듯이,
태양이 있기 전에 빛이 있었던 것은 아니다.
마찬가지로 사랑은 고귀함 바로 그 자체에 깃들어 있다,
찬란한 불꽃 가운데 열기가 깃들어 있듯이.

여기서 우리는 고귀한 마음에 깃드는 사랑이 구체적인 개인의 사랑의 경험을 넘어서서 빛을 통해 세상을 창조하는 하느님의 창조적 원리에 대한 명상으로 확장되고 있음을 쉽게 알 수 있다. 이 시의 계속되는 후반부에서 잘 드러나듯이 사랑은 이성의 불꽃이며, 이 불꽃은 자연계의 태양보다 찬연하게 빛나는 하느님의 존재로 이어진다. 이처럼 새로운 문체 파 시인들은 중세 궁정 연애의 전통과 맞닿아 있는데, 단테 역시 자신의 사랑을 극단으로 몰고 가서 이것을 일종의 상상력의 영역으로 확대하고 관념화하는 신비주의적 경향을 보인다는 점에서 이들 전통의 연장선상에 서 있다고 말할 수 있다.

1290년 6월 9일 베아트리체의 죽음을 전후하여 그녀의 사랑에 대한 갈망을 그리고 있는 이 작품은 크게 산문으로 된 서사 부분과 소네트나 칸초네 등의 운문 부분으로 나누어져 있다. 운문으로 된 서정시들은 시인이 아홉 살 때 베아트리체를 처음 본 이후로 약 구 년에 걸쳐 틈틈이 쓴 것들로 그의 격정이 그대로 드러난 것이라면, 이 시들을 쓰게 된 상황과 원인에 대해 자세한 설명을 가하고 있는 각 시의 도입부와 이들 시에 대한 일종의 설명과 분석을 덧붙이고 있는 후반부의 서사는 시 속의 자아를 비교적 객관적으로 바라보고 있는, 보다 성숙한 시인의 모습을 보여준다. 따라서 시인의 자전적인 모습을 담는 프로방스 지방 음유시인들의 전통을 따르고 있는 이 작품에서 단테는 시의 화자로서의 자신과, 거리를 두고 이 화자를 바라보고 있는 자신과의 미묘한 차이와 긴장을 보여주는 심리적으로 복잡한 발전 과정을 보여줌으로써, 베아트리체의 사랑이 자신에게 가져온 심리적 갈등의 복잡다단함을 다층적으로 드러낸다.

　서사 부분은 의외로 간단하다. 사건이나 정서적 반응의 기술에 치중하고 있는 서사 부분에서 단테는 자신이 어떻게 해서 베아트리체와 사랑에 빠지게 되었는지를 먼저 기술하고 있다. 아홉 살 때 처음 그녀와 사랑에 빠진 후 정확하게 구 년이 지나서 다시 그녀와 사랑에 빠진 그는 자신의 심경을 소네트에 담아 당대의 유명한 시인들에게 보낸다. 자신의 격렬한 감정 때문에 그는 건강을 상하게 되고, 친구들이 줄기차게 이유를 묻지만 밝히기를 거절한다.

그러던 중 어느 날 성당에서 자신과 베아트리체 사이에 앉아 있는 한 처녀를 목격하게 되고, 시인은 이 처녀를 자신의 사랑을 위장하는 일종의 가리개로 이용한다. 그리고 그 처녀가 갑작스럽게 피렌체를 떠나게 되자 그녀를 위한 애도가를 짓는다. 이어서 베아트리체의 친구인 젊은 처녀가 죽자 그녀의 죽음을 한탄하는 두 편의 소네트를 쓴다. 며칠 있다가 앞서 말한 그 가리개 여인이 살고 있는 도시로 시인 자신이 여행할 기회가 생긴다. 베아트리체가 살고 있는 땅을 떠나게 되어 슬픔에 잠긴 시인은 줄곧 과거를 회상한다. 여행 중에 가리개 여인이 피렌체로 돌아오지 않을 것임을 알게 된 시인은 다른 귀부인을 그 대타로 이용하기로 결정한다. 그러나 이번에는 시인이 너무나 연기를 잘한 나머지 염문이 온 도시에 퍼지게 되고, 베아트리체는 시인을 만나도 인사조차 건네지 않게 된다. 그러자 시인은 자신의 간절한 연모의 정을 담은 담시를 써서 베아트리체가 알 수 있도록 유포시킨다.

이 일이 있은 후 시인은 친구와 함께 결혼식에 참석하게 되고, 거기서 베아트리체를 목격하게 된다. 그러자 그는 기절하고, 여인들의 조롱거리가 된다. 자신의 이런 모습에 시인 역시 어리둥절해하고, 이런 모습을 보고 마찬가지로 혼란스러운 여인들 역시 무엇 때문에 베아트리체의 존재를 견딜 수 없었는지를 자신들에게 말해 달라고 시인에게 다그친다. 자신이 바란 것은 오직 베아트리체의 인사였다고 대답한 시인은, 이 시간부터 자신의 모든 행복을 그녀의 칭찬에 맡기기로 결심한다. 단테는 이제 유명 인사가 되고, 사랑에 관한 권위자로 평판을 얻게 된다. 친구가 사랑의 성격을 묻자 이에 대한 답변으로 철학적인 소네트를 쓰고, 베아트리체를 찬양하는 또 다른 소네트를 써서 그녀의 사랑은 완전한 축복임을 증언한다.

얼마 후에 베아트리체의 아버지가 죽자, 그녀에게 조문가는 여인들의 슬픈 얼굴에서 시인은 베아트리체의 슬픔을 읽게 된다. 슬픔으로 허약해진 상태에서 시인은 베아트리체도 조만간에 죽게 될 것이라는 예견을 하게 된다. 그러자 시인은 착란상태에 빠지게 되고, 이 상태에서 자신의 죽음을 알리는 산발한 여인들의 모습을 보게 된다. 그의 마음은 끊임없이 배회하고, 일식과 같은 자연의 이적들을 목격한다. 그때 꿈속에 친구가 찾아와 베아트리체가 죽었다는 소식을 알려준다. 몽롱한 상태에서 시인은 한 무리의 천사들이 그녀의 영혼을 천상으로 데려가는 모습을 본다. "아 베아트리체여, 그대는 얼마나 복된 인간인가!" 하고 시인이 외치려는 순간 방 안에 있던 여인들이 그를 깨운다. 그러나 그의 목소리는 흐느낌으로 너무나 쉬어버려서 사람들은 그의 외침을 알아듣지 못한다.

다소 기력을 회복한 시인은 두 번째 송시를 짓는다. 사람들이 베아트리체를 너무나 사랑한 나머지 그녀가 산보를 나오면 그녀를 보기 위해 달려들고, 그녀가 천사요 하늘의 기적이라고 말하는 것을 알게 된 단테는 매우 기뻐한다. 시인은 자신의 새로운 마음가짐과 기분을 기술하고 싶어 지금의 행복한 상태를 과거의 고통과 슬픔에 대비하는 칸초네를 짓기 시작한다. 그가 첫 연을 썼을 때 하느님이 베아트리체를 하늘나라로 데려간다. 자신의 여인을 잃어버린 도시는 황량하고 비통에 잠긴 듯이 보이고, 시인은 이러한 상황을 라틴 시로 지어 군주들에게 알린다. 그렇지만 시인과 카발칸티는 이탈리아어로만 작품을 쓰기로 약속했기 때문에 이 라틴 작품은 시집에 포함시키지 않는다.

베아트리체의 오빠가 단테에게 찾아와 그녀를 기리는 시를 써달라고 부탁한다. 그러자 시인은 한 편의 소네트와 두 연으로 된 짧은 칸초네를 써서 그녀에 대한 자신의 감정을 표현한다. 그녀의 제삿날에 시인은 천사를 그리고 있었는데, 한 무리의 사람들이 찾아와서 자신의 그림을 보게 된다. 이들이 가고 난 후 그는 한 편의 소네트를 쓰는데, 이는 스물아홉 번째 시와 그 시작이 매우 유사하다. 시인은 자신의 고뇌에 찬 감정이 밖으로 드러날까 봐 매우 조심한다. 그러나 어느 날 한 여인이 매우 연민에 차서 유리창에서 자신을 바라보고 있음을 의식하게 된다. 시인은 당황하여 자리를 피하지만 그녀의 동정에 찬 모습을 잊을 수 없었고 자신과 그녀의 사랑이 매우 고상한 것이라고 생각한다. 그들은 자주 만나게 되고 시인은 그녀의 표정에 동정과 사랑이 뒤섞여 있음을 발견한다. 그렇지만 한편으로 시인은 자신의 눈이 어리석게도 베아트리체를 잊을 수 있음을 책망한다. 이로 인해 그는 "생각의 전쟁"을 겪는다.

이 마음의 격투는 베아트리체의 환상이 나타남으로써 끝이 난다. 그는 후회와 시련의 시간을 갖게 되고, 이후 피렌체의 대로에서 한 무리의 낯선 사람들을 목격한다. 그들은 베로니카를 보러 로마로 가는 순례자들이었다. 이들이 베아트리체의 슬픈 소식과 그녀의 죽음으로 인해 피렌체가 겪는 슬픔을 모르고 있는 것 같아서 시인은 이를 알려주기 위해 한 편의 소네트를 쓴다. 두 명의 부인이 이를 달라고 요구하자 한 편을 더 써서 베아트리체의 오빠가 써달라고 부탁한 시와 함께 그 부인들에게 건네준다. 마침내 놀라운 환시가 그에게 다시 나타나지만, 그는 자신에게 이를 정당하게 표현할 능력이 없음을 깨닫는다. 그래서 그는 자신의 온 힘을 공부에 전념하여 지금껏 어떤 여인에 대한 묘사보다도 베아트리체를 잘 그려낼 수 있을 때까지는 그녀에 대해서 아무 말도 하지 않기로 결심한다. 단테는 자신의 영혼이 축복받은 베아트리체를 바라볼 수 있기를 기도하며 끝을 맺는다.

지금까지의 전체적인 개관에서 볼 수 있듯이 이 작품은 베아트리체라고 하는 개인이자 동시에 개인을 넘어서는 이상을 매개로 한 시인의 영혼의 고뇌와 편력을 보여준다. 이 작품은 크게 서곡과 다섯 부분으로 구성되어 있다. 서곡은 단테가 베아트리체를 처음 목격한 순간의 반응과 구 년 후 소네트를 써서 당대의 시인들의 반응을 구함으로써 자신의 사랑의 의미에 대한 추구를 시작하는 과정을 그린다. 제1부에는 1~17편까지가 해당되며, 낭만적인 의미에서의 사랑과 자신의 사랑을 감추려 하는 시인의 은밀한 노력을 다루고 있다. 제2부는 18~28편까지로, 사랑에 대한 생각이 죽음과 영원에 대한 예감과 결합되어 매우 신비스러운 분위기를 띠고 있다. 제3부는 29~35편까지로, 베아트리체의 죽음이 초래한 황량함과 절망감을 기록하고 있다.

제4부는 36~39편까지로, 동정심으로 시인 자신의 사랑을 유발시킨 귀부인, 즉 소위 말하는 "창가의 여인"에 대한 묘사를 담고 있다. 제5부는 40편에서 마지막 43편까지로 젊은 미모를 간직한 베아트리체의 모습과 시인의 후회 및 그녀를 기념하려는 굳은 결심을 노래한다.

굳이 전체적인 구성을 다섯 부분으로 나누어보았지만, 간단히 보면 사랑과 죽음이라는 주제를 중심으로 두 부분으로 나눌 수 있는 작품이다. 사랑과 죽음이라는 로맨스적 전통을 따르고 있는 단테에게 죽음은 사랑의 끝이 아니라 순간적인 지상의 사랑을 영원 속으로 승화시키는 하나의 시적인 장치에 불과하다. 16세기 영어에서 '죽다'라는 단어가 성행위의 극치, 완결을 의미했던 것과 마찬가지로 단테에게 죽음은 사랑의 한 양상이다. 그런 의미에서 스물세 번째 칸초네는 전반부와 후반부를 가르는 분기점이 되는 작품이다. 전반부가 사랑에 대한 열망을 그리고 있다면 후반부는 죽음의 현실을 인정하는 쪽에 초점이 맞춰져 있다. 이런 의미에서 스물세 번째 노래는 하나의 전환점이자 비극적 인식을 매개한다. 이곳에서 젊은 시인은 자신을 깨운 여인들에게 자신의 꿈 이야기를 되풀이하는데, 이 꿈속에서 시인은 자신의 죽음과 베아트리체의 죽음을 경험한다. 정신분석적으로 말해서 이 억압된 현실과의 대면은 시인이 자신의 여인과 육체적으로 함께하고 싶은 욕망, 즉 정지된 순간 속에서의 합일에 대한 추구를 표현한다. 시인은 천사들이 작은 구름을 타고 올라가는 것을 목격하고, 사랑이 죽은 베아트리체의 얼굴을 자신에게 보여주는 모습을 본다. 베아트리체의 모습은 너무나 평화롭고, 시인은 죽음을 "매우 달콤한" 것으로 경험한다. 사랑과 죽음이 공생하고 있는 것을 시인은 꿈속에서 경험하고, 이를 현실로 받아들인다. 죽음 자체를 사랑의 한 형태로 받아들이고 희구하는 로맨스적 전통과는 달리 단테는 죽음을 현실로 인정함으로써 죽음의 세계로부터 더욱 건강하게 현실 세계로 돌아올 수 있다. 단테의 이러한 현실 인식은 베아트리체를 기념하기 위해 더욱 공부에 전념하여 새로운 차원에서 그녀를 시적으로 승화시킬 수 있는 창작에의 욕망으로 그를 인도한다.

단테의 이러한 현실 인식은 그의 상상력을 현실과 꿈을 혼동하는 병적인 상상력이 아닌 건강한 상상력으로 구별짓는 하나의 단서가 된다. 그는 자신의 꿈이 공허하고 헛된 것이라고 여인들에게 강조할 뿐만 아니라, 알 수 없는 비유적 표현이나 장식적 문구로 사랑을 묘사하는 로맨스적 전통으로부터 일정한 거리를 유지한다. 그도 사랑을 의인화해서 표현했지만, 그렇다고 사랑이 독자적인 존재를 가진 것은 아니다. 시인들은 전통적으로 추상적인 은유나 우의법 등을 사용해 왔고 이를 허용받았지만, 단테는 자신의 첫째가는 친구인 카발칸티와 알 수 없는 비유법을 사용하는 것을 수치로 여기기로 약속한 사람이다. 이런 의미에서 단테의 사실주의는 중세의 발치에서 떨어져 나와 근대의 시발점으로 향하고 있음을 알 수 있다. 단테의 이러한 굳건한 현실 인식은 사변적인 세계에 머무르는 시인이 아니라 이미 이 작품을 쓸 때쯤 피렌체에서 본격화된 파당 정치의 핵심에 그가 서 있었던 사실과 무관하지 않다.

마지막으로 이 작품의 이해를 돕기 위해 단테가 즐겨 쓰는 수의 상징성에 대한 언급이 잠시 필요할 것 같다. 『새로운 인생』에서 가장 두드러진 수는 아홉이다. 단테가 베아트리체를 처음 본 것도 그가 아홉 살 때이며, 그녀가 죽은 날도 6월 9일이다. 그녀에 대한 시인의 사랑이 다시 새로워지고 더욱 간절해진 것도 그가 9의 배수인 열여덟 살이 되던 해이다. 베아트리체가 죽은 해도 아홉을 열 개 더한 1290년이었는데, 이때 시인은 스물다섯이고 그녀는 스물네 살이었다. 서양에서 완전수로 간주하는 '3'이라는 숫자를 9는 정확하게 3배 수로 포함하고 있으며, 이 3이라는 숫자는 기독교의 성 삼위일체의 3과 대응한다. 시인이 베아트리체를 처음 보았을 때 그녀가 아홉 살이 되어가고 있었다는 사실은 그녀가 성 삼위일체의 세계에서 비롯하는 일종의 신비요 기적이며, 다시 이 세계로 돌아갈 것임을 암시한다. 따라서 여기에서 3이라는 숫자는 영생의 주제와 연결되어 있다. 시인에게 베아트리체는 성 삼위일체와 연결된 하느님의 세계로 시인을 인도할 다리이기 때문에 전통적인 궁정 연애나 로맨스적 전통의 여인들과는 다르다.

베아트리체는 단테에게 인간과 신을 연결시켜 주는 사랑의 화신이며, 이상적인 관념이다. 1300년에야 완성을 본 『새로운 인생』은 「신곡」의 이해를 위한 교두보로서뿐만 아니라 그 자체로서도 시인의 상상력의 발전과 시 창작 과정에 대한 자전적이고 분석적인 설명으로서 매우 소중한 의미를 지닌다. 이런 의미에서 단테에게 베아트리체라는 존재는 그녀의 이름이 암시하고 있듯이 문자 그대로 '축복의 수여자'이다. 그녀에 대한 그의 사랑이 확장되어 가는 것과 마찬가지로, 공간적으로 시인의 시각은 확장을 거듭하여 지복의 정점을 향해 비상한다. 그녀에 대한 사랑이 깊어감에 따라 시인의 상상력의 시각도 깊어지고 넓어진다. 이런 의미에서 시인의 상상력의 원천은 사랑이고, 그 사랑이 그의 가슴에 깃들어 있으며, 시인이 이 사랑을 '먹는다'는 점에서 공허하지 않다. 단테가 지루한 유배 시절의 공복감을 가슴에 깃든 그녀에 대한 사랑으로 채움으로써 견딜 수 있었을 것이라는 점에서 그녀는 시인에게 끝없는 욕망의 대상이며, 이 욕망이 결코 채워질 수 없다는 점에서 시인의 창작이 가능했을 것이라는 추측은 결코 지나치지 않을 것이다.

2005년 2월 박우수

작가 연보

1265년 피렌체에서 아버지 알리기에로 디 벨린치오네 알
리기에리와 어머니 벨라의 아들로 태어남.

1270년 어머니 벨라 사망. 아버지가 라파 디 키아리시모
치아투피와 재혼.

1274년 폴코 포르티나리의 딸 베아트리체를 처음으로 만남.

1281년 볼로냐 대학과 파도바 대학에서 수학.

1283년 9년 만에 베아트리체와 재회. 아버지 사망. 산타
크로체 수도원에서 인문 7학(문법학, 논리학, 수사
학, 산술, 기하학, 음악, 천문학)을 공부. 시인 구이
도 카발칸티와 교제 시작.

1289년 6월 11일 캄팔디노 전투에 선발 기병대로 참전. 이
전투에서 피렌체 시민들이 아레초 시민들에게 승
리를 거둠. 베아트리체의 아버지 사망.

1290년 베아트리체 사망. 단테, 피렌체와 피사 간 전쟁에

참전. 보에티우스의 「철학의 위안」, 키케로의 「우
정론」, 호라티우스의 「시론」 등을 읽음. 초기에는
순수 문학에 전념했으나, 이 시기를 전후하여 철
학과 신학에 눈을 돌리고 토마스 아퀴나스, 아리
스토텔레스 등의 저작을 읽기 시작함.

1291년 젬마 디 마네토 도나티와 결혼. 아들 다섯과 딸 하
나를 두었으나 행복한 결혼 생활은 아니었음. 단
테는 자신의 딸 이름을 베아트리체라고 지었는데,
그녀는 나중에 수녀가 되었음.

1294년 1283년경부터 써온 시들을 모아 『새로운 인생』 완성.

1295년 의약 길드에 들어가 공직 생활 시작.

1296년 향후 5년 동안 피렌체 정치에 적극적으로 참여.

1300년 당시 피렌체를 지배하고 있었던 구엘프 당이 코르
소 도나티가 속한 흑색당과 단테가 속한 백색당으
로 분열. 백색당이 집권, 단테는 피렌체 시의 제1행
정 장관으로 선출되어 6월 15일부터 8월 15일까지
봉직하며 교황 파를 모두 시외로 추방. '가장 훌륭
한 친구(primo amico)' 구이도 카발칸티 사망. 교황
보니파키우스 8세가 희년을 선포. 이 희년의 부활
절 기간을 단테는 「신곡」에서 베르길리우스의 안
내로 지옥과 연옥, 천국을 여행하는 가상의 시간
으로 활용.

1302년 1월 27일 단테가 교황청 파견 사신으로 로마에 가
있는 동안 흑색당이 집권, 단테에게 8,000리라의
벌금과 2년간의 국외 추방형을 선고. 3월 10일 '피

렌체 귀환 시 화형' 선고.

1303년 아레초에 모인 추방자들이 단테를 알레산드로 다 로메나 백작을 수장으로 하는 12인 위원회의 일원으로 선출. 단테는 동료들과 많은 불화를 겪은 것으로 보임. 교황 보니파키우스 8세 사망.

1304년 동료 추방자들과 함께 피렌체 시 공격을 기도하나 실패. 라틴어에 대한 이탈리아어의 우수성을 주장하는 「속어론」을 라틴어로 집필하기 시작. (1306년 완성) 세 편의 철학적 서정시에 이탈리아어 해설을 첨가한 「향연」을 1307년까지 집필.

1305년 피렌체 시에 대화제 발생. 클레멘스 5세가 새 교황으로 선출, 교황청이 아비뇽으로 옮겨짐.

1306년 파도바 방문.

1307년 모루엘로 말라스피나 후작과 함께 루니자나에 체류. 이 시기에 「신곡」 집필을 시작했을 것으로 추정됨. 대부분은 1315년 이후에 써졌고, 마지막 부분은 죽기 직전에 완성.

1308년 베로나 시의 델라 스칼라 가문의 저택에 머무름. 이탈리아의 방방곳곳을 떠돌아다님. 두 번째 파리 방문 중에 신학 문제에 대한 논쟁 펼침. 옥스퍼드도 방문한 것으로 추정. 단테는 자신의 비참한 방랑 생활을 「향연」에서 자세히 묘사. 룩셈부르크의 하인리히 7세, 신성로마제국 황제로 등극.

1310년 하인리히 7세에게 서신 보냄. 개인적인 알현이 이루어졌을 것으로 추측되기도 함. 단테는 그를 통해 피렌체로 돌아갈 수 있기를 희망함.

1313년   구이도 노벨로 다 폴렌타를 후원자로 하여 라벤나
          에 피신. 하인리히 7세 사망. 황제권을 옹호하는
          「군주제에 관하여」를 라틴어로 집필.

1314년   「신곡」 지옥 편 완성.

1316년   죄과를 대중 앞에서 밝히고 벌금을 내는 조건으로
          귀향을 제의받으나 거절. 이에 분노한 흑색당은
          단테에게 궐석 재판을 단행하고 사형을 선고.

1319년   「신곡」 연옥 편 완성.

1321년   구이도 노벨로 다 폴렌타의 사신으로 베네치아에
          갔다가 돌아오는 길에 얻은 병으로 9월 라벤나에
          서 사망. 구이도에 의해 라벤나의 성베드로 성당
          에서 장례식이 성대하게 거행됨. 피에트로 마지오
          레 성당에 안장. 구이도 노벨로는 단테를 기념하
          여 화려한 무덤을 건축할 계획이었으나 그가 라벤
          나로부터 추방당함으로써 무산됨. 그러나 1483년
          유명한 추기경 벰보의 부친인 베르나르도 벰보에
          의해 이 계획이 완성됨. 사망 후에도 이십 년 동안
          단테는 공식적인 피렌체의 공적이었음.

세계문학전집 **115**

새로운 인생

1판 1쇄 펴냄 2005년 2월 25일
1판 20쇄 펴냄 2022년 10월 12일

지은이 단테 알리기에리
옮긴이 박우수
발행인 박근섭, 박상준
펴낸곳 (주)민음사

출판등록 1966. 5. 19. (제 16-490호)
서울특별시 강남구 도산대로1길 62(신사동) 강남출판문화센터 5층 (우편번호 06027)
대표전화 02-515-2000 팩시밀리 02-515-2007
www.minumsa.com

ISBN 978-89-374-6115-6 04800
ISBN 978-89-374-6000-5 (세트)

* 잘못 만들어진 책은 구입처에서 교환해 드립니다.

세계문학전집 목록

1·2 변신 이야기 오비디우스 · 이윤기 옮김 서울대 권장도서 100선

3 햄릿 셰익스피어 · 최종철 옮김 서울대 권장도서 100선 | 미국대학위원회 선정 SAT 추천도서

4 변신 · 시골의사 카프카 · 전영애 옮김 서울대 권장도서 100선

5 동물농장 오웰 · 도정일 옮김 미국대학위원회 선정 SAT 추천도서 | 《타임》 선정 현대 100대 영문소설

6 허클베리 핀의 모험 트웨인 · 김욱동 옮김 《뉴스위크》 선정 100대 명저

7 암흑의 핵심 콘래드 · 이상옥 옮김 미국대학위원회 선정 SAT 추천도서 | 《뉴스위크》 선정 10대 명저

8 토니오 크뢰거 · 트리스탄 · 베니스에서의 죽음 토마스 만 · 안삼환 외 옮김 노벨 문학상 수상 작가

9 문학이란 무엇인가 사르트르 · 정명환 옮김

10 한국단편문학선 1 김동인 외 · 이남호 엮음 국립중앙도서관 선정 청소년 권장도서

11·12 인간의 굴레에서 서머싯 몸 · 송무 옮김

13 이반 데니소비치, 수용소의 하루 솔제니친 · 이영의 옮김 노벨 문학상 수상 작가

14 너새니얼 호손 단편선 호손 · 천승걸 옮김

15 나의 미카엘 오즈 · 최창모 옮김

16·17 중국신화전설 위앤커 · 전인초, 김선자 옮김

18 고리오 영감 발자크 · 박영근 옮김

19 파리대왕 골딩 · 유종호 옮김 노벨 문학상 수상 작가 | 《타임》 선정 현대 100대 영문소설

20 한국단편문학선 2 김동리 외 · 이남호 엮음

21·22 파우스트 괴테 · 정서웅 옮김 서울대 권장도서 100선 | 미국대학위원회 선정 SAT 추천도서

23·24 빌헬름 마이스터의 수업시대 괴테 · 안삼환 옮김

25 젊은 베르테르의 슬픔 괴테 · 박찬기 옮김 논술 및 수능에 출제된 책(1998~2005)

26 이피게니에 · 스텔라 괴테 · 박찬기 외 옮김

27 다섯째 아이 레싱 · 정덕애 옮김 노벨 문학상 수상 작가

28 삶의 한가운데 린저 · 박찬일 옮김

29 농담 쿤데라 · 방미경 옮김

30 야성의 부름 런던 · 권택영 옮김

31 아메리칸 제임스 · 최경도 옮김

32·33 양철북 그라스 · 장희창 옮김 노벨 문학상 수상 작가 | 서울대 권장도서 100선

34·35 백년의 고독 마르케스 · 조구호 옮김 노벨 문학상 수상 작가 | 서울대 권장도서 100선

36 마담 보바리 플로베르 · 김화영 옮김 서울대 권장도서 100선

37 거미여인의 키스 푸익 · 송병선 옮김

38 달과 6펜스 서머싯 몸 · 송무 옮김

39 폴란드의 풍차 지오노 · 박인철 옮김

40·41 독일어 시간 렌츠 · 정서웅 옮김

42 말테의 수기 릴케 · 문현미 옮김

43 고도를 기다리며 베케트 · 오증자 옮김 노벨 문학상 수상 작가 | 서울대 권장도서 100선

44 데미안 헤세 · 전영애 옮김 노벨 문학상 수상 작가

45 젊은 예술가의 초상 조이스·이상옥 옮김 서울대 권장도서 100선

46 카탈로니아 찬가 오웰·정영목 옮김

47 호밀밭의 파수꾼 샐린저·공경희 옮김 《타임》선정 현대 100대 영문소설 | 미국대학위원회 선정 SAT 추천도서 | 《뉴스위크》선정 100대 명저 | BBC 선정 꼭 읽어야 할 책

48·49 파르마의 수도원 스탕달·원윤수, 임미경 옮김

50 수레바퀴 아래서 헤세·김이섭 옮김 노벨 문학상 수상 작가 | 국립중앙도서관 선정 청소년 권장도서

51·52 내 이름은 빨강 파묵·이난아 옮김 노벨 문학상 수상 작가

53 오셀로 셰익스피어·최종철 옮김 서울대 권장도서 100선

54 조서 르 클레지오·김윤진 옮김 노벨 문학상 수상 작가

55 모래의 여자 아베 코보·김난주 옮김

56·57 부덴브로크 가의 사람들 토마스 만·홍성광 옮김 노벨 문학상 수상 작가

58 싯다르타 헤세·박병덕 옮김 노벨 문학상 수상 작가

59·60 아들과 연인 로렌스·정상준 옮김 《뉴스위크》선정 100대 명저

61 설국 가와바타 야스나리·유숙자 옮김 노벨 문학상 수상 작가 | 서울대 권장도서 100선

62 벨킨 이야기·스페이드 여왕 푸슈킨·최선 옮김

63·64 넙치 그라스·김재혁 옮김 노벨 문학상 수상 작가

65 소망 없는 불행 한트케·윤용호 옮김 노벨 문학상 수상 작가

66 나르치스와 골드문트 헤세·임홍배 옮김 노벨 문학상 수상 작가

67 황야의 이리 헤세·김누리 옮김 노벨 문학상 수상 작가

68 페테르부르크 이야기 고골·조주관 옮김

69 밤으로의 긴 여로 오닐·민승남 옮김 노벨 문학상 수상 작가 | 미국대학위원회 선정 SAT 추천도서

70 체호프 단편선 체호프·박현섭 옮김

71 버스 정류장 가오싱젠·오수경 옮김 노벨 문학상 수상 작가

72 구운몽 김만중·송성욱 옮김 서울대 권장도서 100선 | 국립중앙도서관 선정 청소년 권장도서

73 대머리 여가수 이오네스코·오세곤 옮김

74 이솝 우화집 이솝·유종호 옮김 논술 및 수능에 출제된 책(1998~2005)

75 위대한 개츠비 피츠제럴드·김욱동 옮김 《타임》선정 현대 100대 영문소설

76 푸른 꽃 노발리스·김재혁 옮김

77 1984 오웰·정회성 옮김 《타임》선정 현대 100대 영문소설 | 《뉴스위크》선정 100대 명저

78·79 영혼의 집 아옌데·권미선 옮김

80 첫사랑 투르게네프·이항재 옮김

81 내가 죽어 누워 있을 때 포크너·김명주 옮김 노벨 문학상 수상 작가

82 런던 스케치 레싱·서숙 옮김 노벨 문학상 수상 작가

83 팡세 파스칼·이환 옮김

84 질투 로브그리예·박이문, 박희원 옮김

85·86 채털리 부인의 연인 로렌스·이인규 옮김

87 그 후 나쓰메 소세키·윤상인 옮김

88 오만과 편견 오스틴·윤지관, 전승희 옮김 미국대학위원회 선정 SAT 추천도서

89·90 부활 톨스토이·연진희 옮김 논술 및 수능에 출제된 책(1998~2005)

91 방드르디, 태평양의 끝 투르니에·김화영 옮김

92 미겔 스트리트 나이폴·이상옥 옮김 노벨 문학상 수상 작가

93 뻬드로 빠라모 룰포·정창 옮김

94 차라투스트라는 이렇게 말했다 니체·장희창 옮김 국립중앙도서관 선정 청소년 권장도서

95·96 적과 흑 스탕달·이동렬 옮김 국립중앙도서관 선정 청소년 권장도서

97·98 콜레라 시대의 사랑 마르케스·송병선 옮김 노벨 문학상 수상 작가 | BBC 선정 꼭 읽어야 할 책

99 맥베스 셰익스피어·최종철 옮김 서울대 권장도서 100선 | 미국대학위원회 선정 SAT 추천도서

100 춘향전 작자 미상·송성욱 풀어 옮김 서울대 권장도서 100선

101 페르디두르케 곰브로비치·윤진 옮김

102 포르노그라피아 곰브로비치·임미경 옮김

103 인간 실격 다자이 오사무·김춘미 옮김

104 네루다의 우편배달부 스카르메타·우석균 옮김

105·106 이탈리아 기행 괴테·박찬기 외 옮김

107 나무 위의 남작 칼비노·이현경 옮김

108 달콤 쌉싸름한 초콜릿 에스키벨·권미선 옮김

109·110 제인 에어 C. 브론테·유종호 옮김 BBC 선정 꼭 읽어야 할 책

111 크눌프 헤세·이노은 옮김 노벨 문학상 수상 작가

112 시계태엽 오렌지 버지스·박시영 옮김 《타임》 선정 현대 100대 영문소설 | 《뉴스위크》 선정 100대 명저

113·114 파리의 노트르담 위고·정기수 옮김 미국대학위원회 선정 SAT 추천도서

115 새로운 인생 단테·박우수 옮김

116·117 로드 짐 콘래드·이상옥 옮김 《뉴스위크》 선정 100대 명저

118 폭풍의 언덕 E. 브론테·김종길 옮김 미국대학위원회 선정 SAT 추천도서

119 텔크테에서의 만남 그라스·안삼환 옮김 노벨 문학상 수상 작가

120 검찰관 고골·조주관 옮김

121 안개 우나무노·조민현 옮김

122 나사의 회전 제임스·최경도 옮김 미국대학위원회 선정 SAT 추천도서

123 피츠제럴드 단편선 1 피츠제럴드·김욱동 옮김

124 목화밭의 고독 속에서 콜테스·임수현 옮김

125 돼지꿈 황석영

126 라셀라스 존슨·이인규 옮김

127 리어 왕 셰익스피어·최종철 옮김 서울대 권장도서 100선 | 《뉴스위크》 선정 100대 명저

128·129 쿠오 바디스 시엔키에비츠·최성은 옮김 노벨 문학상 수상 작가

130 자기만의 방·3기니 울프·이미애 옮김

131 시르트의 바닷가 그라크·송진석 옮김

132 이성과 감성 오스틴·윤지관 옮김

133 바덴바덴에서의 여름 치프킨·이장욱 옮김

134 새로운 인생 파묵·이난아 옮김 노벨 문학상 수상 작가

135·136 무지개 로렌스·김정매 옮김

137 인생의 베일 서머싯 몸·황소연 옮김

138 보이지 않는 도시들 칼비노·이현경 옮김

139·140·141 연초 도매상 바스·이운경 옮김 《타임》 선정 현대 100대 영문소설

142·143 플로스 강의 물방앗간 엘리엇·한애경, 이봉지 옮김 미국대학위원회 선정 SAT 추천도서

144 연인 뒤라스·김인환 옮김

145·146 이름 없는 주드 하디·정종화 옮김

147 제49호 품목의 경매 핀천·김성곤 옮김 《타임》 선정 현대 100대 영문소설

148 성역 포크너·이진준 옮김 노벨 문학상 수상 작가 | 퓰리처상 수상 작가

149 무진기행 김승옥

150·151·152 신곡(지옥편·연옥편·천국편) 단테·박상진 옮김 《뉴스위크》 선정 100대 명저

153 구덩이 플라토노프·정보라 옮김

154·155·156 카라마조프가의 형제들 도스토옙스키·김연경 옮김

157 지상의 양식 지드·김화영 옮김 노벨 문학상 수상 작가

158 밤의 군대들 메일러·권택영 옮김 퓰리처상 수상 작가

159 주홍 글자 호손·김욱동 옮김 서울대 권장도서 100선 | 미국대학위원회 선정 SAT 추천도서

160 깊은 강 엔도 슈사쿠·유숙자 옮김

161 욕망이라는 이름의 전차 윌리엄스·김소임 옮김

162 마사 퀘스트 레싱·나영균 옮김 노벨 문학상 수상 작가

163·164 운명의 딸 아옌데·권미선 옮김

165 모렐의 발명 비오이 카사레스·송병선 옮김

166 삼국유사 일연·김원중 옮김 서울대 권장도서 100선

167 풀잎은 노래한다 레싱·이태동 옮김 노벨 문학상 수상 작가

168 파리의 우울 보들레르·윤영애 옮김

169 포스트맨은 벨을 두 번 울린다 케인·이만식 옮김

170 썩은 잎 마르케스·송병선 옮김 노벨 문학상 수상 작가

171 모든 것이 산산이 부서지다 아체베·조규형 옮김 《타임》 선정 현대 100대 영문소설 | 《뉴스위크》 선정 100대 명저

172 한여름 밤의 꿈 셰익스피어·최종철 옮김 미국대학위원회 선정 SAT 추천도서

173 로미오와 줄리엣 셰익스피어·최종철 옮김 미국대학위원회 선정 SAT 추천도서

174·175 분노의 포도 스타인벡·김승욱 옮김 노벨 문학상 수상 작가 | 《타임》 선정 현대 100대 영문소설

176·177 괴테와의 대화 에커만·장희창 옮김

178 그물을 헤치고 머독·유종호 옮김 《타임》 선정 현대 100대 영문소설

179 브람스를 좋아하세요... 사강·김남주 옮김

180 카타리나 블룸의 잃어버린 명예 하인리히 뵐·김연수 옮김 노벨 문학상 수상 작가

181·182 에덴의 동쪽 스타인벡·정회성 옮김 노벨 문학상 수상 작가

183 순수의 시대 워튼·송은주 옮김 《뉴스위크》 선정 100대 명저 | 퓰리처상 수상작

184 도둑 일기 주네·박형섭 옮김

185 나자 브르통·오생근 옮김

186·187 캐치-22 헬러·안정효 옮김 《타임》 선정 현대 100대 영문소설 | 《뉴스위크》 선정 100대 명저 | BBC 선정 꼭 읽어야 할 책

188 솔로호프 단편선 솔로호프·이항재 옮김 노벨 문학상 수상 작가

189 말 사르트르·정명환 옮김

190·191 보이지 않는 인간 엘리슨·조영환 옮김 《타임》 선정 현대 100대 영문소설 | 미국대학위원회 선정 SAT 추천도서 | 《뉴스위크》 선정 100대 명저

192 왑샷 가문 연대기 치버·김승욱 옮김 퓰리처상 수상 작가

193 왑샷 가문 몰락기 치버·김승욱 옮김 퓰리처상 수상 작가

194 필립과 다른 사람들 노터봄·지명숙 옮김

195·196 하드리아누스 황제의 회상록 유르스나르·곽광수 옮김

197·198 소피의 선택 스타이런·한정아 옮김 퓰리처상 수상 작가

199 피츠제럴드 단편선 2 피츠제럴드·한은경 옮김

200 홍길동전 허균·김탁환 옮김

201 요술 부지깽이 쿠버·양윤희 옮김

202 북호텔 다비·원윤수 옮김

203 톰 소여의 모험 트웨인·김욱동 옮김

204 금오신화 김시습·이지하 옮김

205·206 테스 하디·정종화 옮김 미국대학위원회 선정 SAT 추천도서 | BBC 선정 꼭 읽어야 할 책

207 브루스터플레이스의 여자들 네일러·이소영 옮김

208 더 이상 평안은 없다 아체베·이소영 옮김

209 그레인지 코플랜드의 세 번째 인생 워커·김시현 옮김 퓰리처상 수상 작가

210 어느 시골 신부의 일기 베르나노스·정영란 옮김

211 타라스 불바 고골·조주관 옮김

212·213 위대한 유산 디킨스·이인규 옮김 서울대 권장도서 100선 | BBC 선정 꼭 읽어야 할 책

214 면도날 서머싯 몸·안진환 옮김

215·216 성채 크로닌·이은정 옮김

217 오이디푸스 왕 소포클레스·강대진 옮김 서울대 권장도서 100선

218 세일즈맨의 죽음 밀러·강유나 옮김

219·220·221 안나 카레니나 톨스토이·연진희 옮김 서울대 권장도서 100선

222 오스카 와일드 작품선 와일드·정영목 옮김

223 벨아미 모파상·송덕호 옮김

224 파스쿠알 두아르테 가족 호세 셀라·정동섭 옮김 노벨 문학상 수상 작가

225 시칠리아에서의 대화 비토리니·김운찬 옮김

226·227 길 위에서 케루악·이만식 옮김 《타임》 선정 현대 100대 영문소설 | 《뉴스위크》 선정 100대 명저

228 우리 시대의 영웅 레르몬토프·오정미 옮김

229 아우라 푸엔테스·송상기 옮김

230 클링조어의 마지막 여름 헤세·황승환 옮김 노벨 문학상 수상 작가

231 리스본의 겨울 무뇨스 몰리나·나송주 옮김

232 뻐꾸기 둥지 위로 날아간 새 키지·정회성 옮김 《타임》 선정 현대 100대 영문소설 | 《뉴스위크》 선정 100대 명저

233 페널티킥 앞에 선 골키퍼의 불안 한트케·윤용호 옮김 노벨 문학상 수상 작가

234 참을 수 없는 존재의 가벼움 쿤데라·이재룡 옮김

235·236 바다여, 바다여 머독·최옥영 옮김

237 한 줌의 먼지 에벌린 워·안진환 옮김 《타임》 선정 현대 100대 영문소설

238 뜨거운 양철 지붕 위의 고양이·유리 동물원 윌리엄스·김소임 옮김 퓰리처상 수상작

239 지하로부터의 수기 도스토옙스키·김연경 옮김

240 키메라 바스·이운경 옮김

241 반쪼가리 자작 칼비노·이현경 옮김

242 벌집 호세 셀라·남진희 옮김 노벨 문학상 수상 작가

243 불멸 쿤데라·김병욱 옮김

244·245 파우스트 박사 토마스 만·임홍배, 박병덕 옮김 노벨 문학상 수상 작가

246 사랑할 때와 죽을 때 레마르크·장희창 옮김

247 누가 버지니아 울프를 두려워하랴? 올비·강유나 옮김

248 인형의 집 입센·안미란 옮김

249 위폐범들 지드·원윤수 옮김 노벨 문학상 수상 작가

250 무정 이광수·정영훈 책임 편집 서울대 권장도서 100선

251·252 의지와 운명 푸엔테스·김현철 옮김

253 폭력적인 삶 파솔리니·이승수 옮김

254 거장과 마르가리타 불가코프·정보라 옮김

255·256 경이로운 도시 멘도사·김현철 옮김

257 야콥을 둘러싼 추측들 욘존·손대영 옮김

258 왕자와 거지 트웨인·김욱동 옮김

259 존재하지 않는 기사 칼비노·이현경 옮김

260·261 눈먼 암살자 애트우드·차은정 옮김 《타임》 선정 현대 100대 영문소설

262 베니스의 상인 셰익스피어·최종철 옮김

263 말리나 바흐만·남정애 옮김

264 사볼타 사건의 진실 멘도사·권미선 옮김

265 뒤렌마트 희곡선 뒤렌마트·김혜숙 옮김

266 이방인 카뮈·김화영 옮김 노벨 문학상 수상 작가 | 미국대학위원회 선정 SAT 추천도서

267 페스트 카뮈·김화영 옮김 노벨 문학상 수상 작가 | 국립중앙도서관 선정 청소년 권장도서

268 검은 튤립 뒤마·송진석 옮김

269·270 베를린 알렉산더 광장 되블린·김재혁 옮김

271 하얀 성 파묵·이난아 옮김 노벨 문학상 수상 작가

272 푸슈킨 선집 푸슈킨·최선 옮김

273·274 유리알 유희 헤세·이영임 옮김 노벨 문학상 수상 작가

275 픽션들 보르헤스·송병선 옮김 서울대 권장도서 100선

276 신의 화살 아체베·이소영 옮김

277 빌헬름 텔·간계와 사랑 실러·홍성광 옮김

278 노인과 바다 헤밍웨이·김욱동 옮김 노벨 문학상 수상 작가 | 퓰리처상 수상작

279 무기여 잘 있어라 헤밍웨이·김욱동 옮김 미국대학위원회 선정 SAT 추천도서

280 태양은 다시 떠오른다 헤밍웨이·김욱동 옮김 《타임》 선정 현대 100대 영문 소설

281 알레프 보르헤스·송병선 옮김

282 일곱 박공의 집 호손·정소영 옮김

283 에마 오스틴·윤지관, 김영희 옮김

284·285 죄와 벌 도스토옙스키·김연경 옮김 미국대학위원회 선정 SAT 추천도서

286 시련 밀러·최영 옮김

287 모두가 나의 아들 밀러·최영 옮김

288·289 누구를 위하여 종은 울리나 헤밍웨이·김욱동 옮김 노벨 문학상 수상 작가

290 구르브 연락 없다 멘도사·정창 옮김

291·292·293 데카메론 보카치오·박상진 옮김

294 나누어진 하늘 볼프·전영애 옮김

295·296 제브데트 씨와 아들들 파묵·이난아 옮김 노벨 문학상 수상 작가

297·298 여인의 초상 제임스·최경도 옮김 미국대학위원회 선정 SAT 추천도서

299 압살롬, 압살롬! 포크너·이태동 옮김 노벨 문학상 수상 작가

300 이상 소설 전집 이상·권영민 책임 편집

301·302·303·304·305 레 미제라블 위고·정기수 옮김

306 관객모독 한트케·윤용호 옮김 노벨 문학상 수상 작가

307 더블린 사람들 조이스·이종일 옮김

308 에드거 앨런 포 단편선 앨런 포·전승희 옮김 미국대학위원회 선정 SAT 추천도서

309 보이체크·당통의 죽음 뷔히너·홍성광 옮김

310 노르웨이의 숲 무라카미 하루키·양억관 옮김

311 운명론자 자크와 그의 주인 디드로·김희영 옮김

312·313 헤밍웨이 단편선 헤밍웨이·김욱동 옮김 노벨 문학상 수상 작가

314 피라미드 골딩·안지현 옮김 노벨 문학상 수상 작가

315 닫힌 방·악마와 선한 신 사르트르·지영래 옮김

316 등대로 울프·이미애 옮김 《타임》 선정 현대 100대 영문소설 | 《뉴스위크》 선정 100대 명저

317·318 한국 희곡선 송영 외·양승국 엮음

319 여자의 일생 모파상·이동렬 옮김

320 의식 노터봄·김영중 옮김

321 육체의 악마 라디게·원윤수 옮김

322·323 감정 교육 플로베르·지영화 옮김

324 불타는 평원 룰포·정창 옮김

325 위대한 몬느 알랭푸르니에·박영근 옮김

326 라쇼몬 아쿠타가와 류노스케·서은혜 옮김

327 반바지 당나귀 보스코·정영란 옮김

328 정복자들 말로·최윤주 옮김

329·330 우리 동네 아이들 마흐푸즈·배혜경 옮김 노벨 문학상 수상 작가

331·332 개선문 레마르크·장희창 옮김

333 사바나의 개미 언덕 아체베·이소영 옮김

334 게걸음으로 그라스·장희창 옮김 노벨 문학상 수상 작가

335 코스모스 곰브로비치·최성은 옮김

336 좁은 문·전원교향곡·배덕자 지드·동성식 옮김 노벨 문학상 수상 작가

337·338 암 병동 솔제니친·이영의 옮김 노벨 문학상 수상 작가

339 피의 꽃잎들 응구기 와 시옹오·왕은철 옮김

340 운명 케르테스·유진일 옮김 노벨 문학상 수상 작가

341·342 벌거벗은 자와 죽은 자 메일러·이운경 옮김 퓰리처상 수상 작가

343 시지프 신화 카뮈·김화영 옮김 노벨 문학상 수상 작가

344 뇌우 차오위·오수경 옮김

345 모옌 중단편선 모옌·심규호, 유소영 옮김 노벨 문학상 수상 작가

346 일야서 한사오궁·심규호, 유소영 옮김

347 상속자들 골딩·안지현 옮김 노벨 문학상 수상 작가

348 설득 오스틴·전승희 옮김

349 히로시마 내 사랑 뒤라스·방미경 옮김

350 오 헨리 단편선 오 헨리·김희용 옮김

351·352 올리버 트위스트 디킨스·이인규 옮김

353·354·355·356 전쟁과 평화 톨스토이·연진희 옮김

357 다시 찾은 브라이즈헤드 에벌린 워·백지민 옮김

358 아무도 대령에게 편지하지 않다 마르케스·송병선 옮김

359 사양 다자이 오사무·유숙자 옮김

360 좌절 케르테스·한경민 옮김 노벨 문학상 수상 작가

361·362 닥터 지바고 파스테르나크·김연경 옮김 노벨 문학상 수상 작가

363 노생거 사원 오스틴·윤지관 옮김

364 개구리 모옌·심규호, 유소영 옮김 노벨 문학상 수상 작가

365 마왕 투르니에·이원복 옮김 공쿠르상 수상 작가

366 맨스필드 파크 오스틴·김영희 옮김

367 이선 프롬 이디스 워튼·김욱동 옮김 퓰리처상 수상 작가

368 여름 이디스 워튼·김욱동 옮김 퓰리처상 수상 작가

369·370·371 나는 고백한다 자우메 카브레·권가람 옮김

372·373·374 태엽 감는 새 연대기 무라카미 하루키·김연경 옮김

375·376 대사들 제임스·정소영 옮김

377 족장의 가을 마르케스·송병선 옮김 노벨 문학상 수상 작가

378 핏빛 자오선 매카시·김시현 옮김

379 모두 다 예쁜 말들 매카시·김시현 옮김

380 국경을 넘어 매카시·김시현 옮김

381 평원의 도시들 매카시·김시현 옮김

382 만년 다자이 오사무·유숙자 옮김

383 반항하는 인간 카뮈·김화영 옮김 노벨 문학상 수상 작가

384·385·386 악령 도스토옙스키·김연경 옮김

387 태평양을 막는 제방 뒤라스·윤진 옮김

388 남아 있는 나날 가즈오 이시구로·송은경 옮김

389 앙리 브륄라르의 생애 스탕달·원윤수 옮김

390 찻집 라오서·오수경 옮김

391 태어나지 않은 아이를 위한 기도 케르테스·이상동 옮김 노벨 문학상 수상 작가

392·393 서머싯 몸 단편선 서머싯 몸·황소연 옮김

394 케이크와 맥주 서머싯 몸·황소연 옮김

395 월든 소로·정회성 옮김

396 모래 사나이 E. T. A. 호프만·신동화 옮김

397·398 검은 책 오르한 파묵·이난아 옮김 노벨 문학상 수상 작가

399 방랑자들 올가 토카르추크·최성은 옮김 노벨 문학상 수상 작가

400 시여, 침을 뱉어라 김수영·이영준 엮음

401·402 환락의 집 이디스 워튼·전승희 옮김

403 달려라 메로스 다자이 오사무·유숙자 옮김

404 아버지와 자식 투르게네프·연진희 옮김

405 청부 살인자의 성모 바예호·송병선 옮김

406 세피아빛 초상 아옌데·조영실 옮김

407·408·409·410 사기 열전 사마천·김원중 옮김 서울대 권장도서 100선

411 이상 시 전집 이상·권영민 책임 편집

412 어둠 속의 사건 발자크·이동렬 옮김

413 태평천하 채만식·권영민 책임 편집

414·415 노스트로모 콘래드·이미애 옮김

세계문학전집은 계속 간행됩니다.